醜妻萬般美

上

風 文創 680

江小敘 著

目錄

自序

江小敘

寫文也有幾年了，之前從未想過要寫這般特別的女主角，但是一動筆，反而十分順暢。女主角容貌上雖有瑕疵，卻有著近乎完美的內在，正如芸芸眾生之中的你我，不論美醜，只要能被一個人看懂，那這一生就不算遺憾。

若弱這個有些奇怪的名字，來自於一句古文，含義是「看似弱質，實則堅韌」。一開始為陳姑娘想過很多名字，最後一錘定音，因為這個名字特別符合她的氣質。

故事開頭是出嫁，也算是我的一點私心，不希望他們太遲遇見，因為在這世上，能尋得一個對的人實在很難。

尤其在那個君君臣臣、父父子子的時代，婚姻是締結兩姓之好，宗族相互往來，因此大部分時候兩個互有情意的年輕人，是很難走在一起的。風華正茂的少年會慢慢變成妻妾成群的老爺，青澀羞怯的姑娘則會在日復一日的後宅生活中熬成枯木。

寫這篇故事的初衷，是想著假如能有這麼一對古時候的夫妻愛上彼此，如同往來的宗族那樣扶持到老，最終凝結在時光裡，那麼總要有個知曉的人，能為他們歡喜笑淚。

陳姑娘容貌有瑕，即便兄長身居高位，也不敢渴求一份真愛。這世上很多人都是如此，因為自身的不完美，所以恐懼愛情，等著一個人來打開她的心扉。
男主角顧嶼是一個再正統不過的古代君子典範，只是單寫君子有些落入俗套，所以設定了重生的經歷。

他的前世是很符合歷史更替的結局，一個宗族的滅亡，正如大廈將傾，無一完卵。然而把一艘早已爛到根裡的破船重拉上岸，所要花費的精力和心血是難以言喻的，但顧公子做到了，所以當他在外人面前，很難再是那個遺世獨立的翩翩君子，也許只在夜闌人靜、抬頭望月時，他才會偶爾念起少年時夫妻恩愛的繁華美景。

只有失去過才懂得珍惜，顧公子通透，但也逃不開凡人的情愛。經歷那麼多，重新再回到新婚夜當天，見到面有瑕疵，但在他眼中卻美若天仙的愛妻，也只得一句「相逢猶恐是夢中」。

顧公子走仕途，於百姓，他是再正直不過的青天，他說蒼生皆苦，唯有前行；於君王，他是再可靠不過的臣子，他說帝主可庸，不可善疑；於宗族，他是延續榮光的嫡長子，他說世家百代，我自承擔。他處處皆要做到完美，但唯有在陳姑娘的面前，他才是顧嶼。

他最眷戀的，不過是夜深點一盞燈，給愛妻輕聲緩讀市井話本，窗外月色正好，貓尚安眠。

第一章 出嫁

喜慶的嗩吶聲，自將軍府的迴廊一直傳到後院裡。

幾個丫鬟和喜娘將房門拍得哐哐響，而站在一邊的喜鵲簡直要哭出來了，不停地在門外喊著「小姐」。

陳若弱抱著白糖窩在床底下，一臉警戒地豎起耳朵，聽著外面的動靜。過沒多久，一陣急匆匆的腳步聲由遠及近，她馬上死死地抱緊懷裡的小貓。

白糖被她勒得難受，忍不住「喵嗚、喵嗚」地叫了起來。

門外的男人顯然比丫鬟和喜娘更沒耐心，他見房裡的人不開門，索性抬腳一踹，「轟隆」一聲，黃花梨木門頓時被踹得四分五裂。

陳若弱躲在床底下，一聲沒吭，奈何懷裡的貓不爭氣，聽見動靜馬上揚聲大叫。

「陳若弱，妳出不出來？」踹門進來的男人壓著火氣問。

喜鵲聽著這話不大對，連忙上前行了一禮。「將軍，小姐只是心裡頭沒個底，您好聲好氣地跟她說，她會明白的……」

陳青臨大手一揮，桌上的茶盞全被掃到地上，他冷笑道：「她聽得進去嗎？花轎都到門口了，這個時候才說不嫁，妳說她明白？明白個屁！」

陳若弱按住懷裡不安分的白糖，垂著腦袋說：「我怎麼不明白了？我生成這副模樣，要是嫁到顧家，等蓋頭一掀，還不把人家顧公子給嚇哭了！與其嫁到別人家裡去受氣，還不如一輩子不嫁人。況且，哥哥以前說過要養我一輩子的……」

陳青臨用力一拍桌子。「妳以為這門婚事是哥哥騙來、搶來的？我告訴妳，這可是我用雙手打下的軍功給妳換來的。哥哥不要賞賜、不要爵位，就為了給妳求得這麼一樁親事，還是聖上親自點頭的。等妳嫁過去之後，顧家要是敢給妳半點臉色看，哥哥就拿刀去劈了他們顧家上下！」

「人家顧公子又不欠我，你還拿聖上壓制鎮國公府，他指不定心裡怎麼想呢……我嫁過去，他根本瞧不上我，最好的情況也就是把我當菩薩供著唄。」陳若弱的語氣漸低，尾音中幾乎帶著哭腔。

陳青臨一時啞然，他摸了摸鼻子，沒什麼底氣地說：「二丫，妳總要嫁人的，還記得娘為了妳的婚事，臨死都放不下心嗎？妳就當成全哥哥，以後在婆家要是過得不高興，哥哥就帶妳回來，妳不是一直想回西北？咱們到時候就回西北去。」

「別說了，我嫁還不成嗎？哥哥去拿把刀給我帶上吧，要是顧公子氣急了想打我，我也好用來防身。」陳若弱語氣無奈地道。

她抽了抽鼻子，小心地從床底下伸出頭來，她半張臉上布著暗紅色的胎記，另外半張則是如脫殼雞蛋般的光滑白皙。

陳青臨看她看久了，倒不覺得醜，此刻他黝黑英俊的面龐上滿是笑意，拍了拍自家妹妹的腦袋。

「咱們家二丫又沒多醜，一會兒讓喜娘幫妳用粉撲個滿臉，把這塊胎記蓋一蓋，也許黑燈瞎火的，那顧公子根本看不清楚妳長啥樣。」他笑著安慰道。

陳若弱躲開他的大手，被他這話說得都快哭了。

喜鵲見狀，連忙推著陳青臨出去。「將軍，若再不幫小姐裝扮好，可就趕不上吉時，您還是快別惹小姐了。」

陳青臨出去後，馬上叫兩個人去搬一扇新的木門過來裝上。

面如死灰的陳若弱坐在梳妝鏡前，索性閉上眼睛，來個眼不見為淨。

全福的喜娘滿臉笑意地攏起她的長髮，撲上細粉，用絲線小心地為她開臉。

「姑娘的頭髮真美，長到腳踝也不見分叉，烏黑又厚實，在老身梳過的新娘子裡，就數姑娘的頭髮最漂亮了。」另一個梳髮的喜娘恭維地笑道。

陳若弱面無表情，她身旁的喜鵲見狀，趕緊替她道了謝，又拿了厚厚的紅封賞給喜娘。

幾個丫鬟七手八腳地取來鳳冠、霞帔，熱熱鬧鬧地幫陳若弱換上。

外頭傳來一陣喧鬧，接著便聽見陳青臨大力拍著門，急聲道：「好了沒有？顧家的人來了。」

陳若弱正被喜鵲按著多撲一些粉，一手還順著白糖的貓毛，她聞言揚聲道：「沒好，找刀呢！」

陳青臨頓時恨得牙癢癢的。「妳給我快點！」

話音未落，就見走廊盡頭一大幫人正喜氣洋洋地走了過來，他也顧不得催裡頭，馬上幾步上前，橫在房門前。

「陳將軍，吉時已至，您就別再折騰我大哥，趕緊請新娘子出來吧。」為首的少年生了一雙漂亮的杏眼，身穿錦緞衣裳，俊俏得讓人眼睛一亮，說出來的話卻帶著刺。

陳青臨一向口拙，也只有跟陳若弱才有那麼多話好說，平素在軍中他更是寡言少語，因此這會兒雖然氣得心口發堵，卻找不出半句反駁的話，畢竟是他理虧。

顧峻彎了彎眸子，臉上卻沒什麼笑意，才要繞過陳青臨去推門，就聽見裡頭傳來一陣嬌脆的少女聲。「別進來，我換衣裳呢。」

他伸出去的手又縮了回來，揚聲道：「還請嫂嫂珍重吉時，我大哥已在府外久候多時，若耽誤了吉時，那可是一輩子的事。」

陳青臨聽不慣他這番陰陽怪氣的話，但確確實實又找不出個錯來，只能在一旁氣得臉紅脖子粗。

顧峻瞥向陳青臨，心裡頭有些厭煩，甚至替自家大哥覺得委屈。

寧遠將軍陳青臨，世襲的將軍之位早已斷在父輩，本來他是從士卒做起，偏逢西北異族作亂，讓他有機會立下幾場軍功。聖上念舊臣，放給他不小的兵權，因此他漸漸在軍中有了名望。

這對兄妹去歲才從西北回到京城，傳言說陳二娘子天生貌醜，連在西北那種地方都找不著郎君。

正想著，門忽然從裡頭被推開，一個相貌討喜的小丫鬟走了出來，後頭則是兩個喜娘小心翼翼地攙扶著頭披紅緞蓋頭的新娘，顧峻立即往後退了一步。

剛出房門，腳還沒有沾地，陳若弱就感覺到身子一輕，等回過神來，她已經在陳青臨的背上了。她癟癟嘴，抱住哥哥的脖子。

風有點大，新娘子的蓋頭一角被吹起，顧峻站的位置恰好能瞧見那蓋頭底下的半張臉。

只是驚鴻一瞥，卻讓顧峻心頭一跳，他有些不敢置信地眨了眨眼睛。都說陳二娘子貌若無鹽，可方才那半張臉……分明清清秀秀，哪有一絲醜女的樣子？

他心中驚疑不定，態度上倒是好了不少，他跟在陳青臨的身邊，一路從將軍府後院走到前堂。

陳青臨不愧為武將出身，揹著個大活人仍是臉不紅、氣不喘，該上臺階就上臺階，該過窄路就過窄路，一直走到花轎前頭，都十分平穩。

小小一隻的陳若弱，貓兒似地被放進花轎裡，她伸手拽了拽哥哥的衣角，看上去頗有些依依不捨的樣子。

就連陳青臨這般鐵打的漢子，看見她這模樣也心軟了，低聲安慰道：「別怕，哥哥會跟著妳去，有哥哥在呢。」

蒙著蓋頭的腦袋，乖巧地點了點，讓陳青臨的心頓時軟得一塌糊塗，沒想到卻聽陳若弱說道：「我是讓你把白糖抱給我，還有刀。」

陳青臨四周彷彿嗖嗖地冒起了寒氣，他忍著怒意，接過喜鵲懷裡正舔著爪子的白糖，塞給了她。

陳若弱一隻手把貓按在胸前，玉白的小手仍舊不依不撓地拽著他的衣角。

「聽哥哥的話，新婚乃大喜的日子，帶刀不吉利。」陳青臨怕被人聽見，做賊似地抬頭看了看，緊接著從懷裡摸出一根精緻的金簪來。「這簪子尖我磨過了，很細，要是他真敢打妳，妳就拿這個扎他大腿，妳知道該怎麼避開經脈的，到時候就狠狠地扎幾下，讓他既疼又驗不出什麼大傷來。」

陳若弱把金簪收好後，手卻還是伸得直直的。

陳青臨真服了她，只好趁著沒人注意，把自己腰間的佩刀解下來，丟進花轎裡。見那固執的小手總算安分地縮回轎子裡，他鬆了一口氣，正要把轎簾合上，又聽蓋頭底下傳來一陣抱怨聲。

「從早上到現在，我什麼都沒吃呢，哥哥快去給我買點吃的來，我都能聞見街上張大娘糖炒栗子的味兒了。」

陳青臨咬咬牙，趕緊讓喜鵲去買。

陳若弱這才滿意了，她抱著白糖摸了摸牠背上的毛，忽然又覺得有些不放心，小聲地說道：「哥哥，要是晚上顧公子想打我，我又打不過他，我就讓喜鵲去找你。你記得別喝太多酒，死乞白賴也要在鎮國公府多待一會兒。」

陳青臨氣得都要哭了，他硬生生把眼淚給憋回去，一把合上轎簾。

顧峻騎在馬上，回頭看了花轎好幾眼，然後壓低聲音對著身側的人說道：「大哥，我剛才不小心瞧見那陳二娘子的相貌了！放心吧，不醜，還挺漂亮的。」

「娶妻當娶賢，何必強求相貌？這位陳二娘子能屈千金之身，遠赴西北苦寒之地，為兄長操持家務，一去十年，單憑這份心性，就當得起我顧家的少夫人。」顧嶼的聲音清冽中帶著一絲淡然，美如冠玉的臉龐上卻還是忍不住泛起了些許熱意。

他騎在馬上，微微側頭看向花轎，就算離得有些遠，卻還是能瞧見正在和妹妹依依惜別的陳青臨眼裡冒出的淚花。

陳家祖上做過高祖的護駕大將軍，即便過去幾代，家底也不算薄。陳青臨自己是武將，平時用不上多少錢財，因此成抬的嫁妝此刻便浩浩蕩蕩地鋪展開來，直到打馬過了三條街，顧峻這才遠遠地看到從陳家抬出來的嫁妝尾隊，他禁不住咋舌，要不是官員嫁娶有嚴格的規制，陳青臨可能恨不得弄個十里紅妝。

他心裡又有些沒底了，京城裡的人家嫁女兒，可沒有這般鋪張的，一般嫁妝要是比彩禮還多，基本上都是自家女兒有什麼短板。像之前李尚書家的孫女跟小廝有來往，被人捅出來後，只得急匆匆地嫁給一個小官做填房，那一回的嫁妝多到被不明真相的京城百姓足足稱道了大半年。

陳青臨送的陪嫁，幾乎比李家那回還要多三倍不止，這哪裡像是嫁妹妹，簡直是嫁老娘，說這裡頭沒鬼，誰信？只是他還沒來得及跟自家大哥嚼舌根，陳青臨就已經騎著馬趕了上來，他只好閉上嘴。

顧嶼的態度倒是十分溫和，還對陳青臨作了一個半揖。

陳青臨打從娘胎生下來，就不招讀書人青眼，後來到邊關打仗，軍營裡僅有的幾個軍需文官，看人的眼神也都是高傲自滿，如今受了顧嶼這般慎重的禮，讓他有些受寵若驚。

他回了個四不像的作揖禮後，忍不住細細地打量起這個準妹婿。

剛回京時，他就給自家妹妹四處打聽沒成婚的公子哥兒，撇去皇親國戚，這位鎮國公府的世子爺，被眾人提到的次數最多，因守母孝，直到及冠才相看親事。

他當時只是想著年紀大一些的男人，應該不大會挑姑娘家的長相，再加上又聽聞顧家家風清正，四十無嗣才允納一妾，便厚著臉皮去求聖上點頭。

等到兩下裡親事定了，他才知道這位世子爺的年紀雖然略大一些，卻是個極為出挑的美檀郎，不知道有多少姑娘掐著時日等著他出孝，好去找人說親。

按理為自家妹妹尋了個良婿，他該高興才是，然而陳青臨卻完全沒有截胡的喜悅激動之感，他打量著這個未來妹婿，從眉眼看到鼻唇，從肩膀看到後腰，越看心裡越打突。

顧嶼被看得奇怪，只是沒等他多想，鎮國公府就到了。

門口兩側的石獅子脖頸上繫著大紅色的綢緞喜花，鞭炮已放過一輪，因此地上滿是紅碎碎的鞭炮紙。

見自家世子領著花轎到了，前頭負責打鞭炮的管事連忙讓人吹起喜樂，緊接著再次點上鞭炮，噼哩啪啦地放了起來。

白糖被鞭炮聲嚇得直往陳若弱懷裡鑽，陳若弱一邊抱著牠安撫，一邊偷偷摸摸地掀起蓋頭，順著花轎的縫隙朝外邊看去。

寧遠將軍府和鎮國公府離得不算太遠，但她卻是沒來過的。勛爵府邸大多聚集在皇宮附近的那兩條街上，除了祖上那一代，陳家人幾代平庸，爵位不知道被削到哪個犄角旮旯裡去了，要不是陳青臨爭氣，陳家就得從勛貴圈子裡除名。

陳若弱正胡思亂想著，八抬花轎的底盤忽然輕磕三下，落了地。

外頭亂哄哄的，但那一陣朝著花轎走來的腳步聲落在她耳裡，卻清晰極了。她頓時清醒過來，察覺到轎簾被掀開，她馬上抱緊了懷裡的白糖，有些卻步。

顧嶼微微躬身，發覺轎子裡的陳若弱並沒有接住他遞進去的紅綢，也不生氣，溫和地笑了笑，輕聲說道：「姑娘莫怕，在下顧嶼，不喜食人。」

這話說得實在風趣，陳若弱忍不住「噗哧」一聲笑了出來，心裡的緊張感也去了大半。她微微抬頭看著送到自己眼下的紅綢帶子，然後一手抱著白糖，一手接過紅綢。

她剛出花轎，喜娘就急急忙忙接過白糖。

顧嶼牽著陳若弱往府裡走，見她身上綴飾頗多，衣襬也拖得很長，便放慢了步子，好讓她走得平穩些。

鎮國公府自從三年前國公夫人去世，就再沒掛過紅，這一回剛出孝，又是天子作媒，婚事自然得辦得熱熱鬧鬧，不但把勛貴和官員請了個遍，連幾位王爺也都賞臉前來慶賀。

拜完堂後，顧嶼把陳若弱送到婚房裡，他一會兒還得去前頭待客，便讓人取來一些瓜果點心，溫聲道：「後廚忙亂，姑娘先用些瓜果，等會兒我再讓人送些熱呼的麵食來。」

陳家祖籍江南，向來吃大米吃習慣了，陳若弱並不愛吃麵，但新郎官這樣體貼溫柔，她張著嘴也說不出個「不」字來，只能低著腦袋小聲地「嗯」了一聲。

只要想到等等掀了蓋頭之後，顧公子不知道會是什麼反應，她不禁有些沮喪。

她打小就帶著這塊胎記，小時候有陳青臨護著，沒人敢在她面前提起胎記。可姑娘家長大後，到底是知道愛美的，隨著年紀越大，這塊胎記也成了她的心病。她甚至想過要拿火烙了自己這半張臉，這樣就可以跟別人說那半張臉是後來才被燙傷的，她原本也是漂亮過的。

如今她一心盼望這位顧公子在長相上也有些重大缺陷，像是歪嘴、斜眼、疤臉什麼的，這樣就誰也不用嫌棄誰了。

顧嶼只當她是害羞，沒再多說什麼，他讓房裡伺候的婆子和丫鬟都出去，只留下陳家的喜娘和陪嫁丫鬟，便轉身去正堂待客了。

喜鵲朝外頭張望幾眼，發覺鎮國公府的下人果然都退得遠遠的，也就放下心來，把揣在懷裡還熱呼著的糖炒栗子拿給陳若弱，聲音裡帶著一點雀躍地說：「小姐，上次顧家下聘的時候，來的是國公爺和他們家三少爺，說姑爺正在外地求學沒趕回來，我還以為是姑爺長得醜不想給咱們瞧見，才會這樣說的，沒想到姑爺竟然生得這般俊俏。」

另一個陪嫁丫鬟翠鶯也是滿心歡喜，語氣輕快極了，一邊說話，一邊把陳若弱落在轎子裡的佩刀拿給她。「就是、就是，姑爺的眉眼生得比那位峻少爺還好呢，說話又溫柔。」

陳若弱木然地把蓋頭掀起一半，掛在鳳冠上，她先將佩刀藏在身後的被褥裡，才接過喜鵲手中的糖炒栗子，揀了個開口深的，剝開咬上一口，沒什麼底氣地說：「他再溫柔，見了我也要變壞的。」

翠鶯忍不住「噗哧」一聲笑出來，引得陳若弱翻了個大白眼，卻沒說什麼，反倒是喜鵲瞪了一眼翠鶯。「小姐別瞎說，咱們家陪了一百二十抬嫁妝，那可都是好東西，公主出嫁都指不定能有小姐這般貴重的嫁妝。看在這些嫁妝的分上，但凡姑爺講一點道理，是不會對小姐怎麼樣的。」

陳若弱嘆了口氣，不再搭理她們。

喜鵲買來的栗子個大肉實，一顆顆炒得香噴噴、油亮亮，一口咬下去滿是栗子特有的香氣，她吃了半包才停下來。

翠鶯連忙出去給她倒杯茶，見外間的桌子上還擺著四樣水果、四樣點心，看起來精緻漂亮，便順手端了一碟碧玉香瓜進來。

喝完一杯茶，又吃了好幾塊香瓜，感覺肚子裡不再空空的之後，陳若弱這才滿足地長吁口氣，朝後仰躺下去，卻冷不防地壓到一個軟乎乎的溫熱東西，嚇得她一蹦三尺高，大叫了一聲。

被褥裡的東西似乎也被她嚇到，趕緊揉著眼睛，坐起身來。原來是個五、六歲大的男童，生得俊俏又可愛。

看見陳若弱，他呆了呆，隨即一骨碌地從床榻上爬起來，對著陳若弱行了一個規規矩矩的晚輩禮。「姪兒明英，見過堂嬸嬸。嬸嬸莫怪，姪兒是壓床壓得睡著了……」

他人小，說話還帶著奶音，也不怕陳若弱臉上猙獰的胎記，圓圓的杏眼瞪得大大的，臉上還帶著剛睡醒的薄紅，卻偏要端著一副正經的神色，看著可愛極了。

陳若弱連忙擺擺手示意自己並沒有怪他，還讓喜鵲去拿一些喜糖和點心給他吃。

顧明英收了糖，認認真真地給陳若弱行了一個大禮，這才告辭出去，那背影竟不似尋常人家孩童的搖搖擺擺，反倒是挺直背脊、十分規矩的模樣。

「鎮國公府的孩子教養就是好，不愧是幾代的書香門第呢。這以後啊，二娘子要是生了孩子，肯定也會這般懂事。」喜娘見縫插針地恭維道。

陳若弱聞言，有氣無力地搖了搖頭，她現在什麼都不願去想，只愁著今晚這一關要怎麼過。

她揀出一塊小點兒的香瓜餵給白糖吃，聽著白糖「嘎吱、嘎吱」地吃著香瓜，她的眉毛幾乎耷拉成了掃把眉。

看著，更醜了……

鎮國公府的人得了吩咐，十分規矩地沒有進新房，只在傍晚時分送來麵食。

陳若弱沒心思吃，便讓喜鵲和翠鶯兩個人分著吃了。

她盯著外頭的天，看著天色一點點變黑，她的心也一點點變沈，直到自外間傳來的喧鬧聲漸漸近了，喜鵲連忙慌張地過來替她把蓋頭給蓋上。

「小姐，待會兒鬧新房的時候，您千萬要把蓋頭給摀緊了，好歹得挨過今晚。」喜鵲急聲囑咐道。

陳若弱悶悶地「嗯」了一聲，玉白的手在小腹前交疊，儘量端莊地坐直了身子，只是她微微蜷縮起來的指尖，卻透露出一絲緊張。

第二章　重生

顧嶼並未喝太多酒，下定禮時他還在江左求學，沒能同陳家二娘子見上一面，已算是失禮，若洞房花燭夜再帶著一身酒氣進門，那就更失禮了。

才進到外間，他便對著身後一應賓客拱手行禮，笑道：「文卿在長，家無嫂母，內子初進門來，不好失禮。文卿已命人備下歌舞和夜食，萬望各位仁兄、賢弟見諒，饒過內子這一回。」

來鬧新房的都是顧嶼的同輩知交，還有幾個是顧峻在國子監的同學，交情不錯，聞言紛紛擺手示意無事。

有個和顧峻勾肩搭背的藍衣少年調笑道：「都走、都走，讓顧大哥跟嫂子好好地洞房，我方才就說，何苦來湊這個熱鬧嘛。」

「周儀！」顧峻先是瞪那藍衣少年一眼，然後轉身朝著賓客們拱手笑道：「東閣已備下歌舞和美酒，還請諸位移步，方才瑞王殿下先過去了，咱們不好教瑞王殿下久等才是。」

顧嶼一一送走來客後，便讓兩個跟進新房的小丫鬟幫他整理一下衣冠，又飲過一杯茶，去了去身上淺淡的酒氣，才推開隔著內、外間的小門，走了進去。

陳若弱一聽見開門聲，忍不住攥緊了嫁衣的邊角。

喜娘一邊唸著詞，一邊把蓮子、花生之類的東西朝床榻上撒，有幾顆不小心砸到陳若弱的身上，她也不吭聲，心裡怦怦地直跳。

顧嶼深吸一口氣，走到桌邊，打開放著如意秤的喜盒。

他的目光落在陳若弱身上，見她十分緊張的樣子，即便自己也好不到哪裡去，還是無奈地笑了笑，對喜鵲道：「不必伺候了，妳們都出去吧。」

喜鵲擔憂地看了一眼自家小姐，吶吶地辯解道：「奴婢還得替小姐和姑爺更衣……」她話還沒說完，就見新姑爺淡淡地瞥了她一眼，明明不帶半絲火氣，卻十分有威儀，她腿一軟，幾乎要跪下。

翠鶯比較機靈一些，連忙拉著喜鵲行了禮，和喜娘一道出去了。

陳若弱蒙著蓋頭，一聽見她們出去的動靜，不由得更加緊張，眼瞧著一雙靴子來到床前，她連忙說道：「能、能不能待會兒再掀蓋頭？」

顧嶼手裡的如意秤已到了蓋頭前，被她這話說得一頓。「一直沒見過顧某的相貌，陳姑娘心裡不安嗎？」

陳若弱連忙搖了搖頭，小聲說道：「我長得醜，怕待會兒掀蓋頭時你沒個準備，因此想先跟你說清楚……」

顧嶼覺得有趣，忍不住笑道：「寧遠將軍儀表堂堂，既是一母所生，想來姑娘再如何，也不至於到醜陋的地步吧？」

陳若弱癟著嘴想，她寧願長成陳青臨那虎背熊腰的樣子，也不想頂著這半張臉過活。聽顧嶼的語氣，似乎並不相信她能有多醜，這讓她好不容易凝聚起來的勇氣又散了個乾淨，她一隻手抓著床沿，一隻手摀住了蓋頭。

見她摀著蓋頭，顧嶼也不好過去強行掀開。

陳若弱等了好半天都沒聽見動靜，愣愣地說道：「你、你還在嗎？」

房裡並無其他動靜，陳若弱又等了一會兒，摸索著在房裡走了一圈，眼前的方寸之地並沒瞧見顧嶼的靴子，她忍不住掀起蓋頭的一角，卻不承想正好見到端著合巹酒的顧嶼朝著她笑。

燈火通明，映照在陳若弱的臉上。她的五官稱得上精緻漂亮，粉撲得有些厚，卻還是掩蓋不住天生暗紅的胎記，看上去顯得詭異而猙獰。

顧嶼起初以為她只是害羞，想要逗弄她，卻沒想到她說自己貌醜……是真的。

他眼裡的驚訝一覽無遺，陳若弱想像了無數次這個時候自己該怎麼辦——道歉、沈默，或是任打任罵……可看著眼前這個形容出眾、儀態翩翩的青年，越發襯托出她猶如地底污泥，她只覺得鼻頭一酸，忍不住「哇」地一聲哭了出來。

「陳姑娘……」顧嶼回過神來，意識到自己剛才的反應傷害了眼前的少女，他儘量用一種篤定而又認真的語氣說道：「顧某覺得姑娘並不醜，何況人的相貌是天生的，這並不是姑娘的錯。」

陳若弱哭得更厲害了，她蹲下去死死地用蓋頭捂住自己的臉。

她其實不怪顧嶼，畢竟這麼多年來，見過她的人裡反應比顧嶼厲害再多的都有，只是她心裡害怕，又覺得委屈，好像哭一哭，就能把這輩子受的委屈一起哭掉似的。

顧嶼不擅長安慰人，更何況他長到二十歲，知法守禮，幾乎沒有接觸過姑娘家，如今只能乾巴巴地勸上幾句，便打算去扶陳若弱起身。

陳若弱哭得越來越大聲，她躲開他伸過來的手，還推了他一把。

裡間地方不大，桌子的右手邊就是櫥櫃，顧嶼本就是半彎腰扶人，被她這麼一推，他一個不穩，後退了兩步，後腦狠狠地撞在櫥櫃的燙金雲紋鎖上。

陳若弱聽見一聲帶著痛楚的悶哼，被嚇到停止了哭泣，她連忙掀起蓋頭去看，只見顧嶼一手撐著櫥櫃，眉頭深蹙、雙眼緊閉，俊美的面容上泛起一絲蒼白之色。

「顧公子，你、你沒事吧？」她憂心忡忡地問。

顧嶼的雙眼猛然睜開，把陳若弱嚇了一跳。

他面露茫然痛楚之色，一看到她，他的唇角輕輕地扯了扯，啞聲道：「若弱？」

陳若弱的哭聲雖然停了，卻還是一抽一抽地打著哭嗝，這會兒被他的眼神看得有些心驚肉跳，連哭嗝都止了，她有些不安地後退了幾步。

顧嶼神思恍惚間，彷彿聽見了夫人擔憂的聲音，一睜開眼睛，就瞧見眼前活生生的夫人，然而這場夢都作了十年，他已經不相信了。

他如今大約是快死了吧，所以才會見到若弱穿著嫁衣的模樣……想到這裡，顧嶼竟不覺得有多害怕。

這十年，他於國於家幾乎無任何功績，所做之事無非「謀朝」二字。午夜夢迴，他常常驚醒，若非一口怨氣撐著，決計活不到今日。

該死之人已被他送上刑場，然而該活之人卻早就屍冷骨寒，外人羨慕他從龍首功、手握重權，可只有他自己知道，再多的富貴榮華，對他這個孤家寡人來說，都只是過眼雲煙。

從很久以前開始，他活著的唯一理由就是報仇。如今心願得償，他不想再去計較是新君要殺他，還是昔日朝堂上那些他得罪過的人，臨死還能見到若弱，他已經沒有什麼遺憾了。

「是、是我。顧公子，我不是故意要推你的……」陳若弱說著、說著，眼淚又不自覺地流了下來。

她平時不是愛哭的人，也許正因為這樣，哭起來才比旁人要凶，可她越想要止住哭意，卻越是止不住。

即便神思恍惚，顧嶼也見不得陳若弱哭，他伸手想要從懷裡拿出帕子來替她擦眼淚，沒想到卻摸了個空，他只摸到自己一身的大紅吉服。

他愣愣地抬眼，看了看周遭，有些不敢相信自己正置身於十幾年前早已改建為他人府邸的鎮國公府，如今他就在那間當年他和若弱的婚房裡。

紅燭發出一聲細碎的「噼啪」聲響，讓顧嶼如同從夢中驚醒，他愣愣地看著眼前抽泣的少女，有些模糊地記起在十幾年前的新婚夜，他確實被若弱推了一把，當時只覺得腦子有些昏沈，等緩過來，只見新婚妻子哭得悽慘，他就算有再大的火氣也消了。後來，他好生安慰了半宿，兩人一直到快天明時才睡下，之後更是過了小半年才圓房。

即便對自己現在的情況還有些摸不著頭腦，顧嶼仍順應了自己的本能反應，用乾淨的裡衣袖口給陳若弱擦了擦眼淚，只是才要安慰，他忽然又愣住了，事情過去太久，他早已忘記新婚之夜若弱為什麼要哭。

他的目光落在地上已變成縐巴巴一團的蓋頭上，想著莫非是掀了蓋頭之後，他一時情不自禁，急切了些，讓若弱覺得他太過孟浪，所以才氣哭的？

陳若弱哭了好一會兒，見顧嶼蹙著眉頭看向她，卻一直不說話，她心裡有些惶恐，眼睛瞪得大大地看著他。「我知道我長得醜，因此我在嫁過來之前就想好了，我會在你家裡住幾天，之後就跟我哥哥回西北去，日後你想要納妾都隨你，或你有孩子也可以假裝是我生的，我的那些嫁妝也都……」

「若弱，妳在說什麼傻話？」顧嶼這下子真懷疑自己是在作夢了，若弱說自己長得醜，要讓他納妾，還要回西北……這簡直是莫名其妙！

陳若弱小心地說道：「那……你要和離嗎？」她的眼角滿是淚花，像是在無聲地哀求著什麼。

顧嶼心疼得不知道該怎麼辦才好，他一把抱她入懷，聲音裡帶著顫抖。「我不會與妳和離，也不會讓妳回西北，妳是我的妻子，這輩子就是我的人了。」

他彷彿在說服自己這並不是一場夢境，所以語氣十分篤定，抱得陳若弱都有些疼了。她咬著下唇，幾乎帶了些奢望地想，也許這位顧公子是真的不在意她的容貌。

顧嶼花了一整個晚上的時間，才算是真真切切地接受自己不知為何回到了十八年前的新婚夜，父親還在、三弟還在、妹妹還在，若弱也還在。

他曾經不止一次想過如果回到從前，要如何防微杜漸，挽救鎮國公府，可理智上終究明白那是不可能的，他唯一能做的就是讓持刀的劊子手步上鎮國公府的後塵，讓害了若弱的人不得好死，可即便他做到了這些，也寬慰不了自己的心。

抱著懷裡的少女，顧嶼輕嘆一口氣，他一手圈著懷中人兒細細的腰，一手攏著她瘦弱的肩，隔著一層薄薄的褻衣，那股溫熱的觸感讓他整個人變得十分踏實。

陳若弱有些不自在，從昨天晚上，她就被顧嶼抱著睡，一直抱到了天將亮。

她想翻個身都不行，有時稍微挪動一下，都會被驚醒的顧嶼再度抱得死緊，害得她半個身子都麻木了。可她心裡卻意外地沒有太多怨言，這是她第一次被除了哥哥以外的男子抱，還是這般親暱、絲毫不帶嫌棄的擁抱。

她悄悄地抬起眼，借著床帳外的紅燭和窗紙透出的一點微光，小心地打量起這個抱著她的男人。

修長的眉微微上挑，眼線極長，她見過這雙眼睜開時的樣子，就像一塊上好的美玉，有著溫潤的色澤，兩片薄唇即便是在睡著的時候，也是微微抿著的，幾乎聽不見呼吸聲。

君子如玉，美玉無瑕，說的也就是這樣的人吧。若不是初見於這洞房花燭夜，只在大街上遠遠瞧著，她絕對想不到自己會和這樣的人有交集。

陳若弱想著，不知為何面上有些發熱，心想他應該已經熟睡，便試探性地挪了一下發麻的身子。沒想到顧嶼一察覺懷裡的動靜，馬上習慣性地張開一條胳膊，換了個姿勢將她摟進懷裡，她靠著他溫熱的胸膛，只覺得自己大約整張臉都紅透了。

一對新人才睡下沒多久，紅燭燒盡，外間已然天光大亮。

喜鵲和翠鶯昨夜是在隔壁小間裡守夜的，翠鶯睡得早，喜鵲卻是清清楚楚聽見新房裡有不小的動靜，小姐似乎還哭了，只是後來又沒了聲音，她也不敢去看。

提心吊膽了整整一夜，好不容易聽見鎮國公府的人來叫喜，喜鵲趕緊搖醒翠鶯，兩個人急急忙忙地穿好衣裳，跟著前來叫喜的人一起進了新房。

顧嶼淺眠，門一被推開他就醒了，倒是陳若弱這個一向不貪睡的人，因著成婚前高懸許久的心，又哭鬧了一場，折騰大半夜才睡著，這會兒睡得正熟，臉上有著一團粉粉的睡暈。

喜鵲進到房裡後，不敢隨意張望，只聽見那被喚做「李嬤嬤」的婦人上前叫了喜，又讓身後兩個端著簇新衣物的丫鬟進去裡間。

顧嶼見陳若弱在自己身邊熟睡著，如同小貓兒似地窩成一團，他心裡直發軟，忍不住低頭在她佈著猙獰胎記的臉頰上輕吻了一記。那唇上溫熱真切的觸感明明白白地告訴他，這不是夢，他是真的回來了。

「啊！」前頭捧著顧嶼衣物進來的丫鬟，一眼就瞧見了陳若弱的臉，嚇得尖叫一聲。

陳若弱的呼嚕聲一頓，眉尖蹙起，低喃了幾句讓人聽不清的話，便拿起枕頭蓋住腦袋，翻個身又睡過去了。

顧嶼抬眼看了那個丫鬟一眼，面容有些熟悉，依稀記得是從前伺候過他起居的丫鬟，卻一時想不起名字來，他也不甚在意，只是道：「吵什麼？出去！讓少夫人再睡一會兒。」

喜鵲偷偷地朝裡間張望，見顧嶼面色冷淡、眸色銳利，一個眼神就嚇白了小丫鬟的俏臉，和昨日笑容溫潤的青年公子截然不同，心裡不免又更擔心幾分。

顧嶼只著裡衣，從床榻上下來，並不要人伺候，他自行把兩件單衣穿上身，他昨日的髮冠也並沒有散下。

李嬤嬤一邊替他重新打散頭髮，重束冠帶，一邊給另外一個小丫鬟聞墨打眼色，讓她去瞧瞧裡頭到底有什麼，居然讓侍香嚇成那樣。

喜鵲一把攔在聞墨身前，儘量用一種不那麼緊張的語氣說道：「讓我和翠鶯來侍候少夫人起身吧，少夫人在家裡懶散慣了，旁人叫她要生氣的。」

顧嶼聞言，瞥了喜鵲一眼，微微點頭道：「也好，妳先叫她起來吧，一會兒去見過父親和三弟，回來再睡也不遲。」

喜鵲鬆了一口氣，可她也知道這口氣鬆不了多久。她接過聞墨手裡的衣物，一進裡間就瞧見陳若弱抱著枕頭睡得正香，臉上原本撲滿的粉早就被蹭了個乾淨，大片暗紅的斑駁胎記蔓延其上，清早的光亮把她臉上的胎記映照得幾乎泛著光芒，無比顯眼。

翠鶯提防著外頭的人聽見，把聲音壓得低低的，叫道：「小姐、小姐，您快起來呀！您的臉叫鎮國公府的丫頭給瞧見了。」

陳若弱從小到大都沒心沒肺的，長相是她唯一的心結，聽見「臉」這個字，再多的睡意也煙消雲散了，她猛然睜開眼睛，坐起了身。

喜鵲瞪了翠鶯一眼，她說話的聲音也壓得很低，卻是問道：「小姐，昨天姑爺他……什麼反應？」

「他……」陳若弱只說了一個字，就覺得臉上發燙，腰間和肩膀上似乎還留著餘溫。想到昨夜裡溫柔哄她的顧公子，她咬了咬唇，一扭頭就把臉埋進被褥裡，蹬了兩下小短腿，欲蓋彌彰地說：「我、我不知道。」

顧嶼的髮冠已經束好，他洗漱完，半掀開裡間的簾子，就見到這副情景，只覺像極了一幅生動可愛的美人貪睡圖，忍不住彎起唇角，低笑一聲，道：「不知道什麼？」

陳若弱亂蹬的腿一僵，兩隻手把被褥抓得更緊了，似乎只要用被褥蓋著頭，就可以當作什麼事都沒發生過似的。

喜鵲和翠鶯瞪圓了眼睛，看著滿臉含笑的姑爺，比起昨天，今早的姑爺雖然瞧著讓人發冷，可對小姐的態度卻是親暱又溫柔，絲毫不似尋常人家新婚夫妻那般生疏客氣。若小姐是個正常人也就罷了，可小姐她長成那個樣子……

顧嶼的笑聲哪怕是隔著一層被褥，陳若弱都聽得分明，她的心怦怦直跳，雙頰發熱。

她忽然有些怕會像是哥哥說的那樣，顧公子因為在夜裡沒瞧清楚，才對她如此親密……這會兒蓋著被褥，別人看不見她的臉，她心裡踏實許多，說話的聲音也大了。「顧公子，我再給你一次反悔的機會，你可要想清楚了，要是你對昨晚說過的那些話感到後悔，我保證下個月就走，不會給你們家添堵的。」

「小姐！」喜鵲嚇了一跳，連忙大叫出聲。

顧嶼有些不明白陳若弱話裡的意思，他仔細回想著昨晚他說過的話，遲疑了一下，說道：「夫人……十分在意臉上的胎記嗎？」

這話問得實在有些奇怪，連喜鵲都納悶不已。因為生了那樣的胎記，而時時刻刻在意著、自卑著，難道不是很正常嗎？為何從這新姑爺的口中說來，倒像是什麼不可思議的事。

陳若弱悶悶地不吭聲，卻是默認了。

顧嶼有些無奈，他不記得自己十八年前有沒有遇過這樣的問題，但他記憶裡的若弱是坦蕩又大方的，碰到有人提起她臉上的胎記，也不覺得有什麼，畢竟那只是一塊胎記。

在他看來，那塊胎記不過就是尋常的淚痣或斑點，連美玉微瑕都算不上，如果一定要找個形容詞的話，那便是「錦上添花」吧。

他心中想說的話有千般萬般，可到底十年不曾甜言蜜語過，話到了嘴邊，只是一句斬釘截鐵的話。「夫人的胎記，甚美。」

陳若弱掀起被褥一小角，似乎想要透過那道縫好好地觀察一下顧嶼的表情，可看了半天，卻瞧不清什麼，她只好從被褥裡鑽出來。

顧嶼禁不住發笑，他俯下身，抬手在她的髮上輕撫幾下，如玉般的面龐微微靠近，在她的眉角處落下一個輕輕的吻。

陳若弱霎時紅了臉，作賊心虛地移開視線，沒什麼底氣卻越發大聲地說道：「我、我要換衣裳了！」

喜鵲和翠鶯愣在原地，陡然聽見陳若弱一聲大叫，才算是回過神來。她們的心裡越發驚奇，如果先前還覺得可能是姑爺心腸好，見不得小姐自卑，才拿話哄她開心，這下子反倒讓她們反應過來了，要不是真心覺得小姐不醜，對著小姐的那張臉，姑爺能親得下去？

顧嶼吻完，低笑一聲，拍了拍陳若弱的頭，轉身出去了，只留下滿臉通紅的陳若弱和兩個同樣暈乎乎的小丫鬟。

李嬤嬤和聞墨一直在外間豎起耳朵聽著，自家世子的性情自家人最清楚，想來世子說新夫人臉上的胎記沒什麼，那肯定就是沒什麼。侍香那小妮子的心思誰不知道啊，興許就是想藉著這個機會給新夫人添堵，才讓世子給攆出來的。

想到這裡，李嬤嬤和聞墨臉上都帶著笑，這笑容一直持續到……喜鵲扶著陳若弱出來的時候。

第三章　坦白

陳若弱被喜鵲按著梳頭，有些不自在地看了看邊上的李嬤嬤和聞墨。

這兩個人的視線實在明顯得讓她無法忽略，她對別人看她的反應是很敏感的，因此一早以來的好心情馬上散了個乾淨。

她微微低下頭，假裝是在看首飾，這些首飾是她從娘家帶來的。在西北那會兒，陳青臨管著手底下兩、三萬的兵，她和隨軍的家眷同住在軍鎮上，雖然沒人敢當面說她醜，但表情作不得假，她也就不大愛出門。因此這些首飾只有兩根簪子是她自己買的，其餘全是陳青臨置辦的。

陳青臨快三十歲的人了，十幾年的戎馬生涯，注定他和京城富貴繁華之地的流行審美無緣，所買的金簪全是又粗、又實在，玉鐲個大水光，釵環珠綴紛繁，一應首飾閃閃亮亮。

喜鵲先幫陳若弱散了髮，隨即就有些為難起來，猶豫好一會兒，才挑了其中一根紅玉的梅花簪子，要替陳若弱盤髮。

「一會兒要見國公爺，戴梅花簪子不吉利，還是戴這個吧，又富貴、又好看。」陳若弱舉起一根牡丹簇金綴海珍珠的簪子，這根她剛才就看上了，特別喜歡。

喜鵲眼睛抽搐，不停地給她打眼色，心想姑爺不在意容貌，也許在意的是內在，小姐就這麼暴露出和將軍如出一轍的審美，真的不大好。

陳若弱愣了一下，還沒說話，就見顧嶼伸手接過她手裡的簪子，端詳一二後，十分誠摯地說道：「牡丹傾國，珍珠澄淨，文卿也覺得這根簪子最適合夫人。」

本以為姑爺是在開玩笑，但顧嶼臉上卻一點開玩笑的意思也沒有，只見姑爺走上前，喜鵲連忙退後一步。

顧嶼取過紫檀木梳，動作微帶生疏地替陳若弱綰起長髮，盤好一個中規中矩的髮式，再將那根金簪插了上去。

似乎還覺得不滿意，他又看了一眼首飾盒，取出一對碧玉綴金的髮釵，為陳若弱續出兩道細細的髮辮，盤旋而上，正落在髮鬢後端。

陳若弱紅著臉看他，眼裡帶著迷濛的水光。

李嬤嬤看著，喉嚨裡咕嚕了幾下，到底沒敢出聲。

喜鵲和翠鶯對視一眼，也都有些不敢置信的樣子。

陳若弱原先還是姑娘家的時候，總喜歡留出半側長髮，微微遮掩一下臉頰上的胎記，再加上胎記蔓延得極廣，又不能完全遮蓋，看起來就有些陰沈。顧嶼卻把她半側的髮絲全都盤進髮髻裡，長久不見陽光的半張臉，此時完完全全地顯露出來。

她照著鏡子才發覺，原來自己靠著耳廓的那一部分是沒有胎記的，整張臉看上去，也就是額頭和臉頰上橫跨三指寬的一大道紅印，不是她一直以為的紅白陰陽臉。雖然都是醜，但醜和醜之間也是有分別的，陳若弱心裡的那股沈重不知為何去了不少。

顧嶼看著她，眸子裡泛上一點笑意。他早就發覺，這時的若弱似乎和他過往記憶裡的不大一樣，新婚時的事情他已記不清，不過想來之後若弱不在意這塊胎記，是因為他的緣故，如今從頭再來，即便不習慣，他也要時時刻刻讚美她，讓她正視自己。

待陳若弱打扮好後，顧嶼便牽起她，一同前往正堂。

鎮國公府改建自前朝一處寵臣府邸，違制之處頗多，亭臺樓閣皆美輪美奐，顧嶼看著院中的佈置，重生之後一直愉悅的心情變得有些沈默。所謂牆倒眾人推，誰能想到失勢之後的鎮國公府，竟然連高祖賜下的府邸違制，都能被論為一大罪。

五代隨君、三載拜相、兩度尚主，世襲罔替，如此的榮寵勛貴，不過三月餘便大廈傾倒，皇權之爭，可見一斑。

顧嶼想著、想著，正堂已經到了，見陳若弱微微低頭有些不自在的樣子，他壓下起伏不定的心思，微微笑道：「不必擔心，父親和三弟都會很喜歡妳的。」

陳若弱有些放下心來，身子稍稍落後一點，跟著顧嶼進了正堂。

見她瑟縮得就像一隻小貓兒，顧嶼忍不住抬手輕輕拍了拍她的頭，算作安慰。

鎮國公顧紹雍年有四十，兼領京畿巡防監察之職，明明正當年富力強，看上去卻有五十多歲，兩鬢髮絲微白，面容也憔悴陰鬱。雖然臉上強撐出喜氣來，卻還是顯得暮色沈沈，配著身後的蒼竹勁風畫屏，越發讓人心裡打突。

顧嶼進門，先行一禮，陳若弱先前也學過一些勛貴人家的禮數，小心地跟著行了一禮，倒是沒出什麼錯。

鎮國公微微頷首，取了身邊隨侍捧著的托盤裡那兩道紅封，還沒來得及朝底下看，就聽下首的顧峻把一口茶噴了出去。

「大哥，她的臉……」

顧嶼微微蹙眉，時隔十年，再見親人的喜悅都被顧峻的反應沖淡了一些，語氣微微發冷道：「三弟，不得無禮。」他臉色冷下來的時候，周身都散發著一股久居上位不怒自威的氣息。

顧峻咋呼到一半，有些被嚇住，俊秀的臉龐上滿是委屈，期期艾艾地又叫了一聲「大哥」，就癟著嘴不說話了。

如果眼神能化為刀子，顧峻的刀子已把陳若弱捅成篩子了。

陳若弱朝顧峻看一眼，雖然有些沒底氣，但還是挺直了身子。她是嫁給顧嶼的，顧嶼不嫌棄她就好，至於小叔子的喜惡，和她才沒什麼關係呢。

鎮國公這會兒也看清了陳若弱的長相，他起初有些皺眉，但婚事已成定局，多想無益，只是怕顧嶼覺得委屈，他又看了看自家兒子的臉色，便放下心來了。接過陳若弱奉上的茶，他分別將紅封給了兩人。

陳若弱小心翼翼地抬起頭，看了鎮國公一眼。

她五官生得漂亮，眼睛也靈動有神，鎮國公將她忐忑不安的樣子收歸眼底，不禁發笑，他消瘦的臉頰上帶起一絲和藹的笑意，說道：「好孩子，做了我顧家長媳，日後要恪盡本分，好好打理府中上下，若有什麼不懂的，盡可去問文卿……是我耽誤了他。」

陳若弱有些驚奇地看向顧嶼，而顧嶼擰眉想了一下，對她點點頭。當年的記憶分外模糊，不過想來若弱沒來的那幾年，府中一應事務約莫是他在管著的。

顧峻見自家爹爹都沒多說什麼，心裡更委屈了，哼哼唧唧地坐在椅子上，把手裡的茶盞放下又拿起，發出不小的動靜來。

沒人理會顧峻，鎮國公正笑咪咪地和陳若弱說話，得知她在西北就幫著陳青臨打理家務，看帳、管事一把抓，還會點廚藝，臉上的笑容就更大了。

他們這樣的人家，什麼琴、棋、書、畫都是虛的，會管人、肯管事，能把府裡上下打理好，就是賢淑了。這樣想來，長得如何反倒是次要的，何況兒子瞧著也不是多委屈的樣子。

見過父親後，就到用早膳的時候了，顧嶼雖然有些事情想要找父親問個明白，卻也不好急在一時。

陳若弱在顧嶼身側落坐，就見坐在對面的顧峻「哼」了一聲，把頭扭過去，用肢體語言充分地表達出對她這個大嫂的不喜，不過她才懶得搭理他呢。

一行十來個丫鬟將早膳一道道端了上來，第一道紅豆薏米粥放在中間，各色小菜搭在邊上，然後是幾道熱騰騰剛出鍋的麵點，花樣精緻。陳若弱還看見有一碟指肚大小的夾心麵食，被捏成小小一團的貓、狗、兔、鳥等樣式，熱熱鬧鬧地簇在其中，看著可愛極了。

顧峻看她一眼，昂著脖子把那碟她專注盯著的麵點端到自己面前，並挾起一只小貓咬下頭，一點糖心從貓脖頸處滲透出來，他得意洋洋地把剩下的貓身也吃了。

陳若弱想翻白眼，卻還是忍住了。她雙頰微紅地看著顧嶼給她盛了半碗粥，又把微辣的油碟放到她面前，她有些驚奇地想，這顧公子怎麼好像知道她的口味呢？

顧峻看得更氣了，挾起一只個大腹圓的白鵝送進口中，然而只是一嚼，他的臉色頓時綠了。他偷偷地看向鎮國公，誰知因為他剛才鬧脾氣的舉動，鎮國公剛好正在看他，他鼓著半邊臉頰，心一狠、眼一閉，認命地把口中的麵食吞下去。

只是入口的味道，實在超出他的忍受範圍，勉勉強強嚥下去，一股噁心瞬間湧上喉頭，他再也忍不住，扭頭「哇」地一聲把只嚼上一口的麵食吐了出來。因為噁心的感覺沒有褪去，他又接連嘔吐了好幾下，將剛才吃的和昨夜喜宴上還沒消化的飯食全吐了個乾淨。

鎮國公沈著臉，放下筷子。

顧峻彷彿吐掉半條命，撐著身子接過丫鬟遞來的茶水漱漱口，白著臉解釋道：「是肉餡的……」

顧嶼從他剛才嘔吐時，就一直看著他，聞言，馬上轉頭看向臉色變化不定的鎮國公，輕聲說道：「父親，數月之前府裡就已出孝，三弟正在長身子，不能再讓他吃素了。」

顧峻一愣，臉色被嚇得更白了一點，帶著最後一點期望看向鎮國公，卻見鎮國公眉頭蹙緊，良久，嘆了一口氣。

尋常百姓守孝是沒有這麼嚴的，雙親去世的頭一年肯茹素，就已經很不錯了。但在京城的勛貴之家，一舉一動都有人盯著，稍有行差踏錯，就是萬劫不復，故而鎮國公府可是扎扎實實地守滿三年孝期。

前些日子府裡出孝，桌上便漸漸開始上一些葷腥菜餚，雖然還是以素菜為主，但到底也算是過了這道坎。只有顧峻不成，他幾乎不能聞到一點肉味，強逼他吃上幾口，必定要吐。

也因為這樣，他一個十六歲的少年跟同齡人比起來，幾乎要矮上一個頭。

原本顧嶼是不記得這件事的，可三弟皺眉嘔吐的一幕，不知為何同前世那瘦削陰鬱的青年客死他鄉時不甘的眼神重合起來，讓他的心陡然揪了一下。

三弟在家中排行最小，也最受寵愛，即便他和父親嘴上不說，卻有一種默契，連若弱也是疼他的。後來鎮國公府被查抄，父親聞訊氣急攻心暴病而亡；若弱臨產遭人暗害，一屍兩命；三弟好不容易調養好身子，卻再也不肯沾染葷腥，勉強撐著辦了兩年差事，就在府衙中一病猝死。

顧嶼想著，面上的冷意更深，顧峻被他的眼神看得心裡發慌。

鎮國公的聲音裡帶著淡淡的悲切，說道：「確實該如此，何況若弱剛來，總不能讓她也跟著府裡茹素，讓後廚從今日起，就按原先的規矩來吧。」

顧峻頓時一副心如死灰的樣子，陳若弱眨了眨眼睛看著顧峻，又拉了一下顧嶼的袖子，彷彿在問怎麼回事。

顧嶼只是朝她笑了笑，沒有說話，伸手給她挾了一個碧玉糰子。

豆沙餡的碧玉糰子入口帶著一股綿軟的荷花清香，內餡是紅豆那種沙沙的微甜，大約是蘇式的點心，做得極為精巧。陳若弱吃了顧嶼挾給她的一個，自己又挾了一個，還配著幾道小菜，喝去半碗淋了辣油的粥，又吃了一塊蕎麥小餅，這才算吃了個八分飽。

鎮國公原先怕她拘束，再加上顧峻又吐得天昏地暗，雖然地上很快就被擦拭乾淨，可到底心中膈應，連他都不大有胃口了。如今見陳若弱吃得香甜，他心裡高興，也忍不住把一碗粥喝得乾乾淨淨。

顧峻吐過之後就顯得蔫答答的，愣是一口沒吃，用一種幽怨的眼神看著自家大哥，期望他能突然良心發現，不至於對他這個唯一的弟弟太過殘忍。
但顯然大哥是沒有良心這種東西的，根據他目測，不過一頓飯的工夫，大哥就看了那個醜丫頭不下十次，好像看著她，連食慾都會變好似的，以往飯量不算大的大哥，居然硬生生喝了兩碗粥。
顧峻氣了個半飽，一見鎮國公放下筷子，立刻就像出了籠的野狗，半個身子已跨出門檻，才大聲說道：「爹、大哥，我出去了！」
鎮國公有些無奈地搖搖頭，對陳若弱道：「別看這個小叔比妳還大一歲，卻是個小孩兒性子，他往後要是有什麼無理取鬧的地方，長嫂如母，妳該教訓就教訓，不必慣著他。」
陳若弱聽了前半句，還以為鎮國公是想叫她讓著這位三公子，沒想到下半句話鋒一轉，竟然是向著她說話。她忐忑的心情瞬間被安撫，眼睛彎成了月牙，分外乖巧地點點頭。
用過早膳，顧嶼帶著陳若弱在鎮國公府各處走走瞧瞧，又把府裡的管事和奴僕全叫來，讓他們認人。
當府裡的奴僕們偷偷地抬頭看向這位少夫人時，底下馬上泛起一片倒抽氣的聲音。
陳若弱看了顧嶼一眼，見他臉上並沒有什麼惱怒或尷尬之色，便也放下心。
她先見了府裡的大管家顧全，又讓幾個管事上前來領賞，接著看過內院伺候的丫鬟和婆子，她又翻了翻名冊，有些不解地說道：「好似少了些人手……」

顧嶼看向顧全，顧全連忙上前，圓臉上滿是笑容。他一貫會察言觀色，即便瞧見陳若弱的胎記，也當沒瞧見一樣，恭敬地說：「少夫人初來乍到，不知府裡規矩，咱們內院裡伺候的都是家生子，而外院的小廝或後廚、馬夫等僕役，就不好帶他們過來污了少夫人的眼。」

陳家自陳父那一輩就除了爵，別說僕役，就連當年賜下的府邸都曾一度被收回。陳青臨常年在西北，住的地方從尋常的泥瓦房到後來的高門大戶，伺候的人從兩、三個小丫頭到府裡上下百十來號人，完全可當作是勵志話本中的寒門主角，半點勛貴底蘊也沒有。

僕役的孩子從出生起就是奴籍，至少要過三代，才能算作家生子。而顧全呈上來的家生子名冊，竟就有三本之多，陳若弱看得咋舌，頭一回有種攀了高枝的錯覺。

顧嶼見她看得認真，忍不住笑了笑，讓顧全把府裡庫房的鑰匙拿來，還有帳本。倒不是要讓陳若弱立刻看完，這些不過是做給下面的人看，好教他們別看輕了少夫人。

陳若弱雖然半輩子都待在西北，但成婚前也被陳青臨找來的嬤嬤，惡補了一番京城勛貴人家的規矩。她知道有的人家高娶，或者府裡長輩格外放心新媳婦兒，就會很快把府中大權交出去。她那個時候是沒想過自己一來就可以管事的，這會兒有種受寵若驚的感覺。

顧全也驚了一下，不過到底見識多，面上沒露出太多異色來。可底下的管事們卻都愣住了，他們瞧著少夫人這副長相，也不像是能讓世子一見傾心，莫非竟格外有城府？

且不說各個管事心裡暗自提防，就連陳若弱自己，在喜悅過後也清醒了幾分，她知道自己有幾斤、幾兩重。在將軍府時，陳青臨不喜多事，買人專簽死契，僕役們只有伺候主子這條出路，自然不敢犯事。可家生子和簽了死契的僕役不同，幾代的臉面不是說管就能管得動的，想要把偌大的一個鎮國公府管得嚴實，肯定要費不少心思。

顧嶼倒沒這些彎彎繞繞的心思，即便理智上知道自己回到十八年前，但潛意識裡，他還是把眼前這個初嫁過來的姑娘，當成是他結髮多年的妻子，因此這會兒他想得更深一些。

冰凍三尺，非一日之寒，鎮國公府的破敗並不全是幾個皇子的爭鬥而殃及池魚之故，而是如今的勛貴之後幾代越發不成樣，不但大肆斂財、與民爭利，有的還扶持門生、黨同伐異，寒門官員和勛貴勢力幾乎在朝中形成了對峙。而如今坐在上位的元昭帝，看似運籌帷幄、兩方制衡，甚至更偏向勛貴一些，其實內心早已開始忌憚。

而他的好妹夫，如今的瑞王殿下、後來的太子儲君，正是看透了這一點，才毫不猶豫地把鎮國公府當作投名狀，先除妻族，再鏟除大部分的勛貴勢力，成就自己大公為國的名聲，也因此鬥倒了平庸的廢太子，在一眾汲汲營營的兄弟中脫穎而出，如願接過太子金印，可惜卻夢斷金鑾殿。

或許日後史書上，逃不開記他一個奸佞之名，畢竟廢太子平庸，即便再度扶持起來，也不會有太大成就，而這位瑞王殿下，卻是真真正正的為君之才，成則明君，敗也梟雄。

顧嶼想著，眸色越發沈鬱，連陳若弱和他說話都沒注意，直到陳若弱伸手在他眼前晃了晃，他才回過神。

「顧……夫君，要是累了的話，不如先回去休息吧，我看你昨夜都沒怎麼睡。」陳若弱擔憂地說。

愛妻的聲音就像一道活氣，渡進了死人口裡，讓顧嶼發寒的心再度暖起來。他的眼珠微微動了動，握住她的手，輕聲說道：「為夫字文卿，夫人日後喚字即可。」

陳若弱被握著手，看著近在咫尺的俊臉，一朵紅暈悄悄地爬上臉頰，小聲喚道：「文、文卿……」她覺得自己這兩天臉紅的次數加起來，可能比她過去都多，心也一直怦怦直跳，這感覺既陌生、又奇怪，卻一點也不討厭。

顧嶼笑了笑，翻騰的心緒已沈靜下去，他原本並不想將「重生」這樣離奇荒唐的事情說與人聽，可看著若弱猶帶幾分少女天真的眸子，他想了想，決定同父親和三弟坦誠此事。

上一世，他能把太子儲君從高位踩到腳底，離不開失勢的廢太子多方轉圜，而太子失勢卻是在鎮國公府破敗之後。二妹是瑞王妃，他若貿然對上如今的瑞王殿下，必然會惹來父親的不快，說不準還會扯他後腿。

他想護住鎮國公府，想讓父親壽終正寢，想讓三弟一展抱負，想讓妹妹長命百歲，還想和若弱白頭偕老！這麼多的奢望，唯有用血踏出一條路來，即便要斬落金龍，被後世唾罵，他也無所畏懼。

陳若弱在嫁過來之前，是抱了十二萬分的警戒，一怕夫君嫌棄，二怕婆家刻薄，最怕的就是高門大戶在乎臉面，不肯放她回西北，更甚者還有可能把她關在後宅裡一輩子不見人。她遇到事情總喜歡往壞處想，卻都悶在心裡，跟陳青臨還能說上幾句，和其他人就是一絲多餘的擔憂都不肯講了。沒想來到這鎮國公府，簡直就像作夢似的，夫君像個瞎子般覺得她是天仙美人，而且上無婆婆，公公瞧著並不打算插手後宅之事，見了她的長相也沒多說什麼，態度十分和藹，雖然有個看她不順眼的小叔子，卻一點也不能打擊到陳若弱。

幹勁上來，她不再多想，有顧嶼陪著她看過一遍府裡的諸般事務，她心裡也有數了。國公府雖大，但管家的道理是相通的，只要理順雜務，走上正軌並不算難。如今她手裡有了庫房鑰匙，日後月錢往來都得經過她的手，盤下這個攤子不過是時間問題。

顧峻出府後，原先是想去瑞王府看看二姊，可半道上就撞見幾個平素交好的世家子弟，都是昨夜來喝過喜酒的，知道他府上才辦過喜事，便又熱熱鬧鬧地恭喜了一番，然後拉著他去城外賽馬。

周儀跟他關係最好，旁人都不覺得有什麼，就只有周儀轉了轉眼珠，小聲地問道：「怎麼一大早就悶悶不樂的，是新嫂子不如你意了？」

想起自家大哥溫柔的神情，顧峻更氣了，悶聲說道：「我哪裡敢啊，她是我大哥的心尖肉，是我爹的掌中寶，合著我就是那個多餘的……」

「你跟才進門的新娘子置氣做什麼？」周儀有些不解道。「你可不能在人家進門第一天就擺出一張臭臉，就算做做表面功夫也好啊，再說，只要合你大哥心意不就成了。」

顧峻想解釋，不是他無理取鬧，而是他這個新嫂子實在是……可話沒出口，便又嚥了回去，頗有幾分憋屈地說道：「算了，以後你就知道了。」

周儀心中更加好奇，還想再問，就聽遠處有人打馬趕上來，是經常跟著顧峻的小廝。

小廝喘著氣下馬，道：「三少爺，世子讓您趕緊回去，說是國公爺發急症了！」

顧峻嚇一大跳，對著周儀擺擺手，便心急如焚地一勒韁繩，朝著城門的方向馳騁而去。

鎮國公連服了兩副藥，才算是緩過來，他身子本就虧損，禁不起大喜大悲。

顧嶼一開始只說是黃粱一夢，可越說越真，更描述出諸多細節來，鎮國公不是蠢笨之人，看著自家一夜之間陡然換了一個人似的長子，心下不免相信了幾分。

等聽到愛女慘死、國公府除爵，以及懷著身孕的長媳被人害得一屍兩命，連他一向疼寵的三子都逃不過一死……他知道顧嶼不是會編瞎話的人，因此他越聽越激動，一口血就這麼吐了出來。

顧嶼沒想到父親的身子竟那麼早就見衰敗之象，平日父親肯定是硬撐著不願顯露出來，所以他到現在才發覺。直到府裡常駐的醫者來看過脈，他才如夢初醒，追問道：「父親他的病……」

老大夫鬚髮皆白，看了一眼鎮國公，反而笑著拱手道：「倒是要恭喜國公爺了。老朽從前就說過，國公爺的病症全由心病而起，漸生病端，如今一場急怒攻心，反讓國公爺去了心頭鬱結，瘀血散盡，人也就沒什麼大礙了。」

鎮國公這會兒也覺得自己緩過了氣，雖然吐了血，卻沒有一刻像現在這般鬆快過。他看了顧嶼一眼，顧嶼則對他搖搖頭，表示上輩子是沒有這回事的。

父子兩人一個眼神交會，就已經心知肚明，顧嶼想的和鎮國公差不離，既然病症之事已和前世不同，那是否說明所有的事情都是可以改變的？

正想著，顧峻風風火火地從外面趕了回來，一副急得快哭的樣子，進門的時候還被門檻絆了一下，踉踉蹌蹌地撲進來，幾步跪倒在床前，淒聲嚎叫道：「爹！您沒事吧？您別嚇我啊！」

顧嶼和鎮國公對視一眼，兩人都是一頓，看著哀哀悽悽好似自己下一秒就要成孤兒的顧峻，心照不宣地交換了一個眼神，這些事……還是遲些再告訴他吧。

顧峻眼睛裡蘊滿淚光，哭嚎了好幾聲，才瞧見一旁鬚髮皆白的老大夫。

老大夫想來也已習慣了顧峻的性子，用一種老人家絕不會有的語速，飛快地把自己剛才的話重複一遍。末了，又看著張大嘴的顧峻，補充道：「三少爺舌苔乾燥、色澤淡白，想來是陰虛血氣不足，老朽還是先給三少爺開幾副藥吧。」

顧峻扭頭看向他大哥，只見大哥的眼神陰沈；又低頭看向父親，而父親看他的神情，就像在看隻猴子耍雜戲。

他一直在眼睛裡打轉的熱淚瞬間滾落，留下兩道淚痕，顧峻覺得，自己早上說的肯定不是氣話，他真的是撿來的！

鎮國公一口瘀血吐完，整個人的精神好了不少，不多時，就自己掀起被褥，從床榻上坐起身。

老大夫連連說除了得再吃幾帖藥調理一下，連鎮國公每日必服的藥丸都不必再吃了。

第四章 新婦

鎮國公府親眷關係簡單，少有聯姻之事。先國公夫人出身也不高，是個四品閒官的女兒，家族同樣凋零；上頭有個寡居的姊姊，夫家經商；至於同族過繼來的弟弟，攀著顧家謀了個官職，也就不好意思再上門打秋風。

那日叫陳若弱堂嬸的小童，算是顧家血緣頗遠的親戚，他雙親早逝，不願為人過繼，一心想要光耀門楣，所以鎮國公時常照拂他，還為他延請大儒教導，只等他再大一些，過了童生試，就要送入國子監讀書。

陳若弱一想起讀書，就臉紅脖子粗，至今只能算認字的她，禁不住對顧明英肅然起敬。

顧峻聽著顧嶼正和陳若弱說著國公府的一些事，忽然瞧見陳若弱的神色有異，他心裡頓了一下，試探地問道：「嫂子不會沒讀過書吧？」

話一出口，連他都覺得自己的想像力太過豐富，本朝又不是前朝，並不崇尚「女子無才便是德」，各地都設有專門的女學，貴女們更是以寫詩、作賦為美。有些才華出眾的女子，甚至能蓋過出身，嫁入更高的門第。

想到這裡，他的臉色有些發沈，前些日子瑞王府納了一位側妃，就是京中有名的才女，聽說所作詩賦文辭華豔，傳遍京城，連聖上都為之動容。明明只是個翰林庶女，聖上卻准了瑞王請側妃的摺子，他雖然知道瑞王不可能永遠只有二姊一個，心中還是替二姊難受。難過之下，他連陳若弱的回答都沒聽清，便又問了一遍。「嫂子剛才說什麼？」

陳若弱有些沒底氣地重複道：「我在西北要到哪兒讀書去？不過帳本上常用的字，我倒是認得。」

顧峻目瞪口呆地看向大哥，而顧嶼淡淡地瞥他一眼，轉頭見陳若弱有些難為情又強撐著的可憐模樣，忍不住抬手拍了拍她的頭。「夫人不必為此難過，行文並非難事，日後我慢慢教妳就是。倒是三弟，你的禮義廉恥都學到哪裡去了？」

前半句溫柔繾綣，後半句沈冷肅殺，顧峻聽得簡直都快哭了。他本想解釋自己不是故意要給嫂子難堪的，但又拉不下這個臉，只好悶悶地低下頭。

顧嶼其實並不覺得若弱沒讀過書有什麼不好，畢竟她一讀書就頭疼，不管背了多少詩詞歌賦，也作不出半篇東西來。這樣的人其實不在少數，他雖然無法理解這種感受，但也明白這是天生的，同個人品性或勤奮與否無關。

陳若弱本以為說出這個事實，顧嶼會對她失望，沒想到竟得來他溫情寬慰的話語。這下子她看向顧峻的眼神都沒那麼凶了，她喜孜孜地抱著白糖，眼睛一眨也不眨的，繼續聽著顧嶼給她講鎮國公府的大小事。

顧嶼大致講解了鎮國公府的親眷關係，以及勛貴之中和鎮國公府交好的有哪幾家，格外要小心的則是哪幾家。末了，見陳若弱一副認真聽講的樣子，他又將府中有些名氣的門客和已經外放做官的門生勢力，都給陳若弱梳理一遍。可惜這些人名陳若弱都沒聽過，她看著顧嶼的臉龐，悄悄發起呆來。

進門之前，她從沒想過自己要嫁的人是什麼樣子，甚至還希望未來夫君也能有些缺陷，卻不承想上天和她開了一個大玩笑，她的夫君不僅沒缺陷，反而完美到讓人幾乎懷疑這只是一場夢。

顧峻撇撇嘴，忽然像是想起什麼似的，有些不懷好意地說：「大哥，你怎麼把婉君表妹給忘了？婉君表妹可是三、五天就會來一趟，你就不怕她生氣……」

聽見這個名字的瞬間，顧嶼的臉色馬上冷了下來，不是那種尋常時候被開玩笑的冷肅，而是一種近乎要殺人的深沈怒意。

顧峻說到一半，就不敢再繼續往下說，他心裡發寒，不知道表妹什麼時候得罪了大哥。

陳若弱很會看人臉色，一見顧嶼生氣，連被顧峻打趣而冒出來的一點醋意也沒了，連忙哄孩子似地拍拍顧嶼的背。「好了、好了，三弟又沒說什麼，你別這樣……你嚇著我了。」

顧嶼被陳若弱的溫言軟語所安撫，回過神來，反手握住她伸過來拍他的手，將她抱進懷裡，抱得很緊，像是怕她會消失不見似的。

他轉身看向顧峻，聲音發冷，道：「日後不准尚婉君上門來，她來一次趕一次！顧峻，你要是敢私底下去見她，我就打斷你的腿！」

顧峻起初心裡有些害怕，卻被大哥這樣不假辭色的一番話給氣紅了眼眶。顧峻心裡認定自家大哥是讓這醜丫頭迷了心竅，不僅要趕走一直愛慕他的表妹，連對自己都這麼凶。顧峻又氣又委屈，一把砸了手邊的茶盞，狠狠地推開門跑出去。

「三弟他……」陳若弱有些擔心，只是她還沒來得及去追，就被顧嶼按回懷裡。

顧嶼緩過氣來，輕聲說道：「他是去告狀了，父親不會理他的。不是我要凶他，只是以他的性子，有些事情告訴他反而是添亂。」現在給他受些委屈，也是想讓他警醒幾分，早早認清一個人的真面目。

顧嶼蹙眉輕嘆，這些年他關注於朝堂之事，對後宅的紛爭沒有半點涉獵，更不懂得如何去構陷一個閨閣婦人。

前世懲辦尚婉君，是因為瑞王倒臺，依附著瑞王的官員勢力經過大清洗，他得以羅織罪名將尚婉君的夫君暫扣審訊，並在她露出本性搜羅家財準備逃離之時，又將她夫君放歸，如此，她不到三月就被夫家磋磨至死。

如今尚婉君雲英未嫁，只有個寡母支撐商賈家業，那些惡事她還沒做，他找不出懲辦她的方法。因此他同父親商議過後，也只得出一個結果，那便是斷去聯繫，既不給她攀附的機會，也不給她登天的路徑，畢竟一個商戶女，原本也是難以嫁入官宦門第的。

陳若弱被抱得腰腹生疼，然而一抬頭看見顧嶼微蹙的眉頭，就什麼都忘了。她眨眨眼，忽然鬼迷心竅地在顧嶼眉角處，蜻蜓點水似地啄了一下。

她這一吻有些傻氣，唇尖微微噘起一點，才剛觸到顧嶼的臉，就火急火燎地退開來，一股紅潮頓時從她唇上蔓延至臉頰。

顧嶼被眼角處柔柔的觸感驚了一下，他垂眼看向若弱，便見到一張大紅臉。半妝胭脂面，羞煞傾國顏，他無緣得見千年前西施之美，但想來若真是傾國絕色，就該和眼前的人生得一模一樣，差上一絲一毫都不成。

彷彿被蠱惑了似的，顧嶼捧起陳若弱的臉龐，星辰般的眸子微微合起，薄唇輕輕地貼在她的唇上。

陳若弱只覺得熱意從唇上傳到四肢百骸，酥酥麻麻的，讓她全身軟成一攤春水。

兩人的唇瓣廝磨了幾下，顧嶼才輕輕地放開陳若弱，斯文俊美的臉龐上不知何時也起了一絲紅潮。

陳若弱只覺得自己的臉肯定是著火了，她傻傻地拿手貼了貼兩邊臉頰，果然滾燙。

顧嶼啞聲道：「若弱……」

陳若弱不知道為何突然一陣心慌意亂，她紅著臉使勁地晃了晃腦袋，飛快地推開門跑出去，等跑到無人的地方，才揪著前襟大口、大口地喘氣，她覺得只要再多待在屋裡一刻，彷彿就要活生生地被火燒死了。

這種幾乎要燒到喉嚨口的熱度讓她又害怕、又心悸，她懵懵懂懂的，莫名想到成婚前喜娘給她看的那些羞死人的畫，一股熱氣頓時直往腦袋頂上衝。

顧嶼有些無奈地看著大開的房門，想起前世他和若弱過了小半年才圓房一事，心中竟升起一絲遺憾……不行！他可不是登徒浪子，夫妻琴瑟之事急迫不得，水到渠成才是正理，哪有強逼來的？顧嶼想著，泛起紅潮的俊美臉龐卻不知為何更紅了一些。

顧峻氣沖沖地從後院出來，迎頭就在小花園裡撞見一個身著素衣的姑娘。

姑娘身後還跟著兩個俏生生的丫鬟，一見到他就笑著行禮，道：「見過三少爺。」

「婉君表妹！」顧峻眼前一亮，幾步跑了過去。「妳可來了，快跟我去見父親，大哥他不知道發什麼瘋，說以後再不許妳進門！」他拉起她的手，急切地說。

大哥一貫秉持規矩，從表妹上了五歲起，就連和表妹待在一間房裡，都得有奴僕看著。因此小時候表妹手軟腳軟，經常摔倒，都是由他去扶，久而久之，不管是他還是府裡上下，也都覺得沒什麼了。

尚婉君一怔，反手握住顧峻的手，眼底冒出淚花。「峻表哥，文卿表哥他為何要說這種話？是不是我哪裡做錯，惹他厭了我？」

顧峻被她拉著手，忽然想起自家二姊來，他一邊替她擦眼淚，一邊怒聲道：「我看大哥就是被那個醜丫頭迷了眼睛，才會為一個外來的人跟自家兄妹離心。妳跟我來，我定要讓父親為妳作主。」

鎮國公自從愛妻去世，身子就一日不如一日，雖然兼領著朝廷的差事，卻從不沾手，全交由副職去辦，平時也不上朝，只在朝會上露露面。昨日鎮國公府才辦完一場婚宴，這會兒剛過午，鎮國公自然是還歇在府裡。

顧峻再次拉住尚婉君，就朝正堂走去。

尚婉君被他拉著，心裡卻是一陣驚濤駭浪，她不相信文卿表哥會無緣無故說這種話，他雖然在外讀書兩年有餘，但她寄的東西從沒斷過，回來訂親時，他待她的態度也一如往昔，唯一的可能就是他那位新婚妻子說了什麼，不准他和她往來。

顧峻委屈，她更委屈，她只比顧峻小半年，十六歲的大姑娘放到誰家，都是要被人說閒話的。她知道自己身分不夠，但沾親帶故總能有些特權，大約文卿表哥也是這樣想的，所以那麼多女子，他唯獨待她不同，會為她審題答疑，替她修改詩詞，而她送的東西雖然每次都被退回來，但終究還會修書一封，溫柔地勸她不要同男子太過親近。

在她小小的一片天地裡，文卿表哥是她能看得見、摸得著的最佳選擇。那些官宦人家的貴女，什麼都不用做就有人把最好的東西送到她們手裡，而她除了拖累她的商賈家業外，什麼都沒有。如果不去爭，莫非要等過了年紀，隨便擇一戶商賈人家訂親？或是像那些話本裡的蠢笨小姐那樣，供一個窮秀才參加科舉，苦熬一輩子只得一個小官夫人的頭銜嗎？

可人算不如天算，她不管再如何努力去焐熱文卿表哥的心，也還是敵不過一個好命的勛貴小姐。天子作媒，將軍送嫁，半城紅妝，那勛貴小姐不但進了她夢寐難求的鎮國公府，現在居然連她上門來都不許。

等她問清顧峻，得知那位陳家小姐居然還是個臉上帶有胎記的醜女，她心中更加堅定，想來得了這麼一個兒媳婦，姨父心裡必然不好受，再說她又沒有下賤到要給文卿表哥為妾的心思，只是求個公道罷了。

正堂裡，顧峻滿心憤恨，尚婉君則是一臉委屈，而鎮國公……露出有些頭疼的表情。

原本他和文卿商議的是打算閉門不理，只要不是蠢笨之人，在吃了幾次閉門羹以後，心裡自然清楚自己不受歡迎。可他沒想到人居然來得這麼快，昨日文卿才新婚，隔日婉君就上門，他更沒想到自家老三是個腦子不清楚的，居然帶著尚婉君過來找他。

對這個長得越來越像亡妻，且從小就會甜甜地叫人的外甥女，鎮國公自然是疼愛的。他不是看不出她有些刻意地討好親近，但到底憐惜她孤兒寡母不易，也想過要親上加親，結成一樁婚事，卻不是給長子，而是老三。

原本他已經準備等替長子辦完婚事，就去探一下尚夫人的口風，卻陡然聽長子說了那黃粱一夢，得知外甥女借著鎮國公府除爵的亂局，害得兒媳一屍兩命。這會兒別說是外甥女，就算是親閨女也得擦亮眼睛再仔細看看，沒想到這一看，頓時氣不打一處來。

「顧峻，你表妹碧玉年華，正是嫁齡，你抓著人家的手做什麼？詩書禮節你不聞不學，四書五經也讀不到一半，可這等玷污女兒家清譽的事情，你做得倒是挺順手。你不要臉，我顧家還要臉！」鎮國公怒聲吼道。

這話說得尚婉君心裡怪怪的，顧峻則被說得臉紅脖子粗，他一把縮回手，卻還是憤憤不平地說道：「我跟婉君表妹清清白白，就怕有人自己心虛有愧，不然好端端地為什麼不許表妹進門？爹，您不知道，我就在大哥面前提了表妹一句，他就……」

尚婉君聽顧峻說著，心裡也跟著委屈起來。她相貌極好，熟讀四書五經，於閨閣詩賦上也是下過一番苦功的，若非被身分拖累，京城第一才女的稱號早就是她的了。連她都時常覺得自己配不上文卿表哥，而那樣的女人卻只靠著家世背景，輕輕鬆鬆奪去了本該屬於她的如意郎君。

她看向鎮國公，低身一禮，落落大方中又帶著些女兒家的天真。「姨父，婉君實在不知做錯了什麼，竟惹文卿表哥這樣生氣，只是他作不得姨父的主，日後我進府來，只躲著他走就是，婉君來孝順姨父，也不干他的事。」

鎮國公輕咳一聲，就在顧峻以為父親要說話的時候，父親卻又端起了手中的茶盞，只是端著，沒有喝，也不說話。

氣氛頓時變得有些凝滯，顧峻起初並沒會過意，但見婉君表妹漸漸蒼白的臉色，他陡然反應過來，這是要……端茶送客。

這個時候，他再想為表妹抱屈也不好出聲了。大哥是大哥，他自然可以反駁抱怨，但父親是一家之主，父親的態度表明了這個家的態度，他縱有千言萬語，也不能給父親拆臺，否則就不只是腦子有坑，而是沒長腦子了。

尚婉君只覺得自己這輩子都沒有這麼狼狽過，她和悠然端著茶杯的鎮國公僵持好一會兒，最後也只能顫聲說道：「婉君告辭……」她勉強行了一禮，腳步全亂了套，一轉身就摀住嘴，哭著跑了出去。

顧峻看得心疼極了，人一走就叫道：「爹，您跟大哥都怎麼了？婉君表妹到底哪裡做錯，您們告訴我行不行？她一個姑娘家，受到這麼大的委屈，回去要是氣得瘋了，拿剪子割腕，或是勒脖子上吊……」

鎮國公瞧見顧峻這副蠢樣子就心累，用端茶端疫了的手一拍桌子，把自己震得一疼，還得勉強端出長輩威嚴，冷著臉訓斥道：「文卿說話向來謹慎，有關婉君這件事必定是私底下和你說的。我問你，你大哥私下和你說的話，你回過頭就告訴旁人去，這樣的性子，你讓我怎麼把話跟你說明白？」

官場一道，話說三分，即便是才入仕途的小官，也能猜出五分意思，而混跡久了，別說上頭只說三分話，就是鬍子、眉毛動一動，底下的人也能猜個十分、八分。

文卿讓顧峻疏遠婉君，正常聰明人的反應必然是婉君做了什麼事，會懷疑過後小心求證，即便找不出什麼證據，面上不露，心裡也要提防幾分。

鎮國公不要兒子做人成精，但連常理都不通透，誰又敢放心告訴他真相？再說文卿重活一世的那些經歷，哪一件說出去不是掉腦袋的大事？

顧峻有些心虛，卻還是硬著脖子，像一隻受氣的小老鼠。「那婉君表妹到底做了什麼事情？大哥不就是怕嫂子吃醋嘛……」

「我怎麼生出你這麼個蠢東西！」鎮國公再也忍不住，多年涵養瞬間破功，一抬手就把茶盞給摔了，暴喝一聲。「來人，把他押去祠堂跪著，抄家規五百遍，不想清楚就一輩子待在裡頭，省得出去丟人現眼！」

顧峻灰溜溜地被押走了，其間數次扭頭嚎叫，想要論證自己關於「大哥為了不讓嫂子吃醋，所以才讓他疏遠表妹」的正確猜想。

鎮國公氣得夠嗆，恨不得朝他的屁股踹上一腳。

陳若弱知道自家小叔子被關在祠堂抄家規的消息時，已臨近傍晚。彼時日頭西斜，照得院中樹影斑駁，清風正好，讓人心曠神怡。

她正在做點心，雪白粉嫩的甜心糕在蒸籠裡鼓了起來，撕開熱騰騰的糕點表皮，便能瞧見裡面夾著的金黃色流心甜餡，就連顧嶼這樣不喜吃甜的人，也跟著她一起吃了兩塊。

他含笑看著她把甜心糕分裝成兩個食盒，一份送去正堂，一份是給顧峻的。

陳若弱不知道顧峻被關祠堂的前因後果，只覺得這孩子確實受了委屈，聽說鎮國公連食物和水都不給他，還說至少要關他一個晚上。她叫住前來報信的丫鬟，讓丫鬟把食盒給顧峻帶去。

顧嶼並不用聽全前因後果，報信的人只提起一句「表小姐來了，又哭著走了」，他就知道大致上發生什麼事情。舉凡子孫多的人家，幼子一般最受寵愛，三弟也是如此。他心知肚明，若非當年家變，三弟大約到死也就是個紈袴子弟，至多比別家的紈袴子弟多一點頭腦，知道該趨吉避凶，不犯大錯。

放在別的勛貴世家，幼子這樣的性子多半是刻意養出來的，為了不讓承爵的長子忌憚，因此養廢幼子，等到成年之後，長子也多會遵奉長輩意願，好生對待幼弟，但在顧家……就是真寵出來的了。

只是他和父親對三弟有責任，若弱卻是新婚初嫁，還要承受那個臭小子的脾氣，顧嶼一時心疼得不知該怎麼是好。

他握著她的手，長嘆一口氣，眼神千般溫柔、萬般繾綣，看得她心裡一抽一抽的。

顧嶼一隻手輕撫陳若弱耳鬢的碎髮，輕聲嘆道：「三弟不成器，讓妳受委屈了。」

沐浴在這樣憐惜的眼神下，她幾乎都要覺得自己是那話本裡被無良親眷上門欺負、哭乾了眼淚無人搭救的嬌弱孤女，還是病得優雅、美得吐血的那種。

她告訴他自己是真沒受到什麼委屈，她有時候上街忘記蓋住臉，都會嚇哭小孩，被路人指指點點，比起這些，顧峻的那些幼稚言語對她來說，真的算不了什麼。

可當她說完這些，顧嶼的眼神馬上又更憐惜了一些，似乎是不知道該說什麼來安慰她，索性一把將她攬進懷裡。

顧嶼比她高上整整一個頭，在他懷裡，她的髮頂也才到他下巴，而她的臉正貼著他的胸膛，頓時把她羞得滿臉通紅，但又捨不得推開，只能僵硬得像一隻被嚇懵的雞，任由顧嶼摸一摸雞腦袋，順一順雞翅羽，理一理雞背毛。

白糖用後爪蹬一蹬耳朵，貓尾巴一甩，便落在地上。牠抬起一隻雪白的前爪舔了舔，圓溜溜的貓眼裡倒映出兩個慢慢靠近的人影。

而鎮國公雖是打定主意要給顧峻一個教訓，但聽人回報說長媳讓丫鬟給幼子送去吃食，鎮國公心裡其實也很高興，長媳賢慧知理、大度懂事，是顧家的福氣。

至於顧峻那小子，原本是準備餓他一個晚上的，既然他還不肯認錯，又有東西可吃，那就再跪兩日。

鎮國公想得很正常，奈何顧峻卻是個腦子不正常的，他雖然一開始也對這份黃鼠狼給雞送來的食盒心動過，但很快又耍起了性子，把食盒推到一邊。

就是不吃！

第五章 回門

新婚第三日是回門的日子，顧嶼備下回門禮，謹慎著裝。重生之後，他頭一次有些緊張起來，畢竟陳青臨這個舅兄，是真有能耐。

當年鎮國公府除爵，他官職被革，趕回京奔喪時，半道上卻又聞聽若弱落胎身死的噩耗，連番打擊之下，他恨不得一死了之。要不是舅兄自西北前線千里趕回，一巴掌打醒了他，後來也是舅兄牽線搭橋，讓他得以棄官之身搭上廢太子的破船。

一幫草台班子敲敲打打，竟也把不成器的廢太子重新推上皇位，奇怪的是，連他在內十數位從龍權貴，那平庸的新君個個忌憚，卻獨獨把舅兄看作心腹。

人人都道陳大將軍封無可封、賞無可賞，掌天下三分兵權，早晚要死，可直到他夢醒新婚夜前，那早晚要死的陳大將軍還在和新君勾肩搭背地一起逛窯子。

都說蠢人永遠不能理解聰明人的世界，可反過來，顧文卿也著實無法理解新君和陳大將軍的腦子裡都在想些什麼，並且因為無法理解，甚至有些敬畏起來。

此時的陳青臨也緊張，這兩天他送去陪嫁的奴僕一個都不曾回來報信，用屁股想也知道顧家不會給他什麼好臉色看，這些他都不怕，他就怕陳若弱回來找他哭。

其實這兩天他也悔，在西北那會兒，不是沒人願意娶他妹妹，軍中同袍多得是半輩子在軍中一起打拚著過來的，見著一隻母豬都賽天仙，只是他不肯把妹妹嫁給那些黑煤灰似的窮娃子，而跟他差不多年紀的將領又都至少三十多歲了。

這一日天還沒亮，陳青臨就摸黑起身，等他在院子裡練完兩回槍，出了一身汗，才隱隱約約聽見幾聲雞鳴。他洗了個澡，還剃了鬍子，翻出一件最好的錦緞衣裳穿上，想想又覺得不妥，便讓人把他面見聖上時才穿的明光鎧取來。

厚實的鎧甲穿上身，陳青臨這才踏實一些，他今日請了朝假，這會兒外頭已天光大亮，不多時就有門房差人來通報，說姑爺和小姐到了。

陳若弱從昨天夜裡就高興得緊，一想到要回家，睡覺也不踏實，像烙餅似地翻來覆去。這美人在側，閉上眼睛不去想入非非也就罷了，她偏還要鬧出動靜來提醒自己的存在，這讓顧嶼有些無奈，只好從背後抱住陳若弱。結實的臂膀不輕不重，卻又不容逃脫地攏住她，就好像他們天生就該如此契合。

陳若弱頓時軟得像隻小貓，起初羞答答的，可聽著身後均勻的呼吸聲，還是忍不住睡了過去。

這一睡，隔日便起得有些遲，好在顧嶼一早就備好回門禮，一應俱全。她雖起得遲，但回門的時辰卻不早不晚，正好趕上。

陳父、陳母去世得早，甚至都沒瞧見陳青臨重立家業的那一天。

顧嶼和陳若弱一道恭恭敬敬地拜了岳父、岳母的牌位，又看向穿著一身鎧甲坐在上首、顯得威風凜凜的陳青臨，溫聲說道：「舅兄在上，受文卿一禮。」

陳青臨不避不讓，受了這一禮，其實心裡直打突。他銳利的鷹目懷疑地打量顧嶼幾眼，見顧嶼神色溫和，看不出喜怒，禮節態度又挑不出半點錯處來，不禁更加警惕。

陳若弱好一會兒都沒聽見回音，不禁抬頭，就瞧見陳青臨正面無表情地盯著顧嶼看。

顧嶼大大方方地回視過去，可被盯的時間長了，他忍不住低笑一聲，打破僵局道：「早聞舅兄百戰不敗之威，此前竟不曾上門拜訪，是文卿的錯。日後兩家往來，當盡秦晉之好，要是文卿上門叨擾得多了，還望舅兄不要厭棄。」

顧嶼的態度謙恭中帶著一絲溫和，讓陳青臨漸漸放下防備，兩人又說了好一會兒話，他才去換上一身尋常的布衣過來，繼續興味十足地跟顧嶼說話。

本朝重文輕武，又兼世家壓制寒門，出身寒門的武將想在朝廷裡獲得尊重，簡直是癡人說夢。並且武職越往上，越是個難做的活兒，故而能打仗的武將極少，又大多是老將，而陳青臨則是武將中的特例，他的出身極其微妙，且功勛累累，算得上年輕有為。

按照輕武的慣例，這些功勛放在寒門武將身上，絕不能夠坐到如今的位置，但他確確實實是被重點提拔出來，復爵又給兵。

重生一次，顧嶼猜得自然比當年還要準，這是一場來自上位者的試探。

在世家眼裡，寒門出身的官員有許多缺陷，不僅無法和世家子弟相提並論，就連和世家教導出的弟子門生乃至門客，都有很大一段差距。但上位者最愛用的就是寒門的官員，前朝有《帝王策》，言及親近臣下，一曰孤臣，二曰純臣，沒有背景牽連或是本性率直、心眼忠誠的臣子，才是上位者的摯愛。

聖上提拔陳青臨，一是因為他背景飄零、身後無人；二是為試探世家底線，若這次陳青臨不倒，之後再提拔一些毫無根基的官員，就能順暢幾分；三便是為了不著痕跡地提高武將地位。

從文一道，有舞勺的探花、及冠的狀元，入朝便是六品官，三年無過一升遷。武將之路，戰場上幾經生死，打拚十數年，也只能從最底層的九品武職做起，憑藉著功勛一步步上位，還要時常被壓制。

朝廷徵兵人數一年不如一年，邊關異族卻是一年比一年囂張，去歲劫掠完後上了國書，為單于長子左賢王請嫁天子駕前的昭和公主。若非被陳青臨帶兵捅了後方，活捉那洋洋得意的左賢王，在嚴冬之際兵馬不足、難以開戰的情況下，公主必嫁無疑。

這不只是一個公主的婚事問題，而是堂堂萬邦朝聖之國的臉面，頭一旦低下，想要再昂起來，就難了。

人人都道這次陳青臨功勛斐然，封侯也不無可能，不承想他什麼都不要，一心只想給自家妹妹尋一門親事，且人選都已決定好，就怕人家不願意，這才做賊似地飛快請旨。

不少人在明裡、暗裡說他不值，說他換得輕了，陳青臨卻不覺得。

他越瞅著顧嶼，越覺得順眼，不但形容出眾，舉手投足間還帶著難以言喻的世家氣度，更難得的是說話不像軍中漢子那般粗魯，卻也不帶半絲文人酸氣，與之交談讓人分外舒心。

他只覺得顧嶼哪裡都好，卻沒想到這人早已做了他十八年的妹婿，把他的脾氣、性格都摸得一清二楚。不過，就算是當年的顧嶼，那也是個長袖善舞的性子，想同什麼人往來，在還沒摸清那人脾氣的時候，決計不會到惹人生厭的地步。

陳青臨談興上來，連連拍著顧嶼的後背，慢慢地，一向不善言辭的寧遠將軍，竟成了話最多的人。

陳若弱起先還能插幾句嘴，後來談到軍中局勢、寒門世族、朝廷大勢等等，她就再也插不進去了，只能托著下巴，在旁邊一聲不吭地聽著。

茶水換過三輪，陳青臨已有把顧嶼引為知己的意思了，如果不是還沒忘記這是自己的妹夫，他都恨不得朝天三炷香，當場和顧嶼結拜為兄弟。

說了整整一上午，陳青臨肚子也餓了，再加上顧嶼有意不著痕跡地中斷話題，終於，陳青臨喝了一大口茶，歇下來了。這一歇，他忽然眨眨眼睛，道：「文卿，我妹子呢？」

顧嶼放下茶盞，有些無奈地笑道：「出去一個時辰了，舅兄那時正講到覆雪之戰。」

陳青臨臉一紅，但還是強端著面子道：「看時辰，她該是去廚下了。咱們這樣的人家不講究，她沒個作詩、寫賦的本事，平時就喜歡做些吃食和點心消磨時日。你莫要看不起她，我妹子這叫出得廳堂、下得廚房，她從八歲開始就替我管家，早慧又懂事，在西北那會兒，求娶的人不知道有多少！」話一說完，他陡然警醒過來，自己最後竟編了瞎話。

顧嶼的神色嚴肅起來，用一種十分認真的語氣說道：「夫人賢慧，文卿深知，寫詩作賦不過是小道而已。況且如今風氣不佳，一詩出而天下知，昔年明志之詩賦，已成登天之路徑，實違詩賦本意。文卿只恨不能將夫人藏於府邸，緊掩寶光，不容他人垂涎半分，又何求她名滿京都，徒惹茶餘談資。」

陳青臨聽得雲裡霧裡，但勉強能聽出這是不在乎自家妹子有沒有才學和名聲的意思，他頓時高興起來。這會兒正好有丫鬟過來報信，說是小姐讓將軍和姑爺去用膳。

寧遠將軍府是當年開國始建，傳承幾代，很少修繕。陳青臨復爵之後，工部派人來修繕過一次，但因陳青臨回來得太快，工期沒能趕上，很多地方仍有疏漏，住了一陣子就都顯露出來了，不過陳青臨也不在意，招呼著顧嶼來到廳堂。

陳若弱沒煮太多菜，就做了一盤荷花雞、幾樣小炒和一碗烏雞湯，都擺在正中央，而外圍放的則是臨時從飛鶴樓叫來的宴席菜，也不多，加起來才二十多道，湊了個吉利數字。

她和陳青臨兄妹兩個相依為命久了，學得十分節儉，這還是難得奢侈一把，畢竟飛鶴樓的菜價簡直貴得像要吃人。

顧嶼和陳青臨一直等到陳若弱端來最後一道粉蒸肉上桌，才落了坐。

陳若弱坐在顧嶼邊上，十分偏心地先給他舀了半盅烏雞湯，讓陳青臨看得直瞪眼。

飛鶴樓是京都近來炙手可熱的酒樓，大廚主淮揚菜式，輔以三種菜系。吃慣了山珍海味的達官顯貴初時不覺，等多來幾次，漸漸就成了回頭客，更有那好吃懶做的紈袴子弟吃住皆在其中，流連忘返。不過，像鎮國公府這般顯貴程度的客人並不算多。

陳若弱嚐了幾口飛鶴樓的菜，筷子不由得頓住了。

「是櫻酥的味道……」陳若弱擰著眉毛，想了想，又道：「藥鋪裡倒是有用來和其他藥材一起混著治病的，我小時候喝過這種藥，大夫不讓多喝，說喝多了會積毒成癮。這菜餚中櫻酥的味道較淡，應該是先磨碎櫻酥外面那層殼，弄成粉末加進去的。」

陳青臨不懂藥理，奇怪道：「我怎麼沒聽說過這種東西，也許人家是用來提鮮的。我吃著這家的菜，口味雖然沒妳做的好，不過味道都特別鮮。」

陳若弱剛想翻白眼，可一看到顧嶼俊美的側顏，連忙矜持地理了理髮鬢，用一種陳青臨聽了馬上背後寒毛直豎的溫柔聲音說道：「櫻酥本身沒有味道，更不能提鮮，加櫻酥只是想要讓人成癮。為了掩蓋這一點，這些菜裡都用了同一種提鮮醬汁，香料的味道很重，不信你多吃幾口這家的菜，再吃我做的試試。」

陳青臨嘀咕了一句，對著各種樣式漂亮的菜餚，頓時沒了食慾。

顧嶼吃了幾口飛鶴樓的菜，再去喝烏雞湯，果然發覺烏雞湯汁的清鮮滋味又躍然回歸，他不禁搖搖頭，嘆道：「商人逐利，貪心不足，竟想得出這種齷齪手段。」

吃得起酒樓的人家，府上多養著專門的廚子，因此用這樣的手段留客的同時，既擠兌了真正用心在廚藝上的同行，也傷了食客的身子。

陳青臨讓人把飛鶴樓的菜餚全撤下，又著人去稟報五城兵馬司。

不多時去稟報的小廝回來了，說五城兵馬司已經接案，正準備派人去搜查。

顧嶼見陳若弱眼睛亮亮的，一副很想去看看的樣子，不禁失笑。他向陳青臨告罪，表示只是帶若弱出去走走，傍晚便回，並會在將軍府住上一夜再回鎮國公府。

看著陳若弱興奮得紅撲撲的臉，陳青臨心裡十分複雜，一時替自家妹子新婚過得如意感到高興，一時又覺得自己好似成了外人。他滄桑地擺擺手，讓顧嶼和陳若弱一同出去了。

飛鶴樓的東家手裡頗有些錢財，因此飛鶴樓的地段選得極好，上得三樓，能瞧見午門的邊角；東接清平巷，西靠菜市口，臨近的幾條街道生意都很好，車水馬龍，繁華熱鬧。

從將軍府出來，和顧嶼一起上車駕後，陳若弱的臉色越發紅了起來。她輕咳一聲，彷彿一點也不在意地說：「從清平巷繞一圈過去吧，萬佛寺前面很熱鬧，咱們打那邊經過。」她其實沒多想看飛鶴樓倒楣，只是藉個由頭出來玩。

顧嶼立時會意，微笑道：「好。」

馬夫一聲低喝，兩匹健壯的棕黃馬同時拉著車駕前進，慢悠悠地轉過兩條街道，並未直行，而是朝著遠方一座佛塔的方向行駛過去。

和其他官員的車駕不同，陳青臨回京沒幾日，平素出門也多是騎馬或者步行，因此他的車駕還是朝廷發的那種統一制式，唯有拉車的健壯胡馬能顯示出幾分主人家的身分。顧嶼本就不在意這些，陳若弱更沒發覺其中的區別。

她微微低頭，揪著衣角，沒有說話。封閉的車駕內，鏤刻木窗中透出的光線照在顧嶼臉上，讓他俊美的五官彷彿發著光，吸引著陳若弱的目光。

似乎察覺到她的視線，他微微側頭，彎了彎唇角，像極了沾染上紅塵煙火氣的謫仙。

她忽然想和他再靠近一點，恨不得外頭的馬速度能快一些，最好磕磕絆絆幾下，好讓她順勢倒進自家夫君的懷裡去。只可惜陳青臨的馬都是經過嚴苛訓練的，走了一大段路程，直到能聽見萬佛寺的鐘聲，車駕仍舊四平八穩。她有些失望，無聊地轉著手腕間的玉鐲子。

白玉無瑕，美人皓臂，隔著淺淺的光線交相輝映，顧嶼雖然一心保持著君子風度，但還是不知不覺被攝住了視線。似乎是察覺到了他的孟浪，少女忽然抬起臉龐，烏黑的眸子一眨也不眨地看著他。

顧嶼怔愣許久，長出一口氣，伸手遮住陳若弱的雙眼，低啞道：「別這樣看我……」

陳若弱眨了眨眼睛，睫毛在顧嶼的掌心裡掃了兩下，不知怎麼地，他臉頰上剛剛平復下來的紅潮又捲土重來，只聽她小聲地喚道：「文卿？」

唇上忽然傳來溫熱的觸感，讓陳若弱一時愣住，等反應過來那是什麼，顧嶼早正襟危坐起來，像是什麼都沒發生過一樣。

又行了一段路，陳若弱臉上的熱意還是沒有消褪。她鼓起勇氣，本來已經準備直接抱住身邊的男人，可就在這個時候，車駕突然一晃，她還沒來得及倒進顧嶼的懷裡，視線就是一陣天旋地轉。

顧嶼出手極快，像是在她倒過來之前就已伸出手攬過她的腰身，另一隻手護住她的頭，然後稍微用了些力氣，一把將她按進懷裡。

被緊緊地抱在溫熱的懷抱中，陳若弱的心怦怦直跳，她一直用眼角餘光注意著顧嶼，方才他一連串的動作都被她看在眼裡，這明明是……和她想到一塊兒去了。

她一點說破的意思都沒有，只是深吸一口氣，含羞帶怯地閉上眼睛。她悄悄地抬起手，慢慢地朝著顧嶼的窄腰伸去。

就在她要回抱上去的時候，外頭傳來馬夫不解的聲音。「姑爺、小姐，已經到了，快下來吧！」

陳若弱的手一僵，含恨地收回雙爪。萬佛寺居然離將軍府這麼近，早知道她剛才就該說要去城外的萬國寺。

京都繁華之地，熱鬧的地方不勝枚舉，陳若弱最喜歡去的就是萬佛寺門前的坊市。這裡既不像清平巷處處是珍寶古董，口袋裡沒放幾張銀票都不敢進去；也不像菜市口附近的魚龍混雜、雜亂無章。坊市多的是新奇又不貴的小玩意兒，偶爾能見書生賣字畫、戲子唱曲。

不過今日大約是她出來的時辰不對，日頭正高，行人無幾，出來擺攤子的，幾乎沒幾家是她常去的，看了一圈，她越發興味索然。

顧嶼給她打著扇子，見她一副無趣的模樣，搖頭笑了笑。「等過午後，散了熱氣，臨近傍晚那時候才會有更多攤子的。這會兒沒什麼熱鬧好看，夫人嬌弱，曬出病可就不好了，我看不如尋個地方喝茶去。」

陳若弱這輩子還沒被人誇過嬌弱，頓時覺得自己也有一些閨閣小姐的感覺了。她接過顧嶼遞來的帕子，擦了擦額頭上並不存在的汗珠，輕咳一聲。

車駕剛行至清平巷，就不能再前行了，前頭熱熱鬧鬧地圍滿了人，都是聽見動靜來看飛鶴樓熱鬧的。

五城兵馬司先前只是派了十來個人去搜查飛鶴樓後廚，搜出了兩麻袋磨碎的櫻酥粉，領頭的當即讓人去通報查封飛鶴樓，現下外頭有百十來個巡兵守著，不許進出。

櫻酥是朝廷明文禁止用在吃食裡的藥材之一，即便是醫館開方子，也得在官府留檔，尋常百姓不得私種。京城裡還是頭一回發生這種事情，來看熱鬧的百姓把飛鶴樓圍得水洩不通，並對著裡頭被請出來的食客們指指點點，好似他們已經染上極重的毒癮。

陳若弱跪直身子，兩隻白嫩嫩的爪子扒著窗戶往外看，一副興高采烈的樣子。看來要不是人多進不去，她都要捲起袖子跟著五城兵馬司進去抓人了。

顧嶼幫她把剛買來的畫卷放到邊上，以防她太開心沒注意到給壓壞了。見她這樣子，他忍不住笑道：「有這麼高興？」

「看這種人倒楣，當然高興！」陳若弱連說話的語氣都上揚了幾分，她下意識地回答過後，隨即反應過來，連忙咳了幾聲，說道：「你別誤會，我是因為……因為做了好事，所以看到結果的時候，就會特別高興。」

顧嶼一副十分認真的樣子，點了點頭，真誠地讚美道：「夫人真是菩薩心腸。」

陳若弱頓時有些心虛，其實她只是想看熱鬧而已……沐浴在顧嶼讚賞的眼神下，她幾乎要覺得自己真的成了大慈大悲的觀世音菩薩，她摸摸鼻子，不自在地趴回窗戶上。

這會兒剛過飯點，飛鶴樓的人不算多，陳若弱瞧見到好些個衣著光鮮的食客被客客氣氣地送了出來。忽然間，她有些不確定地說道：「那個是定北侯爺吧？他不是留在西北鎮守的嗎……」

顧嶼頓了一下，靠近陳若弱一些，透過鏤刻窗戶的縫隙朝外看去，果然見到一個身量高大、三十來歲的布衣男子大步走了出來。他戴著斗笠，看上去就是尋常走江湖的打扮，但熟悉的人卻能從他的神態、步伐和氣度裡瞧出一絲端倪來。

和陳青臨不同，定北侯祖上雖然也是武將出身，卻是世襲罔替的侯位。陳青臨還在苦巴巴地數人頭、換軍餉的時候，定北侯就已經帶著上萬的兵馬，即便如今陳青臨被封賞，算起來，也還是定北侯的屬下。

顧嶼眯了眯眼睛，他總算知道瑞王是什麼時候和軍中聯繫上的了，他一直以為至少也要在幾年後，卻沒想過竟然會這麼早。這定北侯冒著殺頭的風險也要歸京，想來所圖不小。

陳若弱不知道這些彎彎繞繞，只是有些費解。

顧嶼笑著搖搖頭，坐直身子，揚聲道：「尋個茶館。」

外頭的馬夫應了一聲，車駕繼續慢慢地前行，路過轉角的時候忽然停了一下，似乎在避讓什麼。

顧嶼正襟危坐，目不斜視，而陳若弱趴在車窗邊，正好見到一頂不起眼的小轎子，從他們的車駕旁邊過去。

京城最有名的茶館不外乎就那幾家，馬夫尋了間最近的一品茶樓後，便停下車駕。

顧嶼先跳下車，而當陳若弱伸出半隻手，正要下來時，忽然聽見不遠處傳來一聲清亮的男聲。「文卿兄！成之前日未曾過府恭賀新婚，實在失禮。不知馬車裡的可是嫂夫人？」

陳若弱嚇得把手一縮，她從車駕木門的縫隙裡，不停地給顧嶼打眼色，看上去十分焦急。她一點都不想讓自己的臉被顧嶼的朋友瞧見，怕丟他的臉。

說話間那人已走近，陳若弱從縫隙間看出去，只見是個身穿藍衣的俊朗青年，他身後還跟著一個相貌秀美的婦人，以及兩個丫鬟。

見到顧嶼，那婦人分外端莊地行了一禮。

顧嶼瞇了瞇眸子，面上露出些許笑意，微微頷首道：「成之兄，切莫多禮。」

被稱為「成之兄」的青年頓時露出一個爽朗的笑容，唯有雙眼中有著一絲忐忑，語氣稍快道：「文卿兄也是來品茗的嗎？自從上次江左一別，我同兄長已有數月不見，不如同坐如何？」

陳若弱的眼睛已經快要眨瞎了，顧嶼看在眼裡，唇角略微彎起，就在那青年以為他答應了的時候，他聲音溫和地說：「內子羞見外人，只能有負成之兄美意，改日我再請成之兄喝茶吧。」

藍衣青年頓時顯得有些失望，他身後的婦人拉了拉他的衣袖，他連忙反應過來，對著顧嶼行禮，勉強又說了幾句話，便帶著婦人轉身離去。

直到看不見他們的背影，陳若弱才偷偷摸摸地從車駕裡出來。

顧嶼忍不住發笑，伸手扶了她一把。「莫非下次要給夫人戴上斗笠和面紗，遮蓋容貌，夫人才肯隨我出來？」

「別取笑我了……」陳若弱垂頭喪氣地說道。

天知道她有多羨慕那個可以光明正大跟著夫君出門的婦人，以她這個樣子，要是和顧嶼走在一起，被認識的人看見，只怕什麼面子都丟光了。

顧嶼溫言軟語地安慰她幾句，便牽起她的手，一起走進茶樓。

進到雅間後，陳若弱的心情才恢復過來，她好奇地問道：「剛才那個人是你的同窗嗎？我看他好像跟你很熟悉的樣子。」

顧嶼溫和的臉龐上神情不變，淡淡地說道：「公侯之家，熟人千百，破落門第，表親亦遠。其實……我根本不記得那個人叫什麼。」

直到上了茶，陳若弱才反應過來，頓時有些哭笑不得，枉她懸著半天的心，原來只是個前來巴結討好的人。陳家重新得勢後，這樣的人她見得多了，就是沒見過像顧嶼這樣明明不認識對方，還得擺出一副正經臉色寒暄的。

顧嶼雖不覺得有什麼可笑的地方，見陳若弱忍不住發笑，也跟著笑了笑，不在意地解釋道：「這世上最難放下的就是臉面，反之，連臉面都放得下，這樣的人若不是一直被踩在污泥裡，那麼日後必然會有些成就，所以即便有時不耐煩，也不能在面子上輕慢了他們。」

他說是這樣說，語氣卻是漫不經心的，顯然並不覺得剛才那個人有什麼不能得罪的地方，只是習慣使然。

陳若弱捧起茶盞看著他，幽幽的茶水霧氣氤氳了他的臉龐，但她卻看得十分清晰……這個人在她面前，是真的毫不設防。

她想著、想著，連忙低下頭喝了一大口茶，掩飾自己的情緒。

第六章　看戲

夏日裡送上的茶水不燙，溫溫熱熱的，她喝了一口，發覺竟是滿口的酸甜果香，不禁看了看茶水。只見裡頭是四、五塊李子製成的蜜餞，以及幾顆話梅，再底下是新鮮的山梨片，還有未化的冰糖沈浮其中，看著漂亮極了。

她和顧嶼喝的茶水居然不一樣，這是一盞蜜餞果茶。

「果茶最是消暑，多喝幾盞也無事，常服可以美容養生，更添夫人顏色。」顧嶼抿了一口手裡的茶，微微抬起頭，用比剛才認真十倍的語氣說道。

陳若弱愣了一下，輕輕地用手摀住心口，接連喘上好幾口氣

見顧嶼關心地湊上前來，她連忙伸手擺了擺，有些欲哭無淚地說：「你、你別這麼看我，讓我歇口氣，再說下去我的心都要從懷裡跳出來了。」

夫人還是這麼直白熱情。

顧嶼失笑，退了一步，坐回椅子上。

陳若弱把手裡的茶水喝完，一塊半化的冰糖落入口中，她鼓起一邊臉頰含著糖，看起來煞是可愛。

頂著自家新婚夫君投來的溫柔視線，她只覺得這放了冰盆的雅間像是著火了，一下又一下地燒著她的屁股，讓她恨不得拔腿就跑。

裡頭一安靜，外頭說書的聲音就清晰起來，陳若弱和陳青臨一樣不愛讀書，卻喜歡在街頭巷尾聽人說書。

陳青臨喜歡聽那些個前朝名將征戰沙場的故事，明明沒讀過幾本兵書，卻總能把那些名將的傳聞活學活用，是個天生的將帥之才；而陳若弱就和許多閨閣女子一樣，最愛聽書生小姐、公子名妓的故事。

茶樓裡的說書沒頭沒尾，陳若弱豎著耳朵聽了一會兒，勉強能聽出是個富家公子和侍女的情愛故事，已講到侍女有孕，而公子的娘親背著公子把她趕走，要為兒子迎娶一位出身名門的小姐。

陳若弱聽得揪心，茶也不喝了，打開窗就朝底下看。

顧嶼無奈，見窗戶大開，她頂著外頭的熱氣，半邊白皙的臉頰都被熱紅了，卻還是捨不得關窗，聽得分外認真。他叫來小二，給了一錠銀子，讓小二去買下說書人正在說的話本，以及最近新出的幾冊，然後一起搬進車駕裡。

「我已經買下話本，妳要是想聽下文，回去看就是，別熱壞身子。」顧嶼牽起陳若弱的手，另外一隻手則把窗戶給關嚴實了，雅間裡的冰涼之氣，頓時把陳若弱熱得通紅的臉頰再度重新降溫。

陳若弱有些捨不得。「我有好多字都看不懂的……」

顧嶼拉著她坐下，雙眼對上她的眸子，唇角一彎，溫聲說道：「我唸給妳聽。」

陳若弱的臉紅成一片，支支吾吾地「嗯」了兩聲，躲開顧嶼的視線。說起來也奇怪，這個人的眼神明明一直都很溫柔，可她總是不敢和他對上眼，好像多看一眼，就能要了她的命似地。

回去的路上，陳若弱更不敢和顧嶼有眼神接觸。她抱著新買的話本，能認識幾個字就讀出幾個字，一副專心致志的樣子。

車駕中途停下一會兒，不多時就見馬夫買了一包剛出鍋的栗子回來，顧嶼接過去，遞給陳若弱。

她紅著臉剝栗子吃，一路無話。等回到將軍府的時候，一包栗子已經被她心不在焉地吃掉一半，要不是嘴裡發乾，她都沒反應過來自己竟吃了那麼多栗子。

陳青臨在京中沒幾個朋友，忙完妹妹的婚事後，大致就沒什麼事了。他練完武，頂著大太陽也不想出門，索性睡了個午覺，因此陳若弱和顧嶼回來的時候，他還沒醒，這一覺就睡到了晚上。

新姑爺回門，在娘家住上一晚是規矩，有的人家不許姑爺和小姐同寢，陳家卻沒這個規矩的，顧嶼得以進到陳若弱的閨房。

說是閨房，其實也不大算，陳若弱進京沒多長時間，這會兒連官話都說得不大索利，小時候住在這裡的記憶更是早已淡忘。

她這間所謂的閨房，也不過住了一個春天，顧嶼卻是分外珍惜，目光所及之處，無不流連忘返。

越是鐵打的男人，骨子裡越溫柔，這陳青臨養妹妹確實十分嬌慣，旁人家捨不得給女兒用的，他只要有就統統送給妹妹。尋常人家怕寵壞女兒，日後進婆家吃苦，但陳若弱因天生的胎記而心裡自卑，他便往死裡寵她，擺明了有他這個哥哥在這兒，任誰也欺負不了他的妹妹。

陳青臨打定主意，給陳若弱的都是他覺得最好、最漂亮的東西，故而顧嶼入眼所及，是金紗綴寶石的床帳、紫檀的桌椅，還有整塊白玉雕成的屏風，一應擺件，俱是金銀玉石，寶光閃閃，分外惹眼。

饒是顧嶼看陳若弱時，眼中會自帶一層仙氣，也不由得嘴角抽了抽，要是顧峻在這兒，只怕會笑得直不起腰來了。

若是尋常人來看，這樣的擺設自然千好萬好、富麗堂皇，但在真正的世家眼裡，簡直就是……暴發戶。

即便是他那商戶出身的表妹，也不會在家裡擺這樣的東西，三、五件古董不經心擺下，已價值連城，比起滿屋金銀，既有格調又顯底蘊。

只是看著陳若弱不明所以的目光，顧嶼八風不動，似乎半點也沒有察覺到這滿屋庸俗的銅錢味。他放下手裡的話本，誠懇地說道：「瑤池出仙子，靈地生佳人，夫人的閨房委實漂亮。」這話他說得有些心虛，然而那張俊美出塵的臉龐上，全然是一副認真的神情。

陳若弱被他誇得臉紅，不自在地理了理髮鬢，小聲地說道：「我、我去廚下幫忙做幾道菜。」

顧嶼給她讓開路，不多時房裡就只剩下他一個人，悠悠燭光照得金玉滿堂，他有些頭疼地按了按太陽穴，忽然有些懷念起鎮國公府了。

寧遠將軍府是後來重建的，一時半會兒也尋不到多好的廚子，然而陳若弱在西北時，已經自己把自己的嘴給養刁了，所幸做點吃食並不費功夫，她忙活沒多久就煮好了一桌菜。

晚膳倒是比中午清淡許多，她用廚下留的高湯打底，炒了一盤素三鮮，吃起來既有素菜的天然滋味，又帶著些許高湯的鮮美。

顧嶼低頭喝了一口陳若弱為他盛好的魚片粥，溫熱的白粳米清淡中帶著被小火慢熬出來的米香，拌著白生生的魚片，粥才入口，一股極鮮美的滋味就瀰漫在唇齒之間。

陳若弱晚上不愛做大葷的菜，但陳青臨一天三頓不能沒有肉，這會兒他還沒醒，只能給他留一鍋紅燒五花肉在廚下，另外盛上小半碗讓人端來。

顧嶼挾起一塊泛著金紅油光的五花肉，張口咬下一半。五花肉肥中帶瘦，雖然是最普通不過的家常菜，但要是做得好，滋味可比許多精細菜餚來得更加豐美。他連吃了四、五塊，才捨得放下筷子。

陳若弱規規矩矩地喝著粥，自以為沒被發現地時不時抬頭看他一眼。

燭光昏黃，似乎在她周身籠罩上一層薄霧，映照得她的神色更加溫柔。

顧嶼唇角翹起，忽然很想摸一摸她的臉頰。

莊生曉夢迷蝴蝶……這一切，美好得幾乎有些不真實，似夢似真，讓人沈醉。

前世那些唾罵的眼神和言語，一點一滴浮現在他眼前，又慢慢地消散而去。他閉了閉眼睛，復又睜開，長嘆一口氣，抬手撫上陳若弱的臉頰，對她笑了一下。

他從前想過要做很多事，若從文，當傲骨錚錚，懲奸除貪，澄清玉宇；若從武，當領兵征戰，浴血沙場，保家衛國。可到後來，他就只想要一家團圓，夫妻白頭，雖然這願望來得遲了一些，但塵世間千百轉，他想要的，終究還是回到了他手裡。

在將軍府住了一夜，並無波折。

陳若弱的床榻不大，兩個人睡不下，只得讓顧嶼去睡外間，好在他也不甚在意。

隔日天明，他們一同用過早膳，陳青臨便親自把兩人送到門口，此時鎮國公府的車駕已在外頭等了半晌。

今日是大朝會，陳青臨請了朝假，鎮國公卻是一早就收拾齊整，上朝去了。

他們回到鎮國公府後，不需要去請安，便直接穿過外堂和花園，繞過長長迴廊，回到內院。

顧嶼的住處原先只是一個臨近正堂的小院，因他在外遊學數年，幾乎荒廢。如今成婚，他改住在正堂左側的聽霜院，把原先那小院挪給顧峻住。

說起顧峻，顧嶼叫來丫鬟一問才知道，原本昨日就該被放出來的顧峻，現下還在祠堂抄家規，而且已經一天一夜沒吃東西，就是鐵打的人也熬不住，更何況顧峻那副小身板。

顧嶼蹙眉，讓陳若弱留在聽霜院，他自行前往祠堂。

顧家人丁單薄，傳到如今只有寥寥無幾的血脈存世。鎮國公是這一代的族長，自初代鎮國公在京城立足起，族中的祠堂就從桑梓遷移過來，一直到現在。

祠堂裡煙火繚繞，顧嶼進來的時候，顧峻手邊抄好的家規已經有滿滿一整疊。

顧氏家規全篇不長，只有千餘字，顧峻小時候被罰抄的次數太多，多到他現在幾乎能倒背如流。這會兒他強撐著睡意跪在蒲團上，一邊打哈欠，一邊閉著眼睛在紙上寫寫劃劃。

疊得十分整齊的那一堆家規，字跡工整又漂亮，是標準的臺閣體，而他面前散亂的一大片，字跡就十分放飛自我了，有的是壓根兒看不出字形的草書，有的是寫得又急又快的一字連筆。

顧嶼走近時，不慎踩到一張，拿起一看，卻是半張狂草，而另外半張似乎是氣急了便描來發洩的小人頭像。

頭像勉強能看出是個女子模樣，梳著兩邊翹起的掃把頭，眼睛瞪得大大的，嘴巴得意地大張，露出一口尖尖的牙齒。那奇形怪狀的小人臉上，還有一大片滴落的墨漬，也不知是不是畫到一半睡著了才蹭上去的。

顧峻看上去實在是睏得厲害，就連顧嶼進來時的腳步聲都沒有察覺。他用墨汁早已乾透的筆尖隨意地塗抹出幾行根本不存在的字，就把那張紙揮到一邊，繼續閉著眼睛在新的紙上揮筆。

前日陳若弱差人送來的食盒裡，已經什麼都不剩了。顧峻起初強撐著不吃，後來實在是夜裡餓得抓心撓肺，便打開來吃了，冷透的甜心糕滋味雖然不如剛出籠時好吃，但幾個下去，著實很能飽腹。

顧峻不餓，就是睏，從小被父兄和姊姊嬌慣到大，把他養出少爺脾氣的同時，卻也有一份實心眼。他不知道鎮國公只是想給他個教訓，讓他閉門思過，只以為抄完家規就沒事了，一心想著抄完五百遍家規他就可以出去，於是拚命地抄，抄到眼冒金光都不肯睡。

直至顧嶼走到跟前，顧峻才反應過來，他猛然抬起頭，一見是顧嶼，馬上瞪圓了眼睛。

「大哥！」

「爹上朝去了，你先回房去睡吧。等爹回來，我再跟他說。」顧嶼拍了拍顧峻的後背，語氣溫和道：「爹要是問起，你就認個錯，事情也就算過去了。」

顧峻吃不了苦，氣性也不大，熬了兩夜，正是精神鬆懈的時候。他聞言揉揉眼睛，有些委屈地說道：「我知道我不該把大哥跟我說的話告訴婉君表妹，可咱們兩家往來那麼多年，我把她當親妹妹看，如今說斷就要斷了關係，你跟爹又不告訴我婉君表妹到底做了什麼錯事，我是真的想不通……」

顧嶼安撫地摸一摸他的腦袋，失笑道：「秋時國子監大考，你要是能奪得前十名，我就把事情原原本本地同你說清楚。」

落在腦袋上的手掌溫溫熱熱的，顧峻嘀咕了幾句聽不清楚的話，像是在抱怨自己的成績莫說前十，前百都勉強。

只是他到底沒有再胡鬧，顧嶼將他扶起，讓下人把他送回房去休息。

顧嶼從祠堂回來的時候，陳若弱正在看帳本。她天生不通詩文，卻是算帳的一把好手，她一邊讓喜鵲拿著算籌比劃，一邊握著炭筆在紙上寫一些讓人看不懂的數字，眉頭卻是越蹙越深。

「帳不對嗎？」顧嶼笑著問道。

陳若弱低著頭，沒注意來人是誰，聞言下意識地回道：「是根本對不了帳！」

喜鵲卻被嚇了一跳，一邊行禮，一邊悄悄地拉了一下陳若弱。

陳若弱反應過來，從一堆帳本裡抬起頭，正好對上顧嶼含笑的臉龐。

顧家人都是杏眼，鎮國公的杏眼略長，抬眸舉目間滿是文官的威儀風雅；顧峻的微圓，如同女子般，看起來十分漂亮；而顧嶼和他們都不同，原本該是鈍角的眼尾微微斜向上挑，眸子黑白分明，宛若星辰。

既是杏眼的神，又是桃花眼的形，笑著看人的時候目光盈盈，彷彿蘊滿一江春水似的溫柔，冷下來時又如同雪山寒冰，讓人不寒而慄。

陳若弱被看得臉紅，好半晌才回過神來。她哼哼唧唧地把帳本一放，似乎找到眼前人的什麼缺點似地，輕咳一聲，說道：「這些帳本根本就沒有專人來記，花出去的銀子條條都沒個定數。就像錦緞，明明庫房裡有上好的緞子，每個月還是會有一筆花銷出去，這記的也不是多少、多少疋，而是什麼一車、兩車的，這裡頭的帳也就是隨便糊弄……」

話沒說完，她忽然頓住，看了顧嶼一眼，生硬地轉開話題道：「你要是信我，我打算要開庫房驗看支出，可能要打發一批人出去；你要是不信我，我就當我進門之前的糊塗帳不算數，按著今日開始記。可我也把醜話說在前頭，沒個下馬威，日後有人蒙著我的眼睛給我遞糊塗帳，讓我管不來這個家，你可不能怪我。」

這是在婆家，不是在娘家，她在將軍府想怎麼管事，就怎麼管事，陳青臨都礙不著她。可這裡是鎮國公府，她總得先要一面金牌，若是日後被底下人編排得多了，她也有處說理去。

少女的眼睛瞪得大大的，就像一隻警戒的小貓兒，飛快地伸出爪子試探著周遭的危險。這種情況下，他要是進一步，這爪子就要招呼到他身上；他若退一步，小貓兒的警戒就會減少很多。

顧嶼失笑，沒有進一步，也沒有退一步，反倒是不按常理出牌地伸出手，摸一摸她的腦袋，語氣溫柔道：「妳是這府裡的主母，想做什麼就做什麼，而且府裡的帳本不清楚，也是文卿糊塗。夫人勞心勞力，文卿感激愧疚還來不及，又何來怪罪？」

陳若弱被摸得臉紅，嘴上卻還是咕噥道：「本來就是，沒見過這麼壞的帳。」

顧嶼唇角上翹，沒說出這些只是他歸家三日內的成果。之前的帳都是寄到書院裡給他審閱，而遊學期間，他幾乎沒見過府庫，大致上能差不多，就已經很不錯了。

第七章　對帳

勛貴世家裡得臉的僕役多半都是家生子，一家身契全在主子手裡，一榮俱榮、一損俱損，不過大部分時候，都是跟著主子一道享福的。

陳若弱沒有興師動眾，她點了十幾個管事和管事婆子，在正堂底下候著。府庫大開，先點的是上個月的帳，不算吃用，將買進的錦緞、玉石、字畫、擺件一樣樣翻出來，和帳本一一對過。

帳本是糊塗帳，但陳若弱可不糊塗，上面記了多少銀子的帳，她就讓喜鵲找幾個外頭的小廝去問這些東西的市價，銀子和東西若對不上價，只要看一眼帳本底下買進的管事名字，記上一筆即可。

她認字少，顧嶼身邊的丫鬟卻都是個個識字的。聞墨拿著筆，站在邊上記名字，頂著一堆管事灼灼的視線，頭一回覺得自己像極了公堂上的主簿先生。

好不容易熬到買進的帳算完，聞墨手邊的紙上已經寫滿名字，每一個名字底下都或多或少有些正字，有的正字已經四、五個，有的正字只有兩、三筆。

陳若弱又讓聞墨換了一張紙，算的是收入的帳。鎮國公府底蘊頗豐，歷代鎮國公都十分有眼光和魄力，把積攢幾代的田產、地產、房產一一列出來，足以教大部分世家勛貴眼紅到滴血。田租一年一算，地租和房租一月一算，每個月收入的銀子大致上差不離，但月底結餘就有些意思了。

列出最近一年每個月的結餘銀子之後，陳若弱讓人去一趟錢莊，對了一下存入的錢款，又把府庫裡的現銀按年、月算過，一筆一筆地稱了重。

掃一眼底下也不知是因為天熱還是別的什麼，個個滿頭大汗的管事們，她瞪起眼睛，狠狠地拍了一下桌子。鎮國公府的桌椅用的都是上好的木料，她把手拍疼了，卻也沒拍出響聲來，不過仍然有效，當即就有兩個年紀較輕的管事娘子一抖，嚇白了臉。

聞墨得了她的吩咐，落筆飛快，取來兩張紙，先謄抄上正字不滿一個的管事姓名，然後再把那些個正字多的按照數量排序，一個個名字就這麼落在紙上。

陳若弱好似沒看到前一張紙，只取後頭那張，掃了一眼，發覺裡頭大部分人的名字她都認識，於是對聞墨點點頭，示意聞墨退到一邊。她瞥一眼底下站著的人，唸道：「張仁富、宋桂、李大福、張李氏……」

她每唸出一個名字，底下就有一個人撲通跪下，卻也不敢張口呼嚎，只是朝坐在邊上閒品茶的顧嶼投去視線。

顧嶼卻不曾看他們一眼，抿了一口茶，並沒有摻和進去的意思。

鎮國公府上下僕役幾百人，總共不過二十來個管事，職位有大有小。陳若弱只是查了最近一年的帳，底下竟就跪了大半，雖然有些驢頭不對馬嘴，但她還是不自覺想起一句老話：官官相護。

顧嶼看一眼那張紙，微微嘆一口氣，茶水幽幽的熱氣氤氳了他的眸子，可看上去卻是分外明澈，好像看透了一切。

若起初只有一個人貪了府裡的銀子，怕被人發覺，那個人自然要想盡辦法賄賂自己上頭的人，好瞞天過海；上頭的人又怕自己收賄賂被查出，便要忍痛割讓出利益來，去收買更上頭的人，時日一長，就結成一道密不可分的大網。

這張網越織越大，就能把所有的人都籠絡進去，到時候利益全都收攏進這張大網的最頂端，而最頂端的這個人，也就把持了底下人所有的把柄，他會變得比主子更讓底下人畏懼，僕大欺主，便是由此而來。

陳若弱讓人把被唸到名字的管事都捆起來，準備報官，好去查抄這些人的住處。

顧嶼搖搖頭，放下手裡的茶盞，說道：「夫人，讓外院的家丁去查抄即可，這些人的身契都在，即便聰明一些，把貪來的東西寄在他人名下，鎮國公府也有權索回。咱們府裡的事，不必鬧到外頭去。」

他語氣裡並沒有責備的意思，只是單純的好意提醒，陳若弱臉紅了一下，她從小也沒在勛貴府邸裡過上幾天千金小姐的日子，潛意識裡把自己當成普通人家的姑娘更多，對於世家勛貴的這些規矩慣例也不大清楚，因此聞言連忙點點頭，讓人去辦。

顧嶼笑了笑，似乎想起什麼，又吩咐道：「府庫那邊應該有歷年賞賜給這些人的記錄，一會兒派人比照賞賜的單子，將多餘的部分列出清單來，相差懸殊的仍舊報上來，若是相差不過千餘銀兩之間，那就算了。」

「不能算！」陳若弱起初還點點頭，因為將軍府沒有賞賜一說，她也就沒想到，顧嶼說的是自己疏漏之處，她很虛心地聽著，可一聽到「千餘兩銀子就算了」這種話，頓時眼睛都瞪圓了。

窮苦人家賣兒、賣女不過十來兩銀子，那窮書生辛辛苦苦熬上一個月畫的字畫，也才掙一兩銀，離京城略遠些的地方，五十兩銀子就能買一處不錯的宅邸。即便一千兩銀子對於鎮國公府這樣的人家算不得什麼，可難道因為家大業大，就該讓人竊去錢財嗎？

顧嶼聞言，眸子微彎，聲音略略提高一些，解釋道：「夫人，他們都是府裡養了幾代的家生子，即便世代為奴，總也會有些自己的打算，有的人拿府裡賞賜去做生意、掙銀兩，雖則按理該歸還府裡，可人情不能如此算。」他說這話時神色溫和，周身帶著一股從骨子裡透出來的君子氣度，似清風明月，似朗朗晴空。

陳若弱一時之間愣怔一下，很快就又反應過來，咕噥道：「等查過再說吧，我就不信這些人每個月從你家府庫裡掏銀子，家底還能少到哪裡去。」

顧嶼忍住笑，目光瞥向底下那些沒被唸到名字的管事，神色卻不是那麼溫和，眸子微微地瞇起來，他想起上一世鎮國公府的條條罪狀，低笑一聲。

他並沒有那麼好心，說這些話也只是為了堵住某些人的嘴。正如夫人所說，他提出的數字是很微妙的，貪過一次就會有第二次，有了第二次就會有第三、第四次，千兩銀子在外人眼裡看來極多，但幾代養出來的貪心，可遠遠不會只有這些。

當年若弱並未提出徹查府中之事，後來雖然也有查辦一些人，終究因為父親心軟，留下了大部分，自此她管事就有諸多困難。他雖然心疼，但總覺得後宅之事不必太過掛心，等到若弱懷有身孕，他又被調往異地為官，因此在府裡落敗之後，竟被尚婉君看準空子，害死若弱，讓他於鎮國公府大廈傾覆之際，又添喪妻失子之痛。

他前世不曾把尚婉君放在眼裡，如今仍然不會，若要做個比喻，瑞王一黨便是將人咬得奄奄一息、吃盡骨肉的虎狼，尚婉君就是虎狼走後，盯準時機咬下最後一塊肉的野狗。人若重生，第一件事是打死虎狼，而非追狗。

他不信什麼千里之堤，潰於蟻穴，只知有人做賊千日，機關算盡，即便把鎮國公府打理得固若金湯，旁人有心算計，也逃不過謀害。不過重生一場，他偏要做得盡善盡美，天衣無縫。

派去查抄的人回來得有點遲，如同陳若弱料想的那樣，被查出來的那些人沒有一個不是身家豐厚，這些人平時在府裡一副奴才做派，出去就成了爺兒，有兩個在外頭放利子錢，逼人賣兒、賣女，和京城不少人牙子都有聯繫；還有幾家做著紅火的生意，連貨源都不用愁，每個月只要是從鎮國公府各地莊子運上來的東西，基本上都要先過了他們的手。

顧嶼先前說的千餘兩銀，似乎成了個笑話，他也不覺得生氣，看上去反倒十分真心誠意地嘆了一口氣，說道：「是我想差了，還是夫人通透，這些……全都報官吧。」

他這麼一說，不好意思的卻是陳若弱，她面上冷靜，腦袋已不自覺朝他的方向偏了過去，壓低聲音說道：「別吧，你剛才不是說不好去報官，會傷了咱們家的臉面嗎？」

「我也沒想到他們的膽子這麼大，他們做的那些生意可是上報朝廷的。雖則不少底子虧空的人家都會偷偷地放利子錢，朝廷也睜一隻眼、閉一隻眼，但這種事鎮國公府可不能做，自然也不能白白地為這些刁奴們擔下惡名。」顧嶼義正辭嚴地說道。

底下的管事們沒想到陳若弱居然能讓人查得這麼細，一聽顧嶼這話，當即就有個上了年紀的婦人軟了腿，回過神來，連連對著顧嶼叩頭。「世子爺、世子爺，老奴豬油蒙心，被張老三那個天殺的欺瞞，求世子爺看在咱們一家侍奉五代的分上……」

她喊這一嗓子，也帶動了其他的管事們，底下頓時哀求、哭叫聲不絕，響徹連綿。

顧嶼站起身，淺色的衣袍映襯著如玉的容貌，越發相得益彰。他微微地嘆一口氣，眸光輕動，就好似漫天的星辰落進冬日的冰湖裡，星星點點，好看得緊。

「若只是錢財的事，我也不至於報上官府，這些罪名不能算在鎮國公府頭上，顧家也擔不起，你們好自為之。」顧嶼的神色很平靜，說這話時語氣也沒什麼起伏。

陳若弱看著，總覺得自家夫君的反應不大對勁，好像早就知道似的。

她搖搖頭，就算是他早就知道，借著自己的手把這些人給辦了，她也沒什麼好計較的。她才進門沒幾天，在這之前，她和文卿就是兩個素不相識的人，即便是夫妻，也總要有個熟悉的過程，他本就沒必要什麼事情都向她解釋清楚，再說這還是在給她立威呢。

顧嶼不知道她的心思，其實他也是有些驚訝的，本以為前世那些罪名小部分是真，大部分都是瑞王編造出來的，卻沒想到原來大部分是真，小部分被渲染誇張了一些。是他低估了人心的貪婪，小瞧了底下人的野心。

去報官的人回來得倒是很快，今日是大朝會，大理寺只有兩名小官當值，聽了原委後也不敢擅自處理，只是記錄下案情，按律收押了鎮國公府的管事們，留待大理寺卿回來再辦。

顧嶼知道，如今天子還沒下定決心處置勛貴，世家和寒門之間的鬥爭也都是暗地裡激烈，表面上還維持著岌岌可危的平衡。如今鎮國公府主動報案，手頭上又確實有證據，即便有那個心思，也沒有理由可以處置。

陳若弱一回到聽霜院，整個人就攤倒在床上，忙活了一個早上，居然搞出那麼大的一個案子，她表面上還要裝出一副胸有成竹的樣子，這實在不是她擅長的事情。

在床上來回打了兩個滾，她陡然想起什麼，脖子僵硬地朝後轉去。

一張溫潤俊美的笑顏在不遠處看著她，似乎對她滾來滾去的動作有些好奇，甚至還挑了一下眉頭，簡直……好、看、得、要、命！

她有些欲哭無淚地從被褥裡抬起頭來，弱弱地商量道：「你以後能不能別再用那樣的表情看著我？」

顧嶼這下子不挑眉了，唇角卻勾了起來，撩人得緊。「好。」

陳若弱頓時心如死灰，用枕頭蓋住自己的臉，總覺得再這樣下去，她會是頭一個活活被自家夫君看死的人。

鎮國公還沒回府，大理寺的案子就已經進了他的耳朵，饒是他在官場上打滾許久，也嚇一大跳，趕緊匆匆回府。

府裡的管事已被押走大半，只見長子站在府門口等他，背著手，神情平靜。他看著長子，不知為何也就跟著平靜下來。

等聽完前因後果，在這大熱天，鎮國公只覺得背後發涼，一股股透骨的寒氣直往脊背上竄。

氣。

顧嶼只是笑了笑，沒有安撫、不作解釋，過沒多久，鎮國公也就理清頭尾，長出一口氣。

他不怪兒子自作主張，要將此等事情揭露出來，這是最好的時機。長媳進門管家，查帳無可避免，由此帶出後續一連串的事情，可謂是順理成章。要是提早告訴他這些計劃，反倒會有露出馬腳的可能，現下他受驚回府、全無偽裝，即便落入有心人眼裡，也只不過是一場湊巧。

「只是你到底太過急躁些，不曾徐徐圖之。一則旁人府裡不是沒有這種事，且並非奴才自作主張，水至清則無魚，偏偏咱們家急得什麼似地撇開，恐要生事；二則若弱剛進門，不過查個帳就鬧出這麼大的事來，她怕會落下個太過精明的名聲。」鎮國公嘆了一口氣。

顧嶼搖搖頭，並不想和自家父親爭辯。他重活一場，知道一旦天子起意，這些看似龐然大物的勛貴世家倒得會有多快，而父親即便是信了他的話，也不曾有過那些經歷，因此更看重眼前。

至於若弱……他忍不住彎了彎嘴角，他知道她是最不在意名聲的人，比起那些虛無縹緲的東西，她更在意他的看法，他說一句話，比得上旁人千萬句，也許這就是夫妻。

鎮國公擺擺手，不再多說。

這一個早上弄得府裡人心惶惶，連廚下的採買也被押走了，再加上一般大朝會後，都是周相爺作東宴請同僚，廚下也就沒做幾道菜。

陳若弱問過廚下，聽說有新鮮的河蝦，她便撥去一半做了盤白袍蝦仁，另一半則和雞肉一起做龍鳳丸子，又清炒一盤素三鮮，還加燉了一鍋冬瓜排骨湯。

掌勺大廚做的是素菜，素菜很少有香味濃重的，倒把她做的口味不算太重的幾樣菜襯托得香氣飄飄，顧峻一進門，就忍不住吞了吞口水。

鎮國公抬頭，看了顧峻一眼，似乎這時才想起他來，眉頭一挑，聲音低沈道：「誰把你放出來的？」

顧嶼笑著道：「爹，三弟他身子不好，這幾天沒吃、沒睡的，家規也抄上四百遍有餘，我看他也受到教訓了，就饒他一回吧。」

顧峻連忙眼巴巴地望著鎮國公，少年有些凌厲的臉龐上幾乎沒什麼肉，眼底下一片青黑色，看著可憐得很。

鎮國公「哼」了一聲，讓顧峻入座。

託那一食盒甜心糕的福，顧峻倒是沒給陳若弱什麼臉色看了，他悶不吭聲地坐下來，喝了兩口素湯，就著龍鳳丸子埋頭吃飯。

顧家有食不言、寢不語的規矩，他平時不大守禮，這會兒當著個他認為的外人面前，不知怎地也中規中矩起來。

顧嶼吃得斯文，他一直都是如此，一口飯、一口菜，葷食和素菜各占一半，絕不多下一筷，也不少下一筷，看著倒是分辨不清他的偏好來。

陳若弱看了半天，也沒看出個所以然來，最終只能宣告放棄。她給他盛了半碗冬瓜排骨湯，這下子，一口飯、一口菜變成三口飯、三口菜、一口湯，仍舊是規律無比。

鎮國公也讓丫鬟給自己盛了一碗湯，放得遠不覺得，等湯端到眼前，馬上傳來一股溫熱的香氣，煮熟的排骨和冬瓜的味道融合在一起，喝上一口，並沒有夏日裡吃了葷食的油膩，反倒壓下連綿的火氣。

冬瓜和排骨本就是天作之合，在燉煮的過程中，排骨多餘的油脂被冬瓜瓤吸收乾淨，骨頭中的鮮美滋味更是全被燉進湯裡，即便是剩下的湯料，也有獨特的口感。

鎮國公禁不住瞇起眼睛，把一碗冬瓜排骨湯吃得乾乾淨淨，等抬起頭，就見顧峻正把最後一個炸得黃亮焦脆的龍鳳丸子挾進碗裡，而靠近他那側的白袍蝦仁已被掃空。這會兒他依舊是那副眼底青黑、面容憔悴的可憐模樣，卻端著碗吃得滿嘴流油、兩頰鼓起，瞧著可惡極了。

顧嶼的碗裡已經見底，桌上的菜也吃得差不多了，陳若弱讓喜鵲去端來冰梅汁，她給顧嶼盛了一碗，伺候用膳的小丫鬟也各自上前，給眾人都盛了一碗。

顧峻吃飽後，又一連喝了兩大碗冰梅汁，肚子裡踏實，又去了暑氣，頓時舒服得連一根指頭都不想動彈，再加上他幾天沒合眼，竟然就坐著打起了小盹。

頂著自家長媳驚奇的視線，鎮國公的臉都黑了。

正如顧嶼想的那樣，鎮國公府的事情鬧得可謂是沸沸揚揚，元昭帝卻沒有怪罪鎮國公府的意思。開國數代，大部分的勛貴都已日暮西山，也就剩下這幾條來錢的路子，想藉著這個理由強辦鎮國公府，必然會引起朝廷震盪。

元昭帝已經五十多歲了，即便對勛貴的勢力十分頭疼，一時半會兒也沒有那個精力來一場大清洗。何況鎮國公顧家乃勛貴中難得的清流，開國之時尚高祖親妹安平公主，兩代之後尚英宗嫡女惠陽公主，又是瑞王妻族，若是鎮國公府倒臺，就打破了他一心想要維持的幾個兒子之間勢力的平衡，得不償失。

元昭帝隔日就命人擬旨，斥鎮國公府御下不嚴，著瑞王查辦此事，一經查證，從重處理。鎮國公府是瑞王的妻族，把事情交給瑞王去辦，用意就很明顯了，文武百官也沒有什麼異議。

立在太子身後的瑞王從兄弟中出列，恭恭敬敬地接旨，俊秀的少年臉龐上帶著一絲無奈的苦笑，看得太子分外同情。

散朝後，太子特意拍了拍瑞王的肩。「父皇把事情交給你，就是想給你留個面子，這顧家也太糟心了，好在他們自己沒摻和進去。你好好查，有什麼不懂的，我讓黃輕去幫你。」

太子自小習武，手勁很大，瑞王被拍得後背直發疼，卻還是勉強撐起笑容，順著太子的話說道：「多謝大哥，其實如今查出來也好，埋著這些禍根，也不知什麼時候就讓人捅了出來，反而生事。」

太子不以為然，咧嘴笑道：「這些話跟外人說說也就罷了，咱們是親兄弟，我說句不好聽的，顧家就是缺心眼，讓那些奴才哄騙了不知多少年，白花花的銀子就這樣流水似地進了奴才的口袋。好在他們家人少，顧文卿又是個當用的，等這件事過去，你讓他來找我，我給他找個差事做。」

瑞王恰到好處地露出一絲感激的微笑，旋即又像是想起什麼，有些為難道：「大哥好意，原本是不該推託的，可我那舅兄心高氣傲，一心打算科舉入仕，做父皇門生。我看得再等個幾年，等他考中了……」

果然見太子臉上露出不耐煩的神色，瑞王垂下眸子，就聽太子道：「我最煩那些文人的清高把戲，罷了、罷了，等他什麼時候想通了，再讓他來找我。過些日子是你嫂子的生辰，我弄來一個有名的戲班子，走，瞧瞧去。」

瑞王本想說些什麼好推託過去，可抵不過太子的力氣，一個停頓的工夫，就被太子帶著走了好幾步，他終究是怕掙扎起來太丟人，只得跟著太子走。

第八章 先機

鎮國公自從接到聖旨後，就等著瑞王上門，從中午等到傍晚，才等來瑞王府裡的宦官報信，說瑞王傷了肺腑，已給太醫看過，得休養兩、三日，案子先交由大理寺審辦著，又說聖旨上已講明是御下不嚴，並未牽連，讓鎮國公不必擔心。

送走了瑞王府裡的太監，鎮國公有些摸不著頭腦，倒是顧嶼心下了然，瑞王如今依附於太子，就算心裡已有打算，也沒那個能力去實施，如今又被他們提前將了一軍，如果這還不能夠讓瑞王方寸大亂，那瑞王的城府也太不像個少年人了。

只是即便如此，他也不會放鬆警惕，瑞王早有染指儲君之位的打算，那日出現在京中的定北侯足以證明這一點。他是臣子，而非天子，想同瑞王對上，必然要步步為營，占盡先機，容不得一絲差錯。

顧嶼記得很清楚，他自江左歸家之後，就一直閉門研讀科考書目。三年苦讀，得來殿前欽點狀元，本是三元及第，卻只因為容貌比一甲的另外兩人出挑一些，竟被改為探花，仍舊降一品入翰林院，輾轉兩年，外放為官。

當今之世，歌舞昇平，想要科舉入仕，詩賦為重，經史為輕，殿詩只言詩才，不提策論，許多真正有治世實才的人難以晉陞。清高的讀書人苦守寒窯，攻讀詩文，而肯咬牙低頭的讀書人則選擇依附朝中勛貴世家，往往辛苦做出一些成績之後，就會格外針對那些科舉入仕的官員，寒門、世家兩派紛爭，也有一部分是為了這個。

他不想再浪費時日，他要做的事情太多，五年的時間卻太長，等入仕之後，還有更多的事情等著他去做。

鎮國公對此是沒什麼意見的，事實上父親已是顧家人之中很能變通的了，上一世父親也曾勸過顧嶼直接入仕，只是顧嶼想要堂堂正正地透過科舉為官，並沒有動搖。

如今千帆過盡，他反倒是明悟過來，這世道從來就沒有什麼堂堂正正，科舉取仕本是為國遴選治世之官，如今不過是浮華詩文的戲臺，真要說不公正，那麼最不公正的是如今的科舉，而非是他。

鎮國公府作風清正，自上代鎮國公老顧相起，就經常引薦一些有才華的年輕人入朝為官，卻不爭搶那些所謂的肥缺，府中門生大多外放做官，偶爾有些散落六部，彼此之間聯繫也少，沒有結黨的條件，且大多是實幹官員，權少事多。

京都之地，一個官職底下就有四、五個備選，且枝葉連綿、錯綜複雜，顧嶼無意去蹚渾水，他要去的地方，是江淮。

江淮兩道，魚米之鄉，天下糧倉，交通疏闊，是僅次於京城的為官好去處，也是世族官員聚集之地。但就像寒門和世家在朝廷裡一直維持的平衡一樣，江淮之地的平衡是世族之間多年來磨擦鬥爭出來的，就像一根緊繃著的弦。

當初他在隴右道為官，抗西藩，殺豪強，除貪官，興商賈，鼓勵農耕。初見成效之時，便遭逢家中變故，失官歸京，最終不了了之。之後隴右道重歸混亂，直到新君登基，依舊沒有得力的官員能接過他未成之業，可他那時已被新君忌憚，不可能再外放為官。

他原本該去隴右道，可到底山高水遠，即便掌握整個隴右道，也無法左右京中動向。江南道和淮南道則不同，所謂牽一髮而動全身，這江淮兩道，是天下的命門，握其一便成舉足輕重之勢。況且，江淮正是顧峻積勞成疾、死在任上的地方。

顧嶼閉了閉眼睛，不願再去回想當年的事，但他的心意卻十分堅定，他不會讓自己落入上一世的境地。在他有生之年，必肅清江淮，整頓隴右，一為顧峻，二為自己當年許下的諾言。

鎮國公見顧嶼去意已決，也不多言，只是道：「你這一去，沒個三年五載回不來，府裡的事務又離不得人，不如等到年底，峻兒也成婚後，你再帶著若弱赴任，也正好藉著這個空檔，為父會替你尋個適合的差事。」

顧嶼沈吟一會兒，說道：「三弟的婚事不急，赴任也不急在這幾個月，當務之急，是先把二妹接回府裡。」

上一世，瑞王藉除妻族之勢大肆鏟除勛貴，是在二妹數度小產、抑鬱而終之後。兩世為人，他有太多的記憶十分模糊，但最清晰的，除了歸京那日若弱和父親的靈位，顧峻臨終前陰鬱瘦削的樣子，就是二妹幾次小產，他去探看時那蒼白又勉強上妝掩蓋的骷髏似的臉。

他的妹妹，家世、才情、相貌無一不佳，出嫁前是嬌貴的公侯小姐，出嫁後是堂堂正正的親王妃，最後卻死於萬念俱灰。

鎮國公聽到的畢竟不如顧嶼親身經歷的那樣清楚，此時不免有些猶豫。鎮國公的猶豫是很正常的，出嫁的女兒就是潑出去的水，尋常人家尚且沒有把女兒接回娘家的道理，更何況是公侯府邸、天子姻親。

顧嶼卻自有打算，他借了鎮國公的印章，親擬拜帖，著人給瑞王府送去。他明日就要和若弱一道去瑞王府，一是讓她們姑嫂相見，二是探看瑞王傷勢。

鎮國公雖然心存憂慮，但到底心疼女兒，又見顧嶼胸有成竹的樣子，只得抱著沈重的心情，隨他去處理。

倒是陳若弱，一聽說要去見瑞王妃，整個人就嚇懵了。她來京城不到一年，家裡又沒個長輩幫襯，很少在人前露過面。這次去見顧嶼的妹妹，也許連帶著還會見到瑞王殿下，她這個樣子，怎麼好去給顧嶼丟人？

顧嶼卻不覺得有什麼，見陳若弱驚慌的樣子，反倒露出一些心疼的神色，他替她攏了攏散亂的髮絲，安撫道：「二妹性情極好，妳跟她一定能處得來，至於瑞王殿下……他在人前總是不願失了禮儀的。」

陳若弱點點頭，忽然見顧嶼在解腰帶，她愣了一下，隨即滿臉通紅。

素白綴青葉紋的夏衣只有內、外兩層，顧嶼解了衣帶，疊好外袍，準備就寢。

陳若弱只看了一眼顧嶼穿著薄薄裡衣的樣子，就羞得不行，接連喘了好幾口氣。她一把用薄被蓋住頭，兩隻手把被褥抓得緊緊的，打定主意死活也不掀開了。

夏日裡被褥輕薄，見陳若弱裹著一床被，顧嶼便掀開靠外的另一床被褥，半躺進去。他身邊就這樣鼓著一個大團子，看上去圓滾極了，白糖有些好奇地在床底下喵喵叫著，似乎想跳上來撓一把。

察覺到顧嶼的靠近，陳若弱連大氣也不敢喘了，只是過了好一會兒，就在她一口氣快要憋不住的時候，外頭卻慢慢響起一道溫和悅耳的聲音。

「公子王孫薄倖，此間難言事，盡付說書人。不拘前朝今日，只說有那麼一戶極貴重的人家，上蒙天恩封公侯，世居州府之地，天子禮讓三分。」

她豎起耳朵聽，頓時愣住，好半晌，才從被褥裡悄悄地伸出半個腦袋。

顧嶼看了她一眼，繼續唸道：「這州府也無過多贅述，只說這戶極貴重的人家姓王，上有承爵的老爺，又有一位極厲害的老夫人。王家九代單傳到如今，天不負貴人期望，得了一位如金玉般的公子，取名文修。」

這下子陳若弱立刻就反應過來，王文修，可不就是那天她在茶樓裡聽的那段沒頭沒尾的話本主角？她起初以為顧嶼說要唸給她聽，不過是說說而已，原來他是認真的。

顧嶼見她一直裹在被褥裡，把一張小臉熱得通紅，頓時有些無奈地嘆了一口氣，軟言軟語道：「妳要聽就乖乖躺著聽，一直把頭捣在被褥裡，要是捣出毛病來可怎麼好？」

陳若弱從被褥裡伸出整個腦袋，猶豫了一下，她背對著顧嶼把被褥撐了起來，不多時，兩件單薄的夏裳被一隻玉白小手扔出床榻，有一件正好扔到了白糖身上，小小的貓兒頓時興奮地和衣裳玩了起來。

她不是第一次和顧嶼褻衣相對，卻好似比之前還要害羞幾分，她把冰滑的蠶絲被拉到脖頸，又將兩只軟枕疊在一起，半坐半躺在顧嶼身側，對著顧嶼的恰好是沒有胎記的半邊臉，這讓她稍微有些放鬆。

顧嶼見她動作飛快，更衣之後就用那一雙滿是靈韻的眸子左一下、右一下地瞟著他，他忍不住笑了笑，把手裡的話本抬起一點，讓她想看的時候也能看得清上面的字，才又接著唸了下去。

「文修公子七歲習文，十歲通曉四書五經，長到十二歲上初見靈秀……」唸到這裡，顧嶼忽而頓了頓，道：「這便有些誇張了，四書五經背下容易，通曉其中道理卻要諸多經歷，這裡頭說王家偏安一隅，府中長輩只是承爵，而非入仕，即便延請大儒教導，也不至於靈慧至此。」

陳若弱正聽得入迷，陡然聽見這一評價，頓時有些臉熱。她看話本從不關注這些，只是大概知道主角是很聰明、很厲害的人就夠了，原來這裡頭也有漏洞。

瞧見陳若弱的神情，顧嶼沒再評論下去，他揭過一頁，重新唸了起來。他的聲音溫和清越，是很好聽的青年嗓音，語氣卻像鎮國公那般穩重，陳若弱聽著，覺得莫名的安心。

燭火燃燒著，而白糖在床下，仍舊在和衣裳纏鬥。

顧嶼讀完一頁，再要翻頁的時候，只感覺肩膀微微一沈，陳若弱已經睡熟了。

他動作輕緩地替她解開髮髻，取下首飾，又把她一直緊緊抓著的被褥拉開一些，只蓋住她的小腹和腳心，這樣下半夜不至於太熱，也不至於受涼。

月上中天，陳若弱作了一個夢。

日有所思，夜有所夢，她這幾日滿心滿眼都是顧嶼，夢裡也就有了他的影子，只是她作的夢似乎有些不大一樣。

她夢見那日出嫁，她也是像之前一樣推了顧嶼，心裡惶惑又害怕，可顧嶼回過神之後，並沒有抱她，也沒有說那些羞死人的話，他就像個手足無措的少年，一直安慰著她，所說的話一時讓人生氣，一時又教人哭笑不得。

顧嶼哄了她好久、好久，她不是故意賭氣要他哄，只是剛嫁過來，心裡害怕。一連好些日子，都是顧嶼在哄她，而她卻悶不吭聲。

鎮國公也不像那天一樣好說話，雖然沒說什麼，但她能看得出來鎮國公並不滿意她這個媳婦，只是說不出難聽的話而已，只有那個小叔子的態度沒變，一直都很討厭她。

夢裡的顧嶼是個很好的人，他以為是自己的態度傷害了她，就一直在找各種理由安慰她、哄她開心。知道她識字少，他就一個字、一個字從頭教她，他還會帶她出去玩，替她簪花，為她畫沒有胎記的小像，題她看不懂的詩句。

夢裡的一切過得總是很快，她不知道從什麼時候起，鎮國公也開始會對著她露出笑臉，也不知道顧峻為什麼慢慢地不再怒目相對，反倒是開開心心地在她和顧嶼身邊轉悠，而她的心情也一天天地變得更好。

顧嶼帶她出去遊玩時，猶豫著開口讓她不要再戴斗笠和面紗。

顧嶼畫小像時，漸漸地會挑選顏色最漂亮的朱砂，給她描胎記。

顧嶼拿著她作的打油詩，眉眼溫柔地說她的才情比得過前朝文君。

陳若弱覺得夢裡的顧嶼，青澀得有些不像她印象裡完美無缺的顧嶼，可無論是哪一個顧嶼，都讓她覺得臉紅心跳。

這夢太過美好，讓她有些不願意醒來。

夏夜晚風徐徐，透過半開的竹窗撩撥著床帳。

顧嶼把白糖抱了出去，撿起陳若弱扔在地上的衣物，同自己的外袍一起，掛在屏風邊的衣架上。

他沒有睡，只穿著一身單衣，便出了裡間。

喜鵲和聞墨兩人睡在外頭的小床上，本該一個守上半夜，一個守下半夜，這會兒倒是都睡得挺熟，連他出來了也沒發覺。

顧嶼也不打攪她們，自去取來筆墨，又回到裡間，闔攏內門。

上好的宣紙在放茶水、點心的圓木桌上鋪展開一半，燭光昏黃，照亮了慢慢落成的幾行名字。他微微一頓，換了張紙，又寫上幾個截然不同的名字。

不多時，他放下筆，將兩張紙的墨跡晾乾，微微瞇了瞇眸子，將先前那張紙放在上面，後面的那張紙疊在下面，用鎮紙壓好。

收拾好筆墨，顧嶼回到床榻上，見陳若弱睡得香甜的模樣，他忍不住彎了彎嘴角，抬手替她攏好一絲散亂的細髮。

此時陳若弱的夢已作到尾聲，夢裡過去了很久，她和顧嶼有了孩子，顧嶼高興地抱著她一直轉、一直轉，轉得她暈乎乎的，然後……她就醒了。

睜開眼的時候，她還有些迷迷糊糊的，一轉過頭就見到身側閉著雙眼的顧嶼，心頭頓時升起奇怪的感覺，是一種失而復得的喜悅。

陳若弱盯著顧嶼看了半天，終於有所行動。她屏著呼吸，慢慢地挪動身體，直到小腿靠上了顧嶼的被褥，頓時一動也不敢動。又過了一會兒，見顧嶼沒什麼反應的樣子，陳若弱的膽子也漸漸大起來，她小心翼翼地把手臂搭在他的身上，如此兩、三次，她抱住了顧嶼。

顧嶼才睡下不久，被抱住之後也沒什麼動作，只是習慣性地側了側身子，讓陳若弱抱得更加舒服一些。

看著近在咫尺的臉龐，陳若弱滿臉羞紅地閉緊雙眼，拚命地說服自己這是很正常的事情，過了好一會兒，那如雷的心跳才慢慢地平復下去。

夏日夜短，兩人才睡下不久，外間的天光就漸漸明朗起來。

鎮國公府每日晨起的時辰都有規定，聞墨和喜鵲睡得沈了，一時都沒醒，還是外頭李嬤嬤帶著人過來，小心地敲了敲門，喚醒這一屋子的人。

陳若弱一骨碌從床上坐了起來，洗漱過後，飛快地去描妝，幾乎不像平日那般懶散。

顧嶼有些驚奇地挑眉，就在這個時候，陳若弱把臉轉過來，正對著顧嶼，她眨了眨眼睛，指著自己問道：「你覺得我好看嗎？」

顧嶼仔細地端詳一下，忽而眉頭蹙起，搖了搖頭。「眉一濃一淡，眼一大一小，縱是玉貌天顏，也不能掩蓋這些瑕疵。」

陳若弱看向翠鶯，只見翠鶯吐了吐舌頭，重新替她描繪起帶著胎記那半張臉的眉眼，又勻了脂粉，果然見顧嶼滿意地點頭。

喜鵲和翠鶯不知道陳若弱的用意，只當她是在開玩笑，才把自己塗成一張大花臉。

陳若弱卻悄悄地按了按心口，她記得昨夜那夢裡有一回，顧嶼也是這麼說的，他一臉正色地說她生得美，但他不能昧著良心說那妝容也美。

她夢裡的顧嶼，果然就是她眼前的顧嶼，一點也沒變。她的嘴角微微地翹了起來，心情莫名的好。

顧嶼看著她的笑容，也跟著彎了彎眸子，神色溫柔。

第九章　王妃

瑞王府離鎮國公府不遠，用過早膳之後，兩人上了車駕，行不到一刻鐘，車駕就在瑞王府門口停了下來。

昨日遞拜帖，今日再上門，就是意味著正式的拜見，因此瑞王府的周管家一早就打開正門等著。

下車駕的時候，陳若弱努力鼓起勇氣，卻仍舊十分緊張。

顧嶼伸手扶她，語氣輕緩道：「不必擔心，這次只是來接二妹回府罷了。」

陳若弱有些不解，她眨了眨眼睛，滿臉疑惑地看著他。

顧嶼卻沒有解釋的意思，他彎了彎嘴角，扶穩陳若弱，然後微微垂眸移開一步。

在來之前，喜鵲和翠鶯已經被教了不少規矩，見狀立即上前站在陳若弱身後。

周管家是個面白無鬚的宦官，說話的聲音又尖又細，陳若弱只見過傳旨的太監，那時也沒這麼近看過，頓時有些好奇，但她忍住了。她跟在顧嶼身邊，微微低著頭，擺出一副端莊神色。

「還望世子見諒，王妃吩咐過，請夫人隨這位張姑姑去，王妃一早起就在等夫人了。」

周管家恭敬地道。

陳若弱微微點一下頭，看了顧嶼一眼。顧嶼對她笑了笑，示意她不用擔心，她這才抿抿唇，跟在那被稱為張姑姑的中年婦人身後，喜鵲和翠鶯也連忙跟了上去。

瑞王府是新建的，規格倒是不錯，只是本朝崇尚樸素，瑞王在這上頭又格外小心，故而這地方雖然比鎮國公府還大，可論起細節，卻處處都比不得。

陳若弱看著，忽然有些擔心起來，她早就覺得鎮國公府的宅子太漂亮了些，今日一看，竟然連瑞王府都比不上自己宅院，這要是被人一狀告到御前，豈不是要吃虧？

懷著這般沈重的心思，她連見瑞王妃的緊張感都沒了，只是盤算著回去之後要如何改建鎮國公府，直到前頭張姑姑忽然停下步子，她才回過神來。

瑞王妃見她的地方不在內院，而是王府花園。一大早的陽光還不是那麼烈，陳若弱一眼看去，就見到在一群婢女環繞下，半坐、半倚著石桌的瑞王妃。

顧凝穿著一身鵝黃色衣裳，領口的式樣有些怪，高高地緊貼著脖頸，上頭鑲著珍珠的扣子，將脖頸罩得嚴嚴實實；素面不施脂粉，卻無損顧家人一脈相承的姣好容貌，只是神色淡淡的，眼神也冷冷的。

陳若弱有些不安，步伐也變得十分端莊，彆扭得差點跌倒，等到靠近一些，瑞王妃轉過來看她時，她頓時更加緊張起來。

顧凝看了一眼她臉上的胎記，頓了頓，聲音清冷道：「嫂子，坐吧，咱們說說話。」

陳若弱正將雙手交疊在小腹前，預備行小禮，聞言頓時鬆一口氣，其實這個小禮她也沒做過幾次，明明知道步驟，但就是怕會出錯，自然能不做就不做。她儘量讓自己顯得端莊一點，屁股只坐了石凳的三分之一。

顧凝卻沒有盯著她禮儀舉止的意思，看了一眼身邊不下十個的婢女，猶豫一下，開口道：「大哥歸家有些日子了，吃睡可還好？」

不問鎮國公，也不問顧峻，只單單問了顧嶼，聽起來有些奇怪。陳若弱抬起頭看了看自家這個小姑子，注意到瑞王妃的兩隻手都攏在袖口裡，問這話時，那雙清冷的杏眼就這麼盯著她看，似有萬語千言。

斟酌一會兒，陳若弱謹慎地回答道：「府裡都挺好的，文卿說今日是來接王妃回……」

她一句話沒說完，眼前的瑞王妃卻似驚了一跳，雙目裡像是燃起一把火，讓陳若弱不知怎地就把話嚥了回去，然後就聽瑞王妃再度以平淡的語氣說：「嫂嫂怕是聽錯了，沒有聖旨，哪能歸寧？大哥說的大約是等探看過王爺之後，再來看看本宮。」

陳若弱知道自己並沒有聽錯，想起顧嶼篤定的神色，她想反駁，卻只是張了張口，目光落在瑞王妃攥緊的袖口上，又飛快地移開，再瞥一眼周遭侍立的婢女，心中疑惑越深，可到底沒有再提起這個話題。

顧凝又問了幾個問題，陳若弱一一答了，兩人還說不上十句話，那個帶她過來的張姑姑就上前一步，笑道：「娘娘，仔細著日頭，要是再受暑氣，王爺可要心疼的。」

陳若弱看了一眼那個滿臉堆笑的張姑姑，心裡感到奇怪，不由道：「一大早的，哪來的暑氣？再說這兒到處是樹蔭呢。」

「顧夫人您不曉得，娘娘自小身子弱，多走幾步路都會不舒服，就是在那五月天裡也會熱出病來。王爺為此特地翻修花園，府裡現下處處都是樹蔭，可日頭一高，還是遮擋不住炎炎暑氣，咱們做奴婢的只能仔細一些。」張姑姑笑著回道。

那張姑姑說得十分好聽，陳若弱剛跟著點了點頭，就見瑞王妃蒼白的俏臉上泛起一絲病態的嫣紅，語氣裡帶著冷冷的怒意，道：「這是本宮大哥剛過門的妻子，鎮國公府的主母，誰跟妳這老奴是『咱們』？」

陳若弱猝不及防地被點名，下意識地朝那張姑姑看一眼，卻見張姑姑那張稍顯刻薄的臉上竟不見一絲尷尬，帶著謙恭到幾乎卑微的神色連連請罪，似乎已經很習慣瑞王妃這樣近乎無理取鬧的發火。

就在這個時候，一道嬌軟的女聲從不遠處傳了過來。「姊姊何必對一個奴婢發火？既失儀態、又跌身分的。」

陳若弱順著那道聲音看去，只見是個身著翠綠宮裝的婦人，面容十分嬌美，略有些濃的眉被仔細地畫長，又勾了上挑的形狀，有著難言的精緻氣韻。

見陳若弱打算站起來迎接，顧凝馬上淡淡地開口道：「嫂子安坐便是，只是個不相干的人。」

那婦人走得近了，陳若弱才發覺那並不是什麼婦人，只是梳著婦人髮式，妝容濃一些，仔細看，竟是個與她相差不了幾歲的少女。

聽見瑞王妃這話，少女輕哼一聲，得意洋洋地說：「姊姊說這話好生傷人哪，妹妹是聖上親封的瑞王側妃，和姊姊共侍王爺，怎麼就成了不相干的人？」

顧凝並不搭理那少女，只是起身朝陳若弱微微點頭，示意她跟自己到別處說話。

孫側妃卻惱了，帶著幾分顯而易見的嫉恨，一把抓住顧凝的手臂。

「同住一片屋簷下，姊姊打算就這麼對妹妹視若無睹一輩子？」孫側妃冷笑。「成日像根木頭一樣，除了會寫點酸詩，妳到底憑什麼得到王爺的寵愛？」

顧凝的臉色在陽光下白得近乎透明，她清冷的視線落在孫側妃身上，語氣仍舊淡淡的。

「放手。」

孫側妃恨恨地說：「妳是公侯小姐，難道我就是下賤人家的丫頭？我告訴妳，妳別得意得太早，我……」她話說到一半，突然警醒幾分，目光落在顧凝臉上，卻見顧凝一絲探詢的意思都沒有，只是柳眉輕蹙。

還沒來得及再度發火，身側突然傳來一股力道，孫側妃眼前一陣天旋地轉，就這樣被推倒在地，她抬起頭，隨即迎上一張滿是怒意的臉。

陳若弱擋在顧凝身前，指著孫側妃的鼻子說道：「王妃手上有傷妳不知道嗎？妳抓著王妃，王妃疼得都要哭了！」

顧凝一怔，袖口底下的手微微發著抖，手腕上有一道又深又長的傷口，被孫側妃抓得緊了，原本已經開始結痂的傷口又裂開一點，鵝黃的衣袖上滲出了一些血跡。

孫側妃頭一回在對上顧凝的時候狼狽成這樣，以往她就算欺負顧凝欺負得再狠，顧凝也不會吭聲，至多事後瞞不住王爺，被王爺訓斥她一番而已，可那是在沒有傷到顧凝身子的情況下。如今看到顧凝袖子上的血跡，不知想到了什麼，她的臉色突然一白。

顧凝沒有去管孫側妃，抿了抿唇，對陳若弱輕聲說道：「本宮沒事，咱們去水榭說話吧。」話一說完，轉身就走。

陳若弱非常凶地瞪了一眼孫側妃，連忙跟了上去。

顧嶼不是第一次來到瑞王府，無論是重生前，還是重生後，他都是這裡的常客。後來瑞王失勢，被幽禁於王府，他也時常過來「探望」，直到新君即位，他才得以手刃瑞王。

前塵過往，只當黃粱一夢，顧嶼不著痕跡地平復一下心情，神態也收斂幾分。

周管家上次見顧嶼，還是在三年前，這一路上悄悄打量著他，不得不承認，這位鎮國公府世子確實是他見過的世家子弟裡，儀態最出眾的，明明只是個二十出頭的年輕人，卻意外的沈穩內斂。

瑞王這次是真的傷了肺腑，太子天生巨力，平時和太子走在一起，都要小心、小心、再小心。原本他只當是去聽戲，也就省了防護措施，可戲聽一半，太子就沒耐性了，硬要拉著他去校場練騎射，還興致勃勃地挑了兩匹紅鬃烈馬。

太子能把不情不願的烈馬拽著走，可他卻連上馬都戰戰兢兢，要不是有一位將軍剛巧路過，他就不只是被馬蹄踢到胸口，而是活生生被踩死了。

瑞王接連咳了好幾聲，聽見外頭通報，他勉強撐著坐起身來，把手裡的帕子扔給邊上伺候的侍女。

侍女馬上收好帕子，退到一邊。

「不曾遠迎舅兄，咳、咳……」瑞王說著，又忍不住咳出聲，他是個仔細的人，咳嗽時都會注意著不把臉朝向顧嶼這邊。

侍女連忙上前，遞上新的帕子。

顧嶼行了一禮，並沒有要與瑞王客套的意思，只是溫和地道：「今日文卿來，是有一件極重要的事想同殿下商議。」他的神色認真，讓瑞王也不由得重視了幾分。

周管家見狀，連忙讓邊上伺候的侍女們都出去，顧嶼卻還是沒有開口的意思。

瑞王有些猶疑地看了周管家一眼，顧嶼只是微微一笑。

「周平，你也出去。」瑞王沈聲道。

聽著外頭腳步聲漸遠，顧嶼臉上的笑容慢慢收斂，神色嚴肅起來。

瑞王頓了頓，道：「舅兄有事，不妨明言。」

顧嶼微微點了一下頭，斟酌語句後，輕聲說道：「殿下可知我顧氏家訓中的『嫁女三則』？」

瑞王那張溫和無害的少年臉龐上，似乎有些不解，笑著道：「還請舅兄賜教。」

「嫁女其一，嫁女不攀，高嫁不妾，為人妾者，一死二逐；嫁女其二，外嫁女和離，不得逐，父在歸家，父死從兄，孤寡者由族中供養；嫁女其三……」顧嶼微微停頓一下，看著瑞王的眼睛，語氣溫和道：「若有辱我外嫁女者，顧氏全族立之。」

前朝門閥世家林立，景陽顧氏初成勢時，並非當世大族，百十來條家訓全由先祖一人制定，經後人修修改改，到如今，只有幾百年前的「嫁女三則」半字不曾改動。

瑞王臉上的笑意不知什麼時候已經不見，他半撐起身子，冷冷地說道：「舅兄的意思，是本王虧待了凝兒？本王同凝兒年少夫妻，五年恩愛，我疼她、護她、憐她、愛她，只是她始終未生養，本王拗不過父皇旨意，才納了個妾，更至今未曾寵幸，何來本王欺辱凝兒之說？」

他這話說得實在理直氣壯，若換了個人來，哪怕有十分的證據，也要自疑幾分，但顧嶼沒有，只是目光淡淡地看著瑞王的雙眼，一字一句道：「我來接凝兒回家。」

「顧嶼，你當本王是死的不成！」瑞王漂亮的少年臉龐上浮現出戾氣，怒聲喝道。

顧嶼卻笑了笑，像是忽然想起什麼似的，輕聲道：「殿下覺得，孫側妃的容貌，生得是不是有些像某個人？」

瑞王的視線陡然銳利起來，他看著顧嶼，似是猛獸無聲的威脅。

顧嶼淡笑以對，溫潤如墨玉的眸子裡好似醞釀著萬千星辰，微光點點。

一時被顧嶼的鎮定壓住氣勢，瑞王停頓一刻才反應過來。他不信顧嶼能查到些什麼，更何況一個閨閣少女，豈是顧嶼說見就能見的，只是這話確實已戳中他的死穴，讓他不得不慎重起來。

顧嶼見瑞王的神色裡似有懷疑、似有冷意，再也不復原先那張溫和的面孔。顧嶼懶得跟他打啞謎，緩聲說道：「堂堂定北侯長女，娘家亦尊榮，若非身世見不得人，家底可是比凝兒還要高一些，如今為殿下妾，著實委屈了吧？」

瑞王微微瞇了一下眼睛，看上去不動聲色，在被褥裡的手卻是死死地攥緊了帕子，他一字一頓道：「本王不知。」

「殿下盡可不知，即便到了天子駕前，這也是沒法查證的事，如今文卿能得知此事，不過是偶然罷了。」顧嶼淡淡地笑道。

若是常人，在不知情的情況下陡然聽到這種事情，第一反應必然是懷疑真假，可瑞王卻直言不知情，顯然已印證自己原先的猜測。顧嶼卻沒有抓住這一點和他爭辯的意思，只是笑了笑，退後一步。

瑞王面上浮出冷意，看著顧嶼，道：「鎮國公府和本王理當同氣連枝，莫非舅兄是想拿此事要脅本王？」

顧嶼搖了搖頭，解釋道：「家父疾病纏身，可文卿年底就要離京，三弟尚幼，故而想讓凝兒回府照顧家父一段日子。皇家亦有人情，文卿的要求並不過分，如今上報天子，也是一樣的結果。」

瑞王差點被氣笑了。「舅兄既已決定，那還來找本王做甚？鎮國公只要一道摺子上去，莫非本王還有通天遁地之能，可以攔著父皇看摺子？」

顧嶼的眸子抬起，毫不避諱地直視瑞王，語氣輕描淡寫，神色卻十分嚴肅。「文卿來找殿下，是想讓殿下答應在一年之後，便對外稱凝兒病重身死，因無子繼，靈位不入王府。屆時殿下另娶王妃，同我鎮國公府再不相干。」

「這簡直是天方夜譚！」瑞王直起身子，怒氣沖沖，眼裡卻閃過一絲不甚明顯的恐慌。

顧嶼沒有退讓的意思，淡淡地聽瑞王大聲怒斥著，而外間馬上傳來匆匆的腳步聲。

顧嶼不緊不慢，一手微抬，另一隻手從袖子裡取出一份摺疊好的宣紙，在瑞王面前抖開。

等看清了上面的名字時，瑞王的瞳孔陡然一縮。

外頭傳來周管家尖細的聲音。「王爺？」

瑞王盯著顧嶼手裡的宣紙，良久，冷聲說道：「這裡沒你的事，下去。」

周管家帶著下人猶疑地退遠，房裡的氣氛依舊十分凝滯。

隔了一會兒，顧嶼收好宣紙，語氣緩和道：「顧氏人丁單薄，即便女兒外嫁，也是族中珍寶。殿下成婚時答應的話，既然能為定北侯之女破例，也就能為更多的貴女破例，凝兒脾氣大，她忍不了，殿下若不放她離開，她遲早會死。顧氏雖是殿下的妻族，能給殿下的也不過爾爾，然而名單上的這些官員，他們或有軟肋、或有把柄，或是能力極佳卻身處困境，殿下只要因人施法，想在太子的眼皮子底下做出一番成就，想必用不了幾年。」

瑞王這下子倒是冷靜下來了，他冷笑著說道：「本王若是答應了，最大的把柄就被握在你手裡，何況本王怎麼知道這些人名是真、是假？顧文卿，你真是打的好算盤，用幾個名字就想換走凝兒，你當本王是傻的不成？」

「這裡頭的人，殿下應該已經接觸過其中一些了吧？」顧嶼說著，微微笑了起來。「文卿替殿下斷言，若按部就班地籠絡這些人，殿下至少要花十年時間；如今只要殿下點頭，最少三年、最多五年，這些官員都會成為殿下的人。殿下覺得文卿此舉是在掌握殿下的把柄，可文卿將這張名單交給殿下的時候，就已經是將把柄給了殿下。」

顧嶼只是一個未入仕途的閒散世家子，根本沒有渠道得知這麼多官員的勢力背景，唯一的解釋，就是鎮國公府這些年來，一直在利用門生暗中收集情報。

這是一道雙向把柄，一旦達成協定，雙方最好就此中斷關係。

何況拉攏官員，風險和收益是成正比的，若是不小心拉攏到別家的暗線，就是把野心攤給別人瞧，惹來一身騷，還得不到好處。瑞王和太子一母同胞，一直依附在太子的羽翼之下，行事特別小心謹慎，因而直到如今，手底下也沒幾個真正得用的人。

顧嶼遞來的不只是一份名單，而是一個完整的勢力體系，瑞王野心初成不過一年餘，縱有城府，也被這份名單砸得有些暈。

他的目光仍舊警惕，可緊攥著帕子的手已然鬆動。

王府後花園有一處不大不小的湖泊，蓋了水榭，看上去有些樸素。

陳若弱看著四個侍女分別守住水榭四角，又有兩個嬤嬤立在顧凝身後，其餘的婢女則在邊上眼也不眨地盯著，看起來不像跟著王妃，倒像是看牢犯人似的。

顧凝面容清冷，對這些人的守衛視若無睹，就連張姑姑端來茶水、點心，顧凝也不看一眼，只是靠著陳若弱而坐，偶爾開口說幾句話，視線大半都是落在湖面上的。

水邊陰涼了不少，陳若弱本想問一問顧凝的傷勢，可見周遭的人都沒什麼反應，連顧凝自己都是一副不在意的樣子，頓時閉了口，不大自在地坐著。忽見岸邊上走來了一行人，她瞬間高興起來。

周管家問過侍女後，便恭恭敬敬地帶著顧嶼來到後花園。

陳若弱一見顧嶼就彎起眼睛，像是見到救星一般。

顧凝順著她的視線看去，頓時站起身來。

「大哥……」顧凝張了張口，似乎想要說些什麼，但很快地就別開視線，低聲道：「坐吧。」

顧嶼看著活生生的妹妹，雙目中似有星辰，他的嘴角微微地彎了彎，說道：「父親託周相在朝上遞了摺子，讓妳回府住幾天，摺子應該已經批過，瑞王殿下也同意了。妳收拾一下東西，跟大哥回家。」

顧凝怔住，清冷的面容上不禁落下兩行淚。

陳若弱嚇了一跳，趕忙拿出帕子替她擦眼淚。「別哭啊，回家有什麼好哭的？該高興才是。」

顧嶼寵溺地笑著，抬手彈了一下顧凝的腦門，語氣輕緩又溫和。「不想收拾，那就走吧。」

顧凝搖搖頭，又很快點點頭。

她不想收拾東西了，只想立刻回家，回到她還沒出嫁時的住處，抱著最熟悉的枕頭，痛快淋漓地哭上一場。

第十章 心死

來的時候只有一輛車駕，兩個人還好，坐三個人就有些擠了。

顧嶼原本想讓顧凝和陳若弱坐在車駕裡，他騎馬回去，可顧凝怎麼樣都不肯鬆開他的衣角，只得由她去。

陳若弱不知其中內情，搖頭晃腦地坐在車裡，哼著小曲。

顧凝原本以為自己能撐到家裡，可靠著熟悉的肩膀，聽著歡快的小曲，她隱忍許久的委屈終於一股腦兒地宣洩出來。

她撲進顧嶼懷裡，像個小姑娘一般，抱著能為她遮風擋雨的兄長，抽抽噎噎地哭起來。

陳若弱嚇了一跳，連忙安慰道：「怎麼又哭了？是不是方才被那個側妃抓的地方又痛起來啦？身為正妃卻被一個側妃如此欺負，妳肯定很委屈吧？」

許久沒被人這樣關心過，顧凝的哭聲更大了，還伴隨著一些哽咽的、連不成句的話。她緊緊地抱著顧嶼的腰，哭得近乎嘶啞。

顧嶼心中了然，他輕拍著顧凝的背，對陳若弱微微搖了搖頭。「讓她哭吧，她委屈不是因為孫側妃，是為了瑞王。」

當年顧家榮寵至頂峰，也只有尚公主，而非嫁女入皇室。顧氏先祖曾言，這世道女子艱難，男兒在外的榮辱與否，絕不能繫於族中女子婚事，因此即便天子有心，也不好寒了鎮國公府的心。

顧凝嫁給瑞王，是因為她和瑞王兩下有情，執意要嫁。

陳若弱頓時更加同情顧凝，忽然間想起什麼，伸手把顧凝的袖子拉起一段，只見上面纏繞著長長的白色布帶，還有些微的血跡滲透出來，不由嘆了一口氣，道：「妳再難受，也千萬別尋死。妳看看，這傷口這麼深……」

顧嶼的臉色陡然陰沈下來。「他還敢傷妳?!」

陳若弱愣了一下，見顧凝哭著搖頭，也跟著搖搖頭道：「她手腕上這傷口上深下淺，內側略彎，是存心要自盡的。唉，這該是受了多少委屈啊……」

顧凝就這樣一路哭回了家。

顧嶼只是任由她哭，既不安慰，也不哄勸，見她哭得急了，就讓陳若弱替她擦擦眼淚。

等到要下馬車的時候，顧凝的情緒已經好很多了，只是時不時打個哭嗝。

京中的車駕走不快，自顧嶼帶著顧凝剛出瑞王府的時候，就有機靈的小廝先跑回鎮國公府報信。

鎮國公一向沈著，得到消息卻也高興地來回走了好幾個圈，才記得打賞。

顧峻雖然不知道前因後果，但知道二姊要回來，他特別開心。

顧凝剛從車駕裡出來，就看見顧峻穿著一身鮮亮的衣裳站在府門口，鎮國公則是連衣裳都沒換，就大步迎了出來。

顧凝剛擦乾的眼淚馬上又流了出來，本來還想撐著行禮，卻被鎮國公按住。

「傻丫頭，上回見妳還好好的，如今怎麼瘦成這樣了……」鎮國公說著，忽然又想起顧嶼曾對他說過的話，他擰起眉頭，不再多言，拉起顧凝的手就朝府裡走。

陳若弱原本十分心疼顧凝，只是下車駕的時候，卻發覺顧嶼的視線一直落在顧凝身上，雖然平靜，但難掩關心；而鎮國公自從見到女兒，就沒再朝她看上一眼；那個一直對她橫眉豎眼的顧峻，更是撲過來就圍著顧凝團團轉。他們一家四口走在前面，熱熱鬧鬧的樣子，她不知怎地，忽然有些失落起來。

她這樣是不對的，說句扎心窩子的話，人家才是一家人呢，她……只不過是個剛剛進門的媳婦而已。

陳若弱抹了把臉，重新又笑了起來，正要快走幾步跟上，就見原本落在最後面的顧嶼回頭看了一眼，見她愣怔在原地，他彎一彎眸子，朝她伸出手。

正午的陽光灑在他身上，不似尋常人對著陽光時會把眼睛瞇起來，顧嶼的眼睛是全然睜開的，他笑起來的時候，恍若定格了一夏的靜謐，他身上的衣裳泛著絲綢的溫潤光澤，越發襯得整個人像誤入紅塵的謫仙。

陳若弱的心一下子就安定下來，她快走幾步，把手放進顧嶼的掌心裡，隨後掌心微攏，同他十指緊扣起來。

顧峻哄了姊姊半天，一回頭，見兩人走在後面，還牽著手，不禁輕咳一聲，拉長了臉。他拽了拽鎮國公的衣袖，反倒被鎮國公回瞪一眼，頓時耷拉著腦袋。

才進家門，鎮國公就讓顧全去把顧凝原先住的地方收拾出來。

好在即便嫁進了王府，自家小姐的閨閣還是天天打掃的，只是長久沒人住，要焚上一些香，好散淨濁氣，一應被褥也讓下人趕著工做出新的來鋪上。小姐最喜歡的東西，之前全被收進庫房裡，如今也全都拿出來擺上了。

要是沒有陳若弱之前那一番徹查，顧凝住處的東西，十件倒有四、五件是尋不到的。其中有個顧凝最喜歡的玉枕，因從娘家帶枕蓆去婆家，不合規矩，便一直收在庫房，等找著的時候，已經被一個管事婆子的孫子睡了一年多。

鎮國公坐在正堂裡，原本只是生氣女兒受委屈，等發覺顧凝手腕上的傷口，他一把年紀，眼淚都差點沒忍住。

顧峻更是跳起來，嚷嚷著要去找瑞王算帳，卻被顧嶼按住。

「他……確實變了很多，可傷是我自己拿東西劃的。女兒不孝，讓爹爹擔心了。」顧凝紅著眼睛，一抽一噎地說道。

鎮國公不知道該怎麼說才好，半晌，也只是抖了抖嘴唇。「妳這是……何苦啊？」

「二姊，他對妳不好，妳為什麼不跟家裡說啊？怎麼就讓那個混蛋逼成這個樣子了？」

顧峻氣得直蹦躂，想把茶几上的茶盞給摔了，仍舊被顧嶼按著坐回去。

顧凝咬著嘴唇，似是不知從何說起。

陳若弱忍不住問道：「是不是因為那個孫側妃？我看她的態度十分囂張，肯定是王爺縱著她，所以……」

顧嶼看了顧凝一眼，平靜地說道：「不是孫側妃，應稱她為趙側妃。她是定北侯之女，生母應當是一位身分尊貴的已婚婦人，至少要比定北侯的身分還高一些。瑞王千方百計將她弄進府邸，是為了搭上定北侯這條線，也有可能是為了這女子的生母才這樣做的。」

按照孫側妃的年紀來算，那時定北侯已經承爵，且過了孝期。一個未婚的侯爺，即便是要娶公主也有資格，所以孫側妃的生母只有可能是已婚的婦人，但若這婦人的婆家身分不夠高，一個私生女也不至於讓定北侯被瑞王握住把柄，千里歸京暗投誠。

顧凝一怔，似哭似笑道：「怪不得，他說心裡只我一個，可有不得不納側妃的理由。我當他是在騙我，原來真有很重要的理由……」

「奸詐小人！」顧峻氣惱道：「又要二姊對他死心塌地，又要占著咱們鎮國公府，還想占第二個岳家的便宜，這世上哪來這麼好的事？他還好意思編出什麼詩賦傳情的佳話，我看就是個笑話！」

顧凝聽見這話，眼淚再度流了下來，顧峻嚇一大跳，不知道自己說錯什麼，只好用求助的眼神看向顧嶼。

陳若弱猶豫著說道：「我看那個孫側妃，並不像是會寫詩、作賦之人。」

顧峻一時間想起來，姊姊和那個狗屁瑞王是在宮宴相識，之後經過一年的書信往來，還是透過他幫著兩下傳遞，其中似乎……多半是詩賦。

「你們不必計較這些細節了。今日我問過瑞王，他已同意放凝兒離開，日後婚嫁，兩不相干。」顧嶼淡淡地說道。

顧凝霍然起身，愣愣地說：「他、他真這麼說？」

陳若弱一驚，鎮國公則是眉頭緊蹙，只有顧峻第一反應是樂了，還嘟囔一句「算瑞王有良心」，不過他馬上就發覺氣氛不大對勁，他眨一眨眼睛，一下子也反應過來了。「大哥，側妃又不能扶正，姊姊走了他也娶不到比姊姊身分還高的繼妃，這總不會是……」真良心發現吧？

鎮國公也問道：「這是怎麼一回事？」

顧嶼沒有當著眾人言明的意思，只是對著鎮國公搖搖頭。

鎮國公和長子早已有了默契，知道這是「私底下再說」的意思，因此只是嘆一口氣，不再追問。

陳若弱看著顧凝，見她像是丟了魂似的，連忙拉了拉顧嶼的衣袖。

看小姑子這個神情，明明就是對瑞王還有情意的樣子。她雖然也覺得那個瑞王手段太令人心寒，可姑娘家的感情不是說斷就斷的，就像是身上有一塊爛掉的肉，明知道痛痛快快地挖掉，病就會好了，可誰都怕割肉的疼，情願一點一點地拿藥化開。

顧嶼不是很能理解顧凝這會兒百般複雜的心思，只說道：「天家情薄，他今日能為一個定北侯納側妃，明日就能為更大的利益拋棄妳。我給他的東西，在我眼裡比不上妳半分，可在他眼裡，卻比妳值錢得多，妳自己好好想想吧。」

顧凝聞言，便哭著跑出去，顧峻馬上追了上去。

陳若弱猶豫一下，看了顧嶼一眼，見顧嶼點點頭，她先朝鎮國公行了一個禮，也跟著出去了。

顧凝此時是真的傷心，原本聽說瑞王並不是移情別戀，而是為了什麼定北侯的勢力，才會拿著她昔日待字閨中時寫給他的相思詩賦給孫側妃，即便難過，她心裡也莫名有些安慰，可顧嶼的話就像是一把刀子，直直地刺進她的心口。

瑞王沒有背棄和她的感情，可在他心裡，哪怕她還是他唯一愛的女人，也抵不過他想要的天下。為了這個虛無縹緲的追求，他情願把她還給顧家，就像她從來沒有出現過那樣。

她自小出身尊貴，受盡父兄疼寵，即便不是家中最小的那個，可連顧峻都知道要把一切最好的東西留給姊姊。

即便嫁人，她嫁的也是自己喜歡的人，一個會為她低下頭的天家子，一個應允她一生一世再無旁人的如意郎君。

可忽然有人告訴她，這一切都是假的，她在他心裡沒那麼重的分量，她只是個能被利益交換來、交換去的物件。她的感情，他並不看重，她的喜怒，他也不關心，他過去對她的感情或許沒有作假，可他終究是個薄情人。

顧凝跑到湖邊，愣愣地看著水面上哭得形容狼狽的女人。她解開脖頸上的珍珠扣子，只見雪白的脖頸上布滿深深淺淺的吻痕，像雪地裡被揉碎的花瓣，風一吹就散。

顧嶼確實沒有考慮到現在的顧凝是什麼想法，見她哭著跑出去，他的心裡其實沒有太大觸動。在他看來，顧凝就像是被狗咬了一口，疼過、哭過就會痊癒，他要是放任她被惡狗撕咬，那才是不負責任。

鎮國公知道兒子在一番離奇經歷後，性格變化大一些，也屬正常。見他們都出去以後，便細問起他和瑞王的談話。

顧嶼沒有隱瞞，一五一十全告訴鎮國公。

其實他昨日寫下了兩份名單，一份是瑞王被扳倒後所牽連出來的同黨，一份則是太子廢立前、後的勢力班底，他把前者交給瑞王，後者另有他用。

交給瑞王的名單，他特地隱去一部分如今聲名不顯、後期卻十分得用的人才，只留下當初太子復立時第一批被查抄出來的高官勛爵。這些人大半都有把柄在瑞王手上，他前世曾經從太子手中得到審問的權柄，故而把這些事情查得很清楚。

「凝兒歸家，咱們已將瑞王得罪個徹底，你卻把名單交給他……」鎮國公眉頭蹙起，然而並未猶豫太久，就點點頭道：「罷了，只要太子不廢，這些事情日後一旦公諸於眾，瑞王也難以成事。只是日後同他往來，務必小心，千萬別被他抓住把柄。」

鎮國公府確實沒做過探聽情報之事，因此只要等凝兒事罷，斷去聯結，即便日後瑞王勢敗，想要反咬鎮國公府一口，也查不出什麼蛛絲馬跡來。只是這過程要格外當心，以免被有心人算計。

瑞王是個謹慎到可怕的人，即便如今還是少年，心眼也比太子多長了好幾個。這些情報他大約會從中挑選一、兩個適合的，然後不著痕跡地透露給其他皇子，再從眼線的回報來驗證真假，才肯真正相信。

父子兩人正商議著，陡然聽到外頭傳來腳步聲，只見顧峻氣沖沖地折返回來，臉上滿是驚慌和焦急。「爹、大哥，大事不好了，大嫂打了二姊，我攔不住大嫂！」

顧嶼瞥了一眼驚訝的鎮國公，沈聲說道：「你把話說清楚。」

顧峻額頭上有一些青黑的痕跡，但他渾然不在意自己的傷勢，指著自己來時的方向道：「我剛才去追二姊，發現二姊站在湖邊哭，我沒敢過去，誰知道二姊哭著、哭著，就往湖裡跳下去。當時大嫂正好追過來，便把二姊拽了回來，然後大嫂就打了二姊一巴掌……」

「她竟然要尋死！」鎮國公猛然站起身，疾步朝外走。

顧峻一邊跟上鎮國公的腳步，一邊急聲說著方才的情形。「我以為大嫂打那一巴掌，是想讓二姊清醒而已，沒想到大嫂打了一巴掌，接著又是好幾巴掌……」

顧凝衣裙濕透，湖邊的泥濘把她身上弄得髒污不堪。她半趴在湖岸上，整個人被陳若弱打懵了，等回過神，迎面又是一個狠狠的巴掌。

她這輩子再狼狽，也沒人敢打她！

顧凝愣怔片刻，連哭聲都止了，她奮力朝陳若弱的方向撲過去，卻被陳若弱一腳踹回地上。

陳若弱的衣裳在把顧凝拽回岸上的時候弄髒了，在抬起胳膊擦臉時，又蹭得一臉泥污。看著地上掙扎著還要再爬起來的顧凝，陳若弱一手插腰，一手指著她的鼻子，眼裡的怒意比被打的人還要熾烈上幾分。

「妳大哥辛辛苦苦把妳從王府裡弄出來，還不知道給了多少好處，難道就是為了讓妳死在家裡嗎？我好聲好氣勸妳，妳當成耳邊風，非要搧妳幾巴掌才知道疼是不是？」

顧凝痛哭著還想再撲上來，仍舊被陳若弱推回地上，雖是泥地，摔一下不算疼，還是讓顧凝瞪紅了眼。

陳若弱頂著一張可笑的花貓臉，神情卻比什麼時候都嚴肅，眼睛一瞬也不瞬地盯著她，大聲地喝道：「妳到底有沒有良心？妳去普通老百姓家裡看看，妳已經比大多數人活得都要順心如意了，這一切可不是大風颳來的。憑什麼家人疼妳如珍寶，妳不看在眼裡，卻要為一個不在乎妳的男人去死？」

顧凝一邊哭，一邊嘶聲叫了起來。

顧峻遠遠地就聽見顧凝的哭聲，他拔腿跑過來，一把撞開陳若弱，伸手去扶起顧凝。

「二姊妳別哭啊，是不是大嫂欺負妳了？」

少年溫熱的手掌，像一股暖流緊緊地貼上心房，顧凝只覺得自己從未如此清醒過，一想到自己剛才做下的糊塗事，她差點就再也見不到真正疼她、關心她的人了，哭聲不由得更大了一些。

陳若弱被顧峻撞開，往後退了好幾步，倒沒有像尋常閨閣小姐一般脆弱地摔倒，只是穩穩地站在邊上，仍舊插著腰。

聽見顧峻這話，陳若弱抿了抿唇，又道：「我不管妳以後是恨我還是討厭我，至少現在除了我以外，是沒人會跟妳說這些話的。妳在王府裡尋死，還能說是一時糊塗，可妳在娘家尋死，和死給家裡人看有什麼區別？那些不關心妳的人，誰管妳死不死？難道妳死了，那個瑞王就會為妳守一輩子寡嗎？」

顧凝的嗓子已經嘶啞，幾乎哭不出聲來了。

顧峻見二姊這副模樣，心疼得不知道該怎麼辦才好，只能惡狠狠地看向陳若弱。「妳還不閉嘴……」

他話音未落，鎮國公的聲音就響了起來。「你才該閉嘴！」

顧嶼走到陳若弱身側，見她一臉泥濘，便取出帕子替她擦乾淨，卻沒有去看地上哭得悽慘的顧凝，只道：「我帶若弱回房洗漱。」

看了一眼狼狽不堪的顧凝，陳若弱驚覺自己下手太重，又見顧嶼一臉冷意，頓時心情沈重。她就像做了錯事的小孩，低著頭，亦步亦趨地跟在顧嶼身後。

「大嫂……」顧凝沙啞的聲音在身後響起，陳若弱的氣還沒消，顧嶼的步子也沒停，所以她沒回頭，又往前走了幾步，卻隱約聽到一聲「多謝」。

陳若弱用胳膊擦一擦臉，重新又變回了花貓臉。她回頭一看，見顧凝已經被顧峻小心地扶起來。雖然現在的顧凝看起來一身泥濘、髒污不堪，可不知為何，瞧著卻比在瑞王府裡見到的那會兒，多了一絲生氣。

鎮國公府這幾日不太平，管事被大理寺押走了大半，奴僕人人自危。一見顧嶼帶著花貓臉似的陳若弱回來，李嬤嬤立刻帶著聞墨和一眾婢女迎了上來。

顧嶼一回頭就見陳若弱又把自己糊了一臉的泥，而他手裡的帕子也髒了，不由得搖搖頭，吩咐一句。「備水。」

聞墨去備水，李嬤嬤不敢多問，忙奉上兩盞茶，又讓小丫頭端來新切的瓜果，就急急忙忙地帶著下人躲出去了。

陳若弱縮著腦袋，飛快地瞥了顧嶼一眼，發覺自己很難從自家夫君的表情上看出他的想法來，只好老老實實地先認錯。「都是我的錯，我不該打小姑，我……」

話還沒說完，她沾滿泥濘的小黑手就被顧嶼握住。他蹙著眉頭，嘆了一口氣。「是我的錯，凝兒幼時和娘親一樣體弱多病，原先並不指望她高嫁，所以自小嬌慣到大，不承想她會和瑞王有情，一心要嫁給他。瑞王一貫依附太子，當時府中上下並未多想，只得隨了凝兒去，卻釀出如今的禍事。」

「可是這和你又沒什麼關係……」陳若弱看著顧嶼近在咫尺的臉龐，眨了眨眼睛。

顧嶼微微搖了一下頭。「我要是能狠心一點，在當年事情初有苗頭的時候，就掐斷她的念想。這天家的水有多深，豈是她說進就進的？都是我害了她。」

陳若弱的眼睛瞇了起來，她覺得自己的手又開始有點癢，如果眼前不是一張俊美的謫仙面容，她恨不得拿泥糊他一臉！

「是不是明日下雨下個三天三夜，淹了黃河水道，也是你的錯？」陳若弱認真地看著顧嶼。「這世上巧合之事那麼多，假如什麼都是你的錯，你負擔得過來嗎？鬼在沒撕掉人皮之前，誰知道他心裡想的是什麼？你何必拿別人的錯事往自己頭上扣，難道頭大就一定要給隔壁擋雨嗎？」

顧嶼看著她，黑白分明的眸子裡閃過一絲異彩。

陳若弱氣勢如虹，竟然也不怎麼害羞了，直著脖子和他對視著。

半晌，顧嶼的眸子微微合攏，緩緩低下頭，輕輕地吻了一下她的唇角。

她鼓了半天的氣忽然洩了個乾淨，臉頰上不爭氣地浮起一絲暈紅，清澈靈動的眸子骨碌碌地轉了一圈。

顧嶼已經許久沒聽過這樣的論調了，他和顧峻、顧凝不同，從小就被當成鎮國公府未來的接班人培養，習慣把一切都扛在肩上。直到後來兜兜轉轉，枕側冰涼，也再無人能對他說一聲「非你之過」。

顧嶼說不上來是什麼心情，見她臉頰上的泥污已經有些乾了，越發像個泥臉小貓，忍不住彎了彎嘴角。

陳若弱見他一笑，連忙別開視線，惡聲惡氣地說：「你、你不要以為這個樣子，我就會心軟了，以後咱們就事論事，你要是再把別人的錯往自己身上攬，我就……」

她努力想了一下，發現自己居然沒有能威脅到顧嶼的東西，頓時有些洩氣，卻見顧嶼認真地點了點頭。

「夫人教訓得極是，日後文卿定牢記在心，一字一句，莫不敢忘。」

這話從別的男人嘴裡說出來，就成了油嘴滑舌或懼內窩囊，但由顧嶼說來，卻是一句再鄭重不過的諾言。

尤其他的眸子實在生得太好看，他認真起來的時候，就算是看著一塊石頭，都能把石頭給看軟了，陳若弱不是石頭做的，霎時臉紅如血。

就在此時，門口傳來李嬤嬤的聲音，說熱水已經備好。陳若弱如獲大赦，逃也似地奔了出去。

顧嶼笑了笑，很快又收斂笑意，神色漸漸沈了下來。

他原本打算年底前往江淮赴任，不出什麼差錯的話，一年之後瑞王放人，他頂多先回家一段時日好處理後續。可如今凝兒這一副情難斷的模樣，又有個沒頭腦的顧峻死命地護著凝兒，他並不放心把她留在鎮國公府。

即便交易已經談妥，也不代表他就能在凝兒還活著的時候帶她離京，說不定去江淮一事，會因此耽擱到明年。只是若不出意外，明年年中，江淮官場就要起風，藉著這道勢，他能迅速地站穩腳跟，假如運氣夠好，還能收攏到一、兩個不錯的人才。

江淮必須去，可他帶不走凝兒，父親的脾氣他清楚，父親管得住凝兒，卻管不住顧峻，只能把這兩個人分開。

顧嶼忽然想起一個人，只是還不及細想，外頭就有丫鬟進來傳話，說是舅老爺上門了。

第十一章　舅兄

陳青臨穿著尋常百姓的薄布衣衫，走路的姿勢也和京城的貴人們不同，虎虎生風，恨不得一步就走別人三步那麼遠。他身後跟著一個親兵，兩人手裡都提著東西，不知道的還以為是誰家下人的窮親戚上門來了。

「我就說要穿那件綢緞的，你非得說穿得太正式不好，現在可怎麼辦？」陳青臨瞪著親兵，壓低嗓音道。

親兵瞥了一眼帶路的白淨小廝，目光在對方的錦緞褂子上溜了一圈兒，又看一眼皮糙肉厚的陳青臨，非常誠懇地說道：「您要是穿著那件綢衣，會更像姑爺家裡跑腿的。」

陳青臨臉一垮，不再搭理親兵，大步朝前走去。

新婚那天他來喝過喜酒，路都熟得很，原本想直接去後院，小廝卻直把他往正堂帶。走沒幾步，陳青臨迎頭撞上一個容貌俊秀的少年公子，一瞧見他，陳青臨的眼睛馬上瞇了起來。

顧峻把顧凝扶回房裡洗漱後，見自己身上也蹭了不少泥，便回房更衣。沒想到剛換完一身衣裳出來，就聽說寧遠將軍上門來了，他不大待見陳家人，即便大哥不在意，也不能抹消陳家隱瞞實情、強嫁女兒進鎮國公府的事實。

他原本是想躲著陳青臨，這會兒卻正巧撞上，他倒也不避讓，反而昂著脖子，淡淡地叫了聲「陳將軍」。

陳青臨盯著一臉倨傲的顧峻看了半晌，沒搭理他，繼續往前走。

帶路的小廝左右看看，吞吞口水，抬手擦了一下額上的汗，朝顧峻行個禮後，連忙快走幾步追上陳青臨。

鎮國公這一日的喜悲過大，他身子本就不好，即便去了病根，精氣一時半會兒也還沒養回來，只是聽聞陳青臨上門，他還是強打起精神前去會見。

陳青臨之前就跟鎮國公見過面，這會兒倒也不拘謹，叫了聲「叔父」，就坐了下來。親兵把手裡的東西放下，神色肅穆地立在陳青臨身後。

「冒昧前來，是因為子章下個月就要回西北去了，如今各營都在加緊徵兵，要是再不回去，連肉湯都喝不上……」陳青臨說著，又覺不妥，於是直切重點。「這次子章是想來看看若弱，她在這裡要是能過得好，我也就放心了。」

鎮國公想到方才氣勢洶洶的長媳，輕咳一聲，說道：「她適應得不錯，府裡這些日子也被管得很好，賢姪既然來了，就去看看她吧。」

陳青臨聞言一咧嘴，正要起身離開，又忽然想到什麼，一屁股坐了回去，斟酌好一會兒才對鎮國公說道：「冒昧問叔父一句，貴府的三公子可是在國子監聽學？」

「他算什麼監生！成日就知道玩鬧，說出去只會玷污國子監的名聲，早晚讓人攆回家來，叫賢姪見笑了。」鎮國公擺手道。

陳青臨似是猶豫一下，又十分誠懇地抬起頭，拱手說道：「叔父，前一陣軍中有一批文書和軍需官調任歸京，朝廷的意思是要從國子監中遴選出一部分人，授從七品，暫入軍籍，任用一年待察。姪兒手底下有幾個名額，想來想去，還是自家人用著安心些……」

親兵從自家將軍誠懇的神情裡，看到一絲不甚明顯的毒辣之意，頓時脊背發涼，低下頭去。

鎮國公倒是一喜，早在顧嶼和他說明日後之事時，他就升起收拾顧峻的心思，只是一時還沒個想法。陳青臨這些話就像是瞌睡時送來的枕頭，真正說進了他的心坎裡。

前線雖然危險，但軍中的文官歷來都受到重重保護，身在大營後方，足以鍛鍊心性，又是在熟人底下做事。他雖然不指望顧峻能做出什麼名堂來，但總比他在國子監混日子，混到沒法子混了被放出來，又給京中添上一名紈袴子弟要強得多。

陳青臨打鐵趁熱，瞅著鎮國公的神色，又說道：「這名額到下個月為止，若叔父有意，等姪兒回去，就把三公子的名字報上去；但要是叔父捨不得讓三公子去吃苦……」

「賢姪誤會了，倒不是捨不得……」鎮國公猶豫一下，嘆口氣道：「就怕他自小嬌慣，熬不過軍中的操練，不但幫不上賢姪的忙，還丟盡賢姪的臉啊。」

陳青臨不在意地擺擺手，說道：「這沒什麼，每年新兵進帳都是這麼過來的，姪兒會讓人看著點，日日酌情增減操練，斷不會傷到三公子一分一毫。」

鎮國公大喜過望，眼前的陳青臨陡然和長子口中那雪中送炭的舅兄重疊在一起，成了一個光風霽月的好人形象。

親兵頗有些同情地抬了一下眼皮，默默在心中替剛才那個眼高於頂的顧三公子上了一炷香。朝廷規定，廂軍每十日操練一次，西軍每五日操練一次，前朝有個宋家軍，號稱鐵軍，也不過是三日一操，而自家將軍的飛鷹營……是每日一操。

整個西北軍中，誰都知道飛鷹營是精銳中的精銳，餐餐有肉不說，連軍餉都比別人多兩錢。可真正願意進來的人，卻是少之又少，沒有別的原因，就是苦，太苦了。

從正堂出來，陳青臨和親兵的手裡都空了，剛才提進來的東西已被管家收起來，等鎮國公看過，就可以貼上紅封，收進府庫。

陳青臨不知道這規矩，不停地用凶惡的眼神瞪向親兵。

親兵也委屈，他又不知道大戶人家的規矩是進門先見長輩，那幾盒吃食又不重，就這麼拿在手上了，誰知道人家那麼客氣地接過去，那珍而重之的樣子，他幾乎都要懷疑自己拿的是什麼金銀珠寶。

顧嶼在聽霜院前等著陳青臨，本以為要多等一些時候，不承想只過了一刻，陳青臨那比別人都高上一頭的身影就出現在他的視線裡。

空著手見妹婿，陳青臨心裡覺得尷尬，可那張老樹皮似的黑臉上卻完全沒有表現出來。等顧嶼行完禮，他輕咳一聲，乾巴巴地說道：「若弱呢？」

顧嶼剛要說話，就聽見陳若弱的聲音在院子裡響了起來。

只見她穿著乾淨的衣裳，披散著一頭濕漉漉的長髮，喜孜孜地一邊叫著「大哥」，一邊跑了過來。

陳青臨本來是咧著嘴笑的，等看到陳若弱沐浴過後顯得越發白嫩的半邊小臉上，竟有幾道分外明顯的紅痕時，他的眼睛頓時瞇了起來。

那幾道紅痕是被湖岸邊上的草葉刮傷，陳若弱原先臉上有泥，即便湊近了看，也看不出什麼；如今洗浴過後，熱氣蒸騰，讓原本細小的傷痕變得無比清晰，還微微發腫，看起來有些觸目驚心。

顧嶼一瞧見她臉上的傷痕，不禁蹙起眉頭。

陳若弱跑近後，還滴著水的頭髮全貼在身上，就聽陳青臨問道：「大白天的洗什麼澡？妳的臉又是怎麼了？」

顧嶼很熟悉陳青臨的表情，即便看起來還是那副木訥老實的樣子，那眼裡的火氣卻騙不了人，陳若弱自然更熟悉這表情下隱藏的怒意。

她想都沒想就把剛才的事情隱瞞下來，笑嘻嘻地說道：「我剛才在湖邊摔了個跟斗，連衣裳都髒了，想想這樣一個大熱天，洗洗也涼快。」

見陳青臨雙眼還是瞇著的，陳若弱一手抱著他的胳膊晃了晃，一手摸了一下自己的臉。「我臉上有傷嗎？一點都不疼呢。可能方才跌倒時，蹭著哪兒了吧。」

她說話的語氣輕快又自在，陳青臨看不出什麼問題來，也就點點頭，不再追問。

陳若弱拖著他進了院子，正房已被重新收拾一番，去掉喜慶的新婚紅綢，用古董珍藏換下金銀玉器，一派不顯山、不露水的清貴氣韻。

陳青臨只認金銀，不識古董，瞅著就有些不開心。在西北，不是沒有新媳婦一進門，婆家就把值錢東西收起來不給用的，可那都是一些不懂禮數的人家才會幹的事，他沒想到鎮國公府也是這種人家，只是瞧著陳若弱一臉高興，他硬是憋住了沒發作。

顧嶼讓陳青臨坐到上首左位，自己和陳若弱則坐在下首，主讓客座，這是極高的禮遇。

陳青臨也不好擺臉色了，不管鎮國公府怎麼樣，他瞧著顧嶼確實是很順眼的，兩人說話也投機。他輕咳一聲，放下手裡的茶盞，把對鎮國公說過的話又說了一遍。

「春時募兵，夏時操練，秋時就要分兵入帳。平時咱們營裡調不到兵，只有在分新兵的時候能占點人，如今快到六月中了，我得趕著回去拉一列新兵。」

陳若弱可以說是在西北長大的，對軍中的一些事耳濡目染久了，自然聽得懂，陳青臨這些話是解釋給顧嶼聽的。

顧嶼點點頭，他雖然沒進過軍營，卻也率領過廂軍抵抗西藩，軍中的大致情況也還清楚，並沒有太多疑問。

陳青臨看了顧嶼一眼，猶豫一下，道：「我這次回去，估計要個三年五載，若弱打小就跟著我，我放心不下她，想在她身邊留兩個人。平時這兩個人就跟著你，不進後院，只要隔三差五能看若弱幾眼，再給我去個信就行。」

他說這話時，並沒有用商議的語氣，陳若弱怕他的語氣太強硬，惹顧嶼不快，連忙道：「哥哥，你要是不放心，我讓喜鵲給你去信不就成了，或者你留人跟在我身邊也好，跟著文卿是什麼道理，做探子嗎？」

親兵想起還杵在門口的那兩位爺兒們就頭疼，聽完陳若弱這話，差點沒來一句「妳怎麼知道？外頭那兩個，確實是營裡最好的探子」。

「妳要是出個什麼事，喜鵲是能報信的人嗎？」陳青臨一點也不避諱顧嶼，十分直接地說道：「何況我帶來的人腦子機靈，拳腳也硬實，一個打十個不在話下，跟在妹婿身邊，連護衛都省了。」

陳若弱輕咳好幾聲，陳青臨卻絲毫沒有退讓，黝黑的俊臉以嚴肅的神情，直盯著顧嶼。

若是旁人，早就被看得不自在，顧嶼卻不同，他認真地點點頭，誠懇地說道：「舅兄考慮得很周到，文卿卻之不恭。」

陳青臨說不上來滿意還是不滿意，總覺得自己像是一拳打到了棉花上，他忽然發覺來這一趟的目的都已經達到，還捎帶了一個顧三公子。此刻茶還是熱的，話已經沒了。

顧嶼等了片刻，沒等到陳青臨的回應，頓時意會，笑了笑，似是沒發覺陳青臨的尷尬。

「舅兄準備何時啟程？」

陳青臨鬆了一口氣，接話道：「過兩天就走，王大人讓我順帶押一批軍備回去，到時候我會跟軍需官一起走，不用送。」

陳若弱這下倒有些捨不得起來，烏溜溜的眼睛裡蒙上一層霧氣，很快又自己眨掉，欲蓋彌彰地乾笑兩聲。「哥哥，京城和西北離那麼遠，如今又是六月中，等你回去，可能就要黑成煤塊了。」

「曬慣了，沒事。」陳青臨說著，忽然間想起什麼，又道：「我方才和叔父商議，想讓三公子隨軍一年，吃吃苦頭，只是怕三公子受不住。」

陳若弱有些驚訝，忍不住說道：「他肯跟你去嗎？不會半路上跑回來吧？」

陳青臨黑臉一樂，露出潔白森冷的牙，在這大熱的天裡，這一笑硬生生讓整個屋子瀰漫著一股肅殺冷意。

顧嶼對此倒是沒什麼意見，甚至有此求之不得。軍中是最能管教人的地方，顧峻跟著陳青臨走，只有乖乖聽話的分；既然府中沒了會為顧凝翻天的顧峻，他也就能放心將顧凝留在府裡了。

陳青臨又坐了一會兒，便有事得先離開，只留下一對周姓的兄弟，一個叫周虎，一個叫周豹，生得有些相似，能瞧出是兄弟倆。他們差不多高，都是一副健壯的身板，只是一個獨眼，一個缺了條胳膊。

軍中不留殘疾，要是好好的兵，陳青臨也不會斷了人家的前程，把人留在京中當跟班。周家兄弟這樣的傷只能算輕度傷殘，撫卹金給得很少，陳青臨捨不得讓他們年紀輕輕就回鄉下種田，想破了腦袋才想出這個兩全其美的法子來。

周虎跟著小廝在鎮國公府中認路，他一邊聽小廝說話，一邊瞇著獨眼，迅速地掃視周遭的情況，只是寥寥幾眼，就有一幅地圖在他腦海裡漸漸成形，連逃生的路線都規劃好了。

周豹則是不著痕跡地打量著一路上遇見的小廝和丫鬟，從外院看到內院，然後對周虎搖了搖頭。

因著顧凝的事，府裡沒擺午膳，而陳青臨來時已過午，送走他時，天色也黑了。

陳若弱心裡難受，連晚膳都不想吃，卻還是打起精神，見了周家兄弟。

她雖然隨軍西北，卻很少見到陳青臨帶領的兵，周虎曾當過陳青臨的親兵，她倒是見過一次，可當她瞧見周虎被傷疤覆蓋的左眼，頓時倒吸一口氣。

周虎低下頭，原本想行個軍中的禮節，忽然反應過來自己如今是個平頭百姓，便按著周豹要下跪。

陳若弱連忙道：「別跪，咱們府裡沒有動不動就跪的習慣，以後你們要是跟著姑爺，外頭也不興跪來跪去的。」

她說這話時，有些心虛地看了看顧嶼。尋常人家府裡確實沒有經常下跪行禮的，可頭一回見主子卻不跪，那就說不過去了，不過她見周家兄弟都帶著傷，這些傷還是在戰場上受的，就覺得自己受不起這份禮，被跪那是要折壽的。

顧嶼點了一下頭，態度溫和。「夫人說得是，你們日後跟在我身邊，我不跪，你們自然也不必跪。」

周虎鬆了一口氣，拱手道：「是，姑爺的話咱們記住了。」

周豹不善言辭，連忙跟著點點頭。

顧嶼讓下人給周家兄弟在外院尋一個住處，按一等僕役的規格來算。

兩人分到一處寬敞的房間，兩床冬、夏被褥，四套乾淨的衣裳，還有一些物件等明日一早去帳房打過條子後，就能領齊。

自從知道陳青臨將要離京後，陳若弱一直都沒什麼精神，喜鵲哄著、騙著，好不容易才讓她吃了兩塊梅花糕，和一瓣切成巴掌大小的碧玉香瓜。

顧嶼也吃了半塊梅花糕後，便去沐浴。

待沐浴過後，侍香照例拿起軟布，替顧嶼擦拭頭髮。

陳若弱連眼皮子都沒動一下，一旁的喜鵲伸手拉了拉她的胳膊，她也沒搭理，自己擦乾淨手後，就蹬掉鞋，解了外衣往床上爬。

喜鵲下意識地朝顧嶼看去，見他不僅看到了，還挑了一下眉頭，頓時眼前發黑。

「罷了，都出去吧。」顧嶼接過侍香手裡的軟布，不似侍香輕柔的動作，他隨意地擦拭幾下潮濕的髮尾，就站起身來。

喜鵲假裝沒看見還在磨蹭的侍香，用力一腳踩上侍香的腳。

侍香吃痛，卻不敢叫出聲來，只能狠狠地瞪喜鵲一眼。

聞墨悄悄地拉著侍香一起退出去，過沒多久，房裡就只剩下兩個人。

顧嶼走到床邊，把陳若弱亂蹬掉的繡花鞋放整齊，緩緩瞥一眼橫躺在床上、似乎在思考著什麼的翻面烏龜。

陳若弱心裡是真不好過，嚴格來說，她嫁人還沒多久，比起顧嶼，她和陳青臨的關係才是最親的，如今他就要回西北了，她難受是其次，更多的是一種被留下來的恐慌。

陳青臨要走了，以後她的日子，就從西北一望無際的天空，變成了京城的雕梁畫棟，她能依靠的人，只剩下前幾日還是個陌生人的夫君，這讓她忽然有些忐忑起來。

陳若弱給顧嶼挪了塊地方，難得她看著他的臉卻沒有臉紅，烏溜溜的眼睛直打轉，似乎在斟酌著說辭。

「昨日的話本，只聽了前十回，還想聽嗎？」顧嶼似乎沒有發覺陳若弱心中的糾結，他上了床，從枕側取出了那本藍色封皮的話本。

陳若弱盯著顧嶼，看了半晌，點點頭。她拉好被褥，枕著兩個疊起來的軟枕，視線緊緊地落在顧嶼身上，像是要把他燒出一個洞來。

入寢之前點過驅蚊的淡香，即便通風過，也還是會殘留些許草藥的氣味，但不算難聞。

顧嶼靠著外側，燈火照得話本上的字一個個都泛著暖黃的色澤。他從第十一回唸起，陳若弱昨日也不知道什麼時候睡過去的，這會兒聽起來覺得有些沒頭沒尾的，她也不吭聲，只是看著顧嶼一行行地給她讀話本。

前十回講的大致上都是王家的瑣事，用的是話本通用的手法，藉著一、兩件趣事，串聯全書出場的人物。能看得出寫書的人在富貴人家的穿戴吃用上，是下過苦心研究的，倒不至於讓顧嶼挑出多大錯來，講到第十一回後半段，侍女才翩然出場。

「卻是個十一、二歲的女娃，生得倒有幾分雪白標緻，青布衣裳的胳膊處，打著碎藍花的補丁，被叫上前來磕了頭，文修未在意，只一心拉著玉盈說話。正是，千百載劫數在此，只道當時不知。」

陳若弱此時不大關心話本裡人物的相識、相遇，她聽著顧嶼的聲音，臉上的神情漸漸放鬆下來。

顧嶼唸到下一頁的時候，抬手正要翻頁，就見陳若弱猶豫著伸出了手，試探性地碰了一下他的手背。他側頭看她，她的眸子晶瑩剔透，和他的視線對上時，就像一隻警戒的小奶貓，不安卻又期待，於是他抬手摸了摸貓頭，把這隻貓抱進懷裡。

沒有臉紅、沒有心跳、沒有害羞，陳若弱閉上眼睛，她第一次覺得和眼前男人的親暱是這般順理成章，簡直就像在夢裡經歷過千百次一樣，有一種和哥哥截然不同的安心感。

「若弱……」顧嶼的聲音不知為何帶著一絲沙啞。

陳若弱忽然反應過來，低頭看了一眼涼颼颼的胸前，才發現褻衣的帶子已然鬆開。她的臉頓時紅透，轉過身用被褥蓋住自己，像隻鵪鶉似的，再也不肯露頭了。

顧嶼有些無奈，將話本放回枕側，又用放在蠟燭邊上的銀籤，把正燒著的燈芯按進燭油裡。裡間頓時黑了下來，白霜似的月光透過紗窗打進來，柔和又靜謐。

第十二章 表妹

陳青臨說要走，那是絕不含糊的。

隔日他便點齊軍備，整理好隨行人員名單，又派人到鎮國公府問過一回。

鎮國公和顧嶼商議的結果是一樣的，並不為顧峻的意志所動搖，於是他成為唯一趕在六月中奔赴西北的監生。

顧峻打從知道這個消息起，就鬧騰不已，和大多數的紈袴子弟一樣，他清楚自己有幾斤幾兩重，也知道自己吃不了苦。更何況他幾次和陳青臨打照面，都沒給過什麼好臉色，陳青臨會真那麼替他著想才怪，這分明是想藉機整治他！別說到了西北後，他會被收拾成什麼樣，就是這幾千里路，他都不知道能不能熬過去。

鎮國公不管他怎麼鬧，態度卻一反常態的堅決。

顧峻只好去找顧嶼求救，沒想到顧嶼不在，一問之下，竟是去了將軍府問明情況，好替他置辦行李，打點行程。

聞言，顧峻眼前都開始發黑了，腦海裡只有一行血淋淋的大字：他們是一夥的！

朝廷不是很捨得在軍務上花銀子，元昭帝一向奉行「開源節流」的政策，同海外諸國貿易經商，互通往來是開源，軍務就是節流。

大寧亂世開國，數代屯兵，軍務已成了每年國庫開支的一個重頭戲。然而如今盛世初顯，只有西北隱患難除，若繼續將大把錢糧花在軍務上，著實有些不值當。

陳青臨聽著軍需官一道、一道清點著眼前這一批軍械，黝黑的面龐上神情十分嚴肅。這批軍備不用問他也知道是給新兵的，今年募兵的人數是一萬六千整，這些軍械顯然不夠，剩餘的部分便是各營分到新兵的將軍要愁的事情。

他這次至少要撈幾千新兵走，好在營裡收拾出來的舊軍械還有不少，即便新軍備分不到多少，也夠用的了。

清點過軍械，再來就是馬匹了，大部分要送到西北的軍馬不用他去操心，他要帶走的是那特意挑出來的兩千匹精銳軍馬，這是上次聖旨犒賞三軍時，還沒來得及兌現的一小部分賞賜，如今正好讓他順路帶走。

軍馬都有專門的地方養著，離禁軍校場不遠，陳青臨來過幾回，卻頭一次知道這些養在後頭的馬全都是要送往西北，他還當這些是禁軍要用的。

軍需官在後頭清點馬匹，他便來到校場邊上看禁軍操練，不一會兒，他就發現這些正在周邊操練的禁軍，視線大部分都落在比武場上，他也就跟著看過去。

比武場邊上圍的人不多，大都是有品階的武將，而比武場上已鬥成一團，仔細看就能看出是四、五個禁軍正圍攻一個光著上半身的精壯漢子，那漢子身手俐落得緊，幾個禁軍一時竟然都不得近身。

陳青臨不由得被吸引了視線，他幾步走到比武場邊上，幾個禁軍將領面面相覷，似乎想張口說什麼，就在此時，比武場上變故陡生。

一個禁軍被迎面幾拳打出火氣，竟不管不顧，從地上滾了一圈，死命地抱住那精壯漢子的腿，想用自身的重量拖著他，胡賴過這一場。

陳青臨看得眉頭都蹙起來了，卻見那漢子虛晃一下，接過迎面而來的拳腳，隨即大喝一聲，竟然只靠著腿勁，就把那掛在他腿上的禁軍硬生生提起來。

禁軍一時驚了，猝不及防就被踢下了比武場。

「好！」陳青臨忍不住大叫一聲。

臺上的精壯漢子朝他瞥了一眼，側頭避開一拳，藉著一道巧勁，反把出拳那人掄下台，不多時，比武場上的禁軍全都被灰溜溜地打了下來。

「再來五個！」臺上的漢子揚聲說道。

離陳青臨最近的那個將領擦了一把額頭上的熱汗，讓親兵去叫幾個能打的過來。

陳青臨瞧著手癢，難得厚著臉皮地問道：「兄弟，我看這人身手了得，我能上去和他打一場嗎？」

「這位將軍，你……」禁軍將領話還沒說出口，臺上那漢子就已注意到他們。

漢子擺擺手道：「讓他上來。」

陳青臨解開身上的輕鎧，只穿著裡頭的薄布衣裳，幾步躍上了比武場，他對上那精壯漢子專注銳利的眼神，心裡頓時升起一股戰意。

精壯漢子瞇著眼睛打量陳青臨，沒在他的守勢上發現明顯漏洞，頓時有些謹慎地動了兩下手腳。陳青臨沒動，他也沒發覺這人的破綻，停頓片刻，還是那精壯漢子先沈不住氣，對著陳青臨的面門狠狠地揮拳。

若是正常人，必然會側頭或者側身避過，精壯漢子的左手已然成拳，就等陳青臨自己送上門。沒想到陳青臨卻反手一拐，右手成爪擰過他的左手，反身就要朝精壯漢子的脖頸踢去，精壯漢子連忙避開一步，閃身突襲陳青臨腿側。

兩人見招拆招，十幾回合下來，竟誰也沒有落下風。

陳青臨見獵心喜，手底下漸漸用上力道，那漢子發覺陳青臨的招式越來越沈，不僅沒有退卻，雙眼還陡然亮了。

陳青臨從小力氣就大，軍中能和他在力氣上匹敵的不過三、五人，但若論拳腳，根本就沒遇上過對手。察覺到壯漢的力氣越來越大，隱隱約約有蓋過他的趨勢，陳青臨叫了聲「好」，不再收斂自己的力氣，狠狠一拳迎上對方的掌風。

拳肉相交陡然變成了全然的力氣相搏，壯漢的臉上漸漸掛彩，陳青臨也被打得嘴角裂開，兩人的眼神中卻更加戰意蓬勃。

雙方往來數十回合，終於陳青臨漸占上風，他本就是戰場上打出的身手，知道如何制敵才能達到最佳效果。

壯漢的拳腳雖然厲害，但顯然是沒見過血的，再加上之前的對戰已消耗不少氣力，到底還是被陳青臨打翻在地，用拳頭抵上了脖頸。

陳青臨笑著鬆開手，擦了擦腦門上的汗。

壯漢大約是頭一次比武輸了，一時竟沒反應過來，躺在地上好一會兒，才猛然一個鯉魚打挺從地上跳了起來，眼中銳意勃發，伸手道：「再來一場！」

陳青臨看見校場後頭的軍馬已備齊，便搖搖頭道：「沒時間了，過午我還有事。」

壯漢很好說話，便道：「那我明日在這裡等你。」

「明日我就要離京了……」陳青臨說著，陡然想起了什麼，道：「兄弟可有想過來咱們西北軍？」

壯漢一愣，就聽陳青臨繼續道：「禁軍雖然待遇好，但上頭沒人，升遷不易，可西北軍就不同了，都是用親手打下的軍功來換軍銜。男兒在世，保家衛國，我看兄弟你身手和力氣都是一絕，待在京城實在可惜。」

他話音剛落，壯漢就笑了起來，牽動臉上的傷勢，讓他忍不住倒吸一口涼氣，但還是說道：「要不是京中離不得我，我早想去前線殺敵，憑自己的雙手建功立業。」

禁軍多世家子弟，這人身手如此矯健，他還當是個普通的禁軍呢。陳青臨有些可惜地搖搖頭，撿起上場時扔在地上的輕鎧，也不穿，就這麼一手提起，跳下比武場，對著壯漢擺擺手道：「待我歸京，必要和兄弟再戰幾回。要是兄弟改變主意，也可以到西北軍駐飛鷹關的大營來找我，我姓陳，名青臨。」

等到看不見他的背影了，壯漢才接過底下禁軍將領遞來的衣裳，穿到一半，忽然反應過來，疑惑道：「寧遠將軍以為我不認識他？還是他不認識我？」

那遞衣裳的禁軍將領輕咳一聲，提醒道：「殿下，武將上朝是在文官後，排在殿下後頭的還有好幾位，殿下要是不出列，他上哪兒去看殿下哪。」

壯漢抹了把臉，有些可惜地搖搖頭，他已經好久沒打得這麼痛快，也好久沒見到這麼對胃口的人了。那些個酸溜溜、文謅謅的官員都是雞毛碎嘴，一拍就倒，一點也不帶勁。

顧峻這兩天可謂生不如死，想找人商量對策，結果和他玩得好的勛貴子弟，有點良心的還會拍拍他的肩膀安慰兩句，而那些無良的狐朋狗友一知道他要從軍，全都捧著肚子大笑，還有故意掐著嗓子叫他「顧大將軍」的，氣得他轉身就走。

頂著日頭，一身是汗，顧峻有些喪氣，甚至想著既然沒一個人關心他，他倒不如順了這些人的意，去西北闖出一番事業來，或者直接就被那個黑炭將軍磋磨至死，看到時候哭的是誰。

這麼想，心中居然順暢不少，顧峻擦了擦汗，一回神，只見鎮國公府門前正停著一頂藍布小轎。官員的車駕和轎子都是有固定用色的，藍布是平民用色，他想都不用想，就知道是表妹來了。

果然越靠近府門口，樹蔭下的纖細身影就越是清晰，顧峻跳下馬，直奔離府門口不遠處的樹蔭下。

「婉君表妹！」

樹蔭下的纖細身影微微轉過身來，果然是尚婉君，她今日穿了一身素色繡水荷花的襦裙，不施脂粉，卻仍舊清麗動人。一見到顧峻，她連忙握住他的手。「峻表哥，我聽說你的事情了，你沒事吧？」

這久違的關心話語，讓顧峻差點沒哭出來，但他記著這是在外頭，便抽回手，強撐著笑了一下。「我沒事。」

「我都聽我娘說了，大表哥怎麼就同意了呢？」尚婉君被抽開手，倒也不在意，面上一副焦急的神色，道：「姨父到底是怎麼想的，西北那是人待的地方嗎？你這一去，要是累著、曬著，姨媽若還在，該有多心疼啊！」

顧峻只覺得這話字字句句都說進了他的心裡，一時惱道：「還不是那個寧遠將軍，非要讓我去西北從軍，父親也不知道被他灌了什麼迷魂湯，大哥就更指望不上了……」

尚婉君蹙眉道：「寧遠將軍……是表嫂的兄長嗎？」

顧峻更氣了，連連點頭，又見她被曬得臉色發紅、額頭帶汗的樣子，關切地說道：「妳怎麼就站在這裡等我？大哥不讓妳進去，妳好歹也坐在轎子裡等我回來。」

尚婉君愣了一會兒，隨即臉上有些發白，她小聲地說道：「峻表哥，我沒想要進去……我只是怕有些話再不說，就來不及了。」

顧峻才出去沒多久，尚婉君後腳就到。

尚婉君一來，馬上有人通報陳若弱，雖然她不知道為什麼顧嶼不讓這個表妹進門，好在尚婉君也只是一心等在府門外。

陳若弱沒去在意尚婉君，她想著顧峻明天就要走，晚膳得做豐盛一些，好替他踐行。只是她人都還沒出聽霜院，就聽丫鬟進來稟報道：「少夫人，三少爺回來了，可就是不進門，在門口跟表小姐拉拉扯扯的。門房說他不敢靠過去，只好讓奴婢來內院問一問少夫人。」

鎮國公不在，顧嶼也不在，顧凝是個歸寧的外嫁女，更不好露面，就只剩下陳若弱了。要是個一般婦人，自然不會想去管小叔的事，只當沒聽見就是，可陳若弱見的世面多，這會兒猶豫了一下，問聞墨道：「這個表小姐跟三少爺，原先就是這樣的？」

聞墨聽出陳若弱的言下之意，這兩人要是私底下有情，少夫人就不打算摻和了。聞墨想了想，不好說得直白，只說道：「奴婢也不清楚，就是前兒個聽尚府的採買丫鬟說，表小姐跟人訂親了，也是個商戶的公子。」

陳若弱一愣，這個訂了親的姑娘，竟跑到別人家府門口和男子拉拉扯扯的，到底是在打什麼主意？

喜鵲拉了陳若弱一把，不想讓她去管這閒事，但她卻搖了搖頭。

鎮國公府的大門口人多口雜，要是由著他們去，但凡被傳出一點什麼，旁人不會說顧峻如何，而是會說鎮國公府那位三公子如何、如何，這是鎮國公府的名聲問題。

鎮國公府前、後院的距離不短，這麼來回一通報，再加上陳若弱走過去的時間，外頭的尚婉君早已撲進顧峻懷裡，顧峻則是有些手足無措地愣在原地。

表妹說喜歡他，怎麼可能呢？他樣樣比不上大哥，明明表妹更喜歡大哥，積年的感情落在他眼裡，他幾乎把表妹和大哥當成一對了。也因為這樣，他一直覺得表妹就該嫁給大哥，沒想到突然出現一個聖上作媒的嫂子，在他看來，這和從表妹身邊搶走了大哥沒什麼區別。

難道，一直是他會錯意？表妹打小喜歡的那個人，一直是自己？

顧峻的思緒一時有些紛亂，他想起表妹小時候總是賴在他和大哥身邊不肯走，大哥明明對誰都很好，卻對表妹格外疏離。他以為在大哥眼裡，表妹是不同的，可如今看來，莫非是因為大哥知道表妹喜歡的人是他，所以一直在和表妹保持距離？

顧峻低頭看著懷裡不停抽噎的少女，面上露出為難之色，理智上告訴他，他對表妹根本就沒有一絲兄妹之外的情誼，可打小的情分讓他實在無法將她推開。其實表妹真的是個很好的姑娘，就是不知道大哥為什麼會突然討厭她，連父親都站在大哥那邊。

想到這裡，顧峻稍稍有些清醒，尚婉君像是察覺到什麼，美目裡盈滿淚光，她微微抬起頭，就要吻上顧峻的面頰。

顧峻整個人都愣住了，心跳還沒來得及加快，就聽一道熟悉的女聲從身後傳來。「這大庭廣眾的，你們在這兒演《鶯鶯傳》嗎？」

尚婉君用帕子半掩著面容退開一步，故作嬌羞，聽見這話，她眼裡的淚光越發閃爍，只是一朝出聲處看去，她馬上愣住了。

梳著婦人髮式的少女，看著比她還小一些，打扮卻異常華貴，藕粉的裙裳外罩著軟金絲的雲紗，胸前掛著一大片璀璨的瓔珞，上頭串著的瑪瑙、珍珠在陽光下折射出耀眼的光澤。仔細看去，那玉白的手腕一邊是圈圈繞繞蔓延到胳膊處的纏臂金，一邊是三只碧玉鐲。

她從來就沒見過有人能把自己打扮成一間首飾鋪子，可比起這些，更讓她震驚的，是眼前這少女的容貌，竟是半張臉完好，另外半張臉上卻布滿暗紅色的胎記，這樣的容貌怎麼敢出門呢？

事實上陳若弱不僅敢出門，還堂而皇之地伸出一根手指，指向顧峻的鼻子喝道：「傻站在這兒幹什麼？還不給我進府！光天化日之下在自家門口跟訂了親的姑娘摟摟抱抱，你還讓不讓人家活了？」

顧峻被罵了個劈頭蓋臉，有心反駁，但一時又不知道該說些什麼，他總不能當著表妹的面，說他是忽然被表妹抱住，一時沒反應過來……他只好冷著臉，「哼」了一聲。

要是別的姑娘，這會兒早就羞憤地跑走，然而尚婉君雖然面色慘白，卻還是強撐著站直身子，抬起臉龐，對著陳若弱行了一禮，道：「這位應該就是表嫂了。」

陳若弱避開身子，不去受這個禮，只喚來小廝去拉顧峻，一邊道：「外頭不好說話，姑娘想來也是要名聲的人，若真有什麼想和小叔說的，盡可以回去讓長輩來談，自己上門可不好，不知道的還當姑娘有多輕浮。」

尚婉君的臉色更白了，她看了顧峻一眼，顧峻卻也找不出什麼話來反駁陳若弱，只能低聲惱道：「大嫂，能不能別說了？我跟妳進去就是。」

陳若弱心裡有火，見顧峻這一副維護尚婉君的模樣，就更生氣了。「那還不走？」

顧峻回頭看了尚婉君一眼，咬牙跟在陳若弱身後，剛走沒多遠，尚婉君的聲音再度響起，一字一句，輕聲卻又堅決地說：「峻表哥，我等你。」

顧峻腳步一頓，正要回頭，卻被陳若弱一把推進府裡，玉白的指尖幾乎要頂上他的鼻尖。「在這裡待好！」

也不知為什麼，聽見這話，顧峻下意識地就不動了，似乎被陳若弱的態度嚇到。

陳若弱轉身回去，大步走到尚婉君面前，即便個頭比尚婉君要低一些，卻是氣勢如虹。

「剛才的話傳出去可不好聽，姑娘還是收回吧。我今兒個把話放前頭，姑娘想進咱們顧家的門，要麼是父母之命、媒妁之言，要麼拿出咱們三少爺始亂終棄的證據來，否則就別在這兒胡說，污了我鎮國公府三少爺的名聲。」

尚婉君的嘴唇直發顫，不住地看向鎮國公府的大門，似乎想讓顧峻出來幫她說話，可那道少年身影就這麼愣愣地站在原地，沒有動彈。

陳若弱說完就走，尚婉君眼神中帶著慌亂，下意識地拉住她的手腕想要解釋。

她走得飛快，幾步出去，才發覺自己一只手鐲被尚婉君給扯了下來。她瞇了瞇眼睛，也不管鐲子了，繼續往前走，留下尚婉君又是羞憤、又是難堪地站在原地，手心裡還躺著一只水光溫潤的鐲子。

顧峻直到陳若弱折返回來，對上她怒意沈沈的眸子，才忽然反應過來，當即就要衝出去，卻被陳若弱一把揪住了衣襟。「你給我回來！人家給你下套，你還自個兒把脖子伸過去，生怕別人不把你當猴子耍嗎？今天的事情你自己去和公公解釋，我能做的都做了。」

「我……」顧峻被迎頭一頓指責，弄得有些愣怔，竟然真的沒追出去，等他回過神，再往外看時，只瞧見遠遠的一個轎影。

陳若弱氣沖沖地回到聽霜院，原本打算給顧峻做一點吃食，算是心意，如今她也不想做了，只等著顧嶼這個可以名正言順罵顧峻的人回來，好好地跟顧峻講清楚、說明白。

喜鵲拍了拍她的背，替她順著氣。「三公子一看就被寵慣的人，小姐跟他生什麼氣？這件事咱們也算幫他的忙了，回來自有姑爺收拾他。」

「就是，奴婢方才瞧著那個表小姐，簡直不像閨閣裡的姑娘家，奴婢可是看清楚了，是表小姐自己撲上去的，可不是三公子抱表小姐的。」翠鶯碎嘴道，以前她八卦的時候，陳若弱總是會警告幾句，今日卻由得她說。

翠鶯又說了幾句，被喜鵲瞪一眼才反應過來，也就不說了。

陳若弱想了半晌，說道：「別攔著翠鶯，剛才的事得說給公公聽，要是那個表小姐真敢讓家裡長輩來說親，光這些話就能攔得住她！」

第十三章　良宵

顧嶼才下馬車，就聽守門的小廝說起中午的事。

他並不意外，這偌大的鎮國公府，尚婉君能拿捏得住的只有一個顧峻，如今顧峻要走，她若不做點什麼，還真不符合她的性子。

讓他意外的是若弱，他知道若弱的性子一向純善，很少會這樣不留情面地對一個人，想來是那尚婉君急切過頭，惹夫人厭惡。

他搖搖頭，並不打算去管這件事，卻忽然聽那小廝說：「少夫人不好在外頭多留，急著回府，表小姐卻還拽著她不肯放，小的瞧著少夫人手上的鐲子，還被拉掉一只……」

顧嶼的眉頭蹙了起來，讓小廝去叫外院的管事過來。

那管事是大管家的娘家姪兒，才來沒多久，為人老實，在陳若弱查帳的時候，他是少數幾個沒貪錢的人。

這會兒被顧嶼叫來，剛吩咐完事情，管事老實巴交的臉上露出為難之色，但對上顧嶼的眼神，還是咬牙應下。

顧嶼對他點點頭，道：「回府後，記得來報一聲。」

管事點頭，等到顧嶼的身影已進府，管事才深深地吸一口氣，對著門房處的家丁和護院大吼一聲。「來二十個人，跟我去尚家，把少夫人的鐲子要回來！」

那小廝一聽，頓時愣住。等反應過來以後，他眨眨眼睛，心裡不禁對表小姐升起了十二萬分的同情。

陳若弱堵著一口氣，聽見顧嶼回來了，也不搭理他，只是拿著小銀勺細細地吹涼碗裡的鮮魚羹，餵給乖乖仰頭等吃飯的白糖。

顧嶼走近時，她還故意偏了個方向，用後背對著他。

「夫人生氣了？在生三弟的氣？」顧嶼站在陳若弱身後，微微彎身，伸手摸了摸白糖的腦袋。

白糖特別喜歡他的撫摸，馬上用溫馴的眼神看著他，一邊「喵嗚、喵嗚」地叫著，一邊蹭著他的手。

陳若弱氣鼓鼓地說道：「他跟你是打斷骨頭還連著筋的親兄弟，我不過就是個外人，哪裡敢氣他！」

顧嶼失笑。「怎麼連我都氣上了？三弟有錯，妳罰他、教他，再不濟，打他幾下就是了，何苦氣壞身子。」

溫聲細語響在耳畔，她一抬頭就看見顧嶼溫柔的神情，就算有再大的氣也消了，但還是不滿地「哼」了一聲。「算了，看在他明天就要走的分上，我才不跟他計較，只希望他真能在西北軍裡練出個樣子來。」

顧嶼嘆一口氣，不再就著這個話題往下說。

當年曾想過，比起讓顧峻一夜之間長大懂事，更希望他能無憂無慮地過日子，蠢笨一些也沒關係，自己總能護他一世。

可如今重活一世，才明白有些事情不是想做就能做到的。

人總要學會成長，與其讓顧峻做個糊塗的紈袴子弟，不如教他面對，至多不讓他像前世那樣慘烈地成長，而是讓他一步步習慣。

陳若弱給白糖餵了半碗魚羹，等剩下半碗涼透以後，她就把碗放下，任由白糖喜孜孜地伸頭去喝。

剛站起身，她就被顧嶼從背後抱住。「若弱……」

陳若弱的臉有些發紅，怕驚動外頭的丫鬟，連忙壓低聲音道：「外頭還有人呢。」

顧嶼笑著說：「沒人，我進門的時候就讓她們出去了。」

「那你也別、別這樣……」陳若弱的聲音有些發軟，想起那日蜻蜓點水的一吻，頓時臉紅得像是要燒起來。「我有些害怕。」

顧嶼嘆了一口氣，說道：「我也怕。」
陳若弱羞得直咬下唇，聞言卻一愣，小聲地說：「你也怕啊？」
「我怕夫人一直怕下去，等顧峻從邊關回來，都沒能給他添個煩心的姪兒……」顧嶼說到一半，自己先笑了，他靠在陳若弱耳邊，輕聲問道：「夫人什麼時候才能不怕我？」
陳若弱的臉紅得像是隨時會滴出血來，她死死地揪著手裡的帕子，把頭垂得低低的。好半晌，就在顧嶼無奈地要放開她時，才聽見她用細如蚊蚋的聲音說了一句。「你、你至少……等到晚上再說……」
顧嶼疑心是自己聽錯，可還來不及細想，陳若弱就已經羞紅著臉、掙脫開他的懷抱，大步跑了出去。
直到看不見陳若弱的身影，他才陡然反應過來。實在不怪他遲鈍，有了前世的經驗，他原本沒想過夫人會這麼快接受他，自己也不過是試探著撩撥幾下罷了，不承想夫人竟會如此……直白可愛。
顧嶼的嘴角忍不住上揚幾分。
鎮國公一回府，顧峻的事情就被報了上去，原本以為還要再挨一頓罵，顧峻正沮喪地等著被傳去問話，不承想鎮國公並未有什麼反應，一頓晚膳吃得風平浪靜。

顧峻一放下筷子，就忙不迭地要出去，卻被顧嶼叫住。顧峻的臉色頓時變得苦巴巴，回頭看向自家大哥。

鎮國公也看向顧嶼，有些不放心地擰起眉，一旁的顧凝同樣是一臉憂心地看過去。

顧嶼知道父親面上嚴肅，其實最心軟，也最疼愛顧峻，這是怕他在顧峻臨走前，還要數落顧峻一頓吧。

陳若弱原本很生氣，這會兒瞧著顧峻可憐巴巴的樣子，也不由得拉了拉顧嶼的衣角，想讓他少說幾句。

顧峻注意到了，神色頓時變得有些複雜起來。

所有人的視線都集中在顧嶼身上，他卻沒有要和顧峻計較白日那件事情的意思，只是慢條斯理地擦了擦嘴角，緩緩說道：「跟我去走走。」

顧峻像隻提心吊膽的貓，垂著腦袋跟在顧嶼身後，一步三回頭。

兩人來到花園的石亭邊上以後，顧嶼便停下步子。

夏季夜短，這會兒明月已高掛夜空，花園裡十步一燈，照得地面暖暈暈的。

顧嶼停下時，顧峻正好站在一盞石燈前，這會兒顧嶼不說話，他心慌意亂地去摳著燈檯上的刻紋，把手指縫裡摳得都是灰。

遠處有蛙鳴聲傳來，顧峻眼前飛過幾隻蚊子，他也不敢去拍，只是用眼睛去瞟顧嶼。好半晌，他終於沈不住氣，小聲地問道：「大哥，你生氣了？」

顧嶼轉過身看他，卻沒有回答，只說道：「三弟，你可曾想過，如果有一天我和父親都不在了，到時候你該怎麼辦？」

顧峻愣住。「大哥？你說什麼……」

「如果有一天，鎮國公府倒了，父親和我都不在了，我不問你能不能撐起顧家，只問你能做些什麼，讓自己好好地活下去。」

顧峻光是聽著這個假設，心裡就已充滿惶恐，下意識地用力搖搖頭。他生來就是顧家的次子，不承爵位、不擔責任，他根本不能想像沒有父親和大哥的日子。

顧嶼深深地看著他，良久，才說道：「你曾經對我說，鎮國公府倒了，那就重新去掙一個爵位回來；父親不在了，可你還是要做出一個樣子來給他看看。你說顧家的責任不只在顧嶼一個人身上，也有顧峻的一份，因為你姓顧，所以生來就有這份責任。」

被顧嶼的眼神看得心裡發慌，顧峻後退一步，使勁想了想，還是搖頭。「我沒有說過這些話，而且……」父親好好的，鎮國公府也還在，他怎麼可能會說這種話……

顧嶼嘆了一口氣，說道：「你說過，你知道的，這就是你會說出來的話。」

顧峻不停地搖頭，說不上來為什麼，他的心裡滿是驚慌和恐懼，只要想起顧嶼剛才說過的話，他就有一種背後發毛的熟悉感，這些話和他這些年來隱藏在心裡的念頭一樣，讓他覺得自己或許真的在不知道什麼時候說過這種話。

「你不是一直想問，為什麼我這些日子的變化會這麼大嗎？」顧嶼忽然說道。

顧峻抬起頭，卻莫名地不敢對上自家大哥的雙眼，他愣愣地追問了一句。「沒錯，我想知道為什麼……」

「因為我作了一個夢，夢裡瑞王為了當太子，逼死凝兒，弄垮鎮國公府，父親氣亡，若弱含恨而終。我看著你離開鎮國公府，最後死在任上，家仇未報，屍骨冰涼。」

顧峻以為這是玩笑話，可顧嶼的眼神實在太過認真，認真到讓他心裡升起絲絲縷縷的寒意。他下意識地後退一步，卻又不知為何，抬起頭對上顧嶼的眼睛，喉嚨吞嚥了幾下，說道：「這、這是真的嗎？」

「顧峻，你該長大了。」顧嶼沒有回答，只是輕輕地摸了摸顧峻的頭，像小時候那樣，帶著些許溺愛的溫柔，讓顧峻忽然有一種想要流淚的衝動。

顧嶼並沒有說後來的事，對顧峻而言，無論是太子坐上皇位，瑞王倒臺，還是後來自己重建鎮國公府，這一切都不重要。更何況只有心裡壓著一塊沈重的石頭，才不會走錯路、信錯人，分不清方向。

顧峻看著顧嶼的背影，忽然大聲喊起來。「大哥，我會在西北練出個人樣回來的！」

兩人一前一後回來時，鎮國公明顯注意到顧峻與往日的不同，他看了顧嶼一眼，眉頭微微蹙起又壓下。

顧嶼沒有多說的意思，只是拍了拍顧峻的肩膀，便帶著陳若弱離開正堂。

離開前，陳若弱有些驚奇地看著顧峻，十分意外他居然對自己行禮。直到回去的路走了一半，她才回過神來，奇怪地看向顧嶼。「你對他說了些什麼？他怎麼回來就跟換了一個人似的？」

顧嶼嘆道：「我不過是告訴他一些他該知道的事，有些事情雖然瞞著他更好，可什麼都不告訴他，還一味地怪他不懂事，只會讓他自己一個人去撞得頭破血流，著實殘忍。」

陳若弱不知道這裡頭的前因後果，但她看得出來顧嶼的眼神裡有一種和陳青臨很像的東西。當年陳青臨去參軍的時候，看著她的眼神也和今日的顧嶼沒什麼區別，也許這天底下大多數的兄長，都是這樣為弟妹操心的。

她看顧嶼的眼神變得柔軟，他就像是一塊最上乘的美玉，瞭解得越深，就越讓人移不開眼睛。

回到聽霜院，臥房裡已經擺上冰盆，是顧嶼特別吩咐的。今年的天熱得比往常還要早一些，入夜也還是熱，有冰盆鎮熱，至少能睡得安穩一些。

陳若弱沒想到，自己只是白日的時候不經意地跟丫鬟提了一句，顧嶼就能把什麼都想周全了，心裡頓時有些美滋滋的。

洗浴過後，陳若弱換了一身乾淨的衣裳，回來就見顧嶼正翻著書，任由聞墨給他擦拭著半乾的頭髮。

聞墨的動作可比侍香規矩多了，她看著也挑不出錯來，可就是不大喜歡，盯了一會兒，她便自己上前去，接過聞墨手裡的布巾。

聞墨連忙退到一邊，顧嶼微微側頭看著陳若弱，失笑道：「連擦個頭髮都不成嗎？」

陳若弱的態度十分堅決。「連擦頭髮都不成。」

「那只好有勞夫人了。」顧嶼低嘆一口氣，讓房裡伺候的丫鬟都出去，末了，似乎想起了什麼，又道：「今日外間不必留人伺候，三更時送趟水。」

陳若弱起初沒聽出什麼來，給顧嶼擦了兩下頭髮後，正好見出去的丫鬟們都紅著臉、低著頭，這才猛然反應過來。

她回頭看向顧嶼含笑的臉龐，頓時心頭一陣陣發緊。

顧嶼微微抬起頭，看著她的臉，他的眼睛生得實在漂亮，明明只是倒映著燭光，卻比燭光要亮得多，像漫天的流雲星辰，又似三月桃花飛滿城。如果不是從那雙眸子裡看到了自己的身影，陳若弱幾乎以為眼前是個下凡渡劫的仙人。

心裡頭的那點害怕不知道什麼時候消散了，陳若弱咬了咬下唇，閉上眼睛，任由顧嶼吻著她的眼皮，臉頰上漸漸地也有一點溫熱的觸碰，然後是鼻尖、嘴唇。

幾件輕薄的衣衫疊在一起，床帳垂落。

陳若弱迷離之間，半閉、半睜著眼睛，偷偷透過眼睫的縫隙去看顧嶼。

白日裡的顧嶼溫文爾雅，笑不過須臾，怒不見於色，即便是發火，也都是那種氣勢沈冷得彷彿烏雲壓頂的平靜。

可抱著她的顧嶼卻不一樣，他的眼裡都是她，她一個蹙眉會引他心慌，她一聲低吟會讓他灼熱，這種感覺實在讓人忍不住想要沈溺其中，把自己完完全全地交給他。

陳若弱浮浮沈沈之間，抱緊了顧嶼的肩背，輕輕地咬了他的耳垂幾下，就像是溺水的人，忍不住抓緊最後一塊浮木。

顧嶼低嘆一聲，去吻她的脖頸，在上面落下一個又一個深紫色的痕跡。

輾轉到三更，紅燭已過半，月上中天，正是良宵。

隔日一早，陳青臨離京，藉著要送顧峻，陳若弱跟著顧嶼一道來給他們送行。

她昨夜幾乎沒怎麼睡，這會兒身上痠疼得厲害，精神倒是比往常還要充足一些，一直行到城外十里，陳青臨在馬上對她揚了揚頭。

「回吧，一會兒日頭高了，妳本來就不好看，要是再被曬黑，連妹夫都不肯要妳了。」

陳青臨看了一眼不遠處的顧峻，道：「妳回去跟顧家人說，這小子就安心放在我這裡吧，保准教出個樣子來。」

陳若弱捨不得他，磨蹭著來到他的馬下。

陳青臨的臉上有些無奈，聲音放輕了些。「我會每個月給妳寄信，也不是真要三、五年，要是沒什麼戰事，我年底也是要回來述職的，到時候還能再見。」

「嗯，哥哥，你要好好照顧自己，別成日裡累得跟狗似的，要是人家打過來，你半條命都累完了，還打什麼仗啊？」陳若弱把手裡的小包袱掛到馬背上，那裡頭是她一大早起來做的點心，也不多，只能吃一、兩回，這大熱的天，做多了容易放到壞掉。

陳青臨彎下腰，拍了拍她的頭，說道：「知道了。妳在鎮國公府可要開開心心的，要是妹夫對妳不好，啥都別怕，直接回咱們家住。哥哥不是那些個老古板，妳就算和離了，哥哥也養妳一輩子。」

要是放在之前，陳青臨說這些話，陳若弱就算嘴上不說，心裡也是感動的。可昨夜鸞鳳相合、琴瑟雙鳴，她和顧嶼正是濃情密意的時候，聽見這話就有些不高興了。

她瞥一眼正在和顧峻說話的顧嶼，紅著臉跺腳道：「好好的，哥哥怎麼說這樣的話……人家好著呢！」

陳青臨「嘿嘿」地笑了兩聲，摸一把鼻子。他握起馬鞭，挺直脊背，迎著灼眼的陽光，他穿著輕鎧的身影像極了話本裡戰無不勝的大將軍。

陳若弱抿住唇，不讓眼淚掉下來，聲音故意揚得高高的。「哥哥，要是我被人欺負了，一定給你寫信，你可要快點回來！」

陳青臨對她擺擺手，身下的馬來回踏了幾步，便追著軍需的車馬行列而去。

另一頭顧峻也依依不捨地和顧嶼道了別，打馬高喝一聲，咬牙追了過去。他還帶了兩個隨從，又有四匹馬幫忙揹著行囊，看著倒真有些遠行的模樣。

顧嶼直到陳若弱走過來拍他，才算是回過神來，見她感同身受的神色，忍不住嘆口氣。夫人和兄長的送別，同他和顧峻的離別是不同的，舅兄年少從軍，背負著整個家族的興衰榮辱，是個連他都敬佩的男人，送別於夫人來說只是離愁。

可顧峻卻不一樣，他生在京都繁華之地，是一朵由金玉澆灌長大的富貴花，不經風雨，未歷嚴寒，送他離開，除了離別的愁緒，更多的是一種擔憂。

陳若弱拉了拉顧嶼的衣袖，輕輕地說道：「新兵大營不在戰事防線內，而且文官入帳也不會被要求上戰場，只是操練時苦一些而已，你就放心吧。」

「讓夫人擔心了。」顧嶼握住她的手，低低地嘆了一口氣，說道：「我能做的都做了，剩下的就看他自己，以後的日子，他得自己一步、一腳印去走出來，沒人能代替他。」

陳若弱看了看顧嶼微蹙著的眉頭，知道相公到底還是擔心顧峻的。其實有些事情，根本不是明白其中的道理，就能忍住不去想的。

她伸手按了按顧嶼的眉心，忽然間像是想起什麼，岔開話題道：「我聽說城外十里的山裡頭，有一座比萬國寺還要靈驗的寺廟，咱們好不容易出來一趟，不如去看看？」

顧嶼知道她有心開解自己，不禁笑了笑，剛要說「不必」，話到嘴邊卻又改口道：「那裡我去過幾次，就去看看吧。山上清寒，暑氣也不會那麼重，咱們可以多留一會兒賞賞景。妳等等，我先讓人回去給父親報個信。」

他們來時是乘車駕來的，因為要一路送到城外，有些地方車駕過不去，便又額外帶上一頂轎子。一行隨從二十來人，這會兒又去了兩個回城報信，比起那些勛貴世家的排場，顯然寒酸許多。

可陳若弱不在意這些，她本就是在邊關野慣了的丫頭，京城的富貴對她來說，就像是畫裡的東西，看著漂亮，可真要到她頭上，她還嫌累贅。這會兒她想著轎子上山麻煩，便說要走著去。

顧嶼索性棄了車駕和轎子，只帶上隨從，準備和她一起走上山去。

十里路不是很遠，但也分人，要是顧凝、顧峻來走，走不到三、四里就要喊腿疼；可陳若弱不一樣，她過去走的路多；而顧嶼雖然不習武，書院裡平日也是有射御課的，至少比起陳若弱，他的體力要好上許多。

他們走了不過一個時辰，就來到陳若弱說的那處山腳下。

第十四章　巧遇

顧嶼說去過，那就是真去過。

事實上這處看著像是荒山的地方，就是後來太子被廢以後的幽居之所。都道天家無情，可元昭帝對太子是真有幾分父子之情，把太子關在這裡，卻不禁太子和昔日部從往來。他也是跟著舅兄在這裡，真真正正地投入廢太子陣營。

寺廟建在半山腰處，這會兒日頭已漸漸高起來，他們又走了許久的路，才到山腳，陳若弱就有些不大想走了。

她看到山路邊有一間簡陋的茶攤，便伸手拉了拉顧嶼的衣角，玉白的指尖朝茶攤方向點了點。「咱們……去、去喝口茶，再上山……」

顧嶼失笑，遠遠瞧見茶攤裡有一行人正坐在裡頭，他怕帶隨從過去，會惹得過路的行人不自在，便讓隨從離得遠一些。

那茶攤是由一對看著十分貧苦的父女在打理，陳若弱見顧嶼在後頭不知和隨從在說些什麼，也不管他，自己小跑步來到茶攤前，一邊解錢袋子，一邊脆聲說道：「煩勞店家打兩桶茶水，備二十個碗，我和夫君就在這兒坐著喝……」剩下的讓隨從自己來拿。

她想說的話還沒說完，就聽見一聲朗笑，打趣道：「哎，我說妳跟妳夫君兩個，難道是水牛精變的不成？」

陳若弱聽著這話裡並不帶什麼諷刺意味，反倒讓她有一種格外親切的感覺，她好奇地扭過頭看向出聲的地方，發現正是剛才遠遠瞧見坐在茶攤裡的一行幾人。

那一行人中間坐著一個五十來歲，看著頗有威嚴的老者，邊上還有三個年輕人，應該是老者的子姪輩，而出聲的正是老者左手邊的健壯青年。

健壯青年大馬金刀地坐著，咧開嘴笑，要不是他那一身頗為貴氣的穿著，簡直就和她見過的馬匪沒多大區別了。

她這一扭頭，健壯青年頓時被嚇一跳，不一會兒，又露出一臉尷尬的樣子。他摸了一下鼻子，假裝什麼事情都沒發生過，一把拍了一下身邊少年的後背，乾笑道：「別誤會，我不是被妳嚇到的，是我五弟剛才在桌子底下踢我腳來著。」

陳若弱看著那個被喚作「五弟」的乖巧少年，健壯青年這一拍，害那少年嗆了口茶水，白著臉一連咳了好幾聲，她心裡不由得升起幾分同情之意。

她對這行人的觀感還是不錯的，於是也笑了笑，說道：「我不是水牛精變的，是家裡的隨從就在後頭，咱們一大早趕去送人，走了不少路，我這才讓店家給他們打點茶水，好解解渴。」

發覺自己鬧了個烏龍，那健壯青年也不覺得尷尬，大笑了兩聲。

他身邊的老者卻開口說話了，帶著些許縱容的無奈，又有一種久居上位的命令語氣。「瞧你冒冒失失的，說話不過腦，還不趕緊道歉。」

陳若弱見那健壯青年似乎真要站起身和她道歉的樣子，連忙擺手道：「沒事、沒事，這位公子爺也不是故意的。」

健壯青年聞言一咧嘴，抬起的半邊屁股又重新坐了回去。「爹，您看人家小娘子都不在意。」

那老者瞥他一眼，搖了搖頭，又見陳若弱面貌有瑕，卻還是一副笑嘻嘻的樣子，穿著打扮也像個富貴人家的姑娘，心中難得升起一絲好奇，便問道：「那位正往這邊走過來的人，是妳夫君？」

陳若弱聞言，順著老者的視線看去，果然瞧見顧嶼正朝這邊走來，她頓時彎起眼睛，脆生生地應道：「是我夫君沒錯。」她頓了一下，有些奇怪地問道：「老爺子難道認識我家夫君？」

老者「唔」了一聲，似乎有些想不起來。

健壯青年聞言探頭去看，瞇著眼睛辨認了一下，說道：「確實眼熟。嘖，今日沒帶六弟過來，真乃一大失算，我記不住的人，他可是全認識。」

老者瞪了那健壯青年一眼，另外兩個年輕人則忍不住笑出聲，陳若弱也跟著笑道：「我夫君剛從外地遊學歸京，不大認識京裡的人，既然眼熟，待會兒公子不如和我家夫君相互認一認，下回不就熟了嗎？」

「妳這丫頭說話特別順耳。」健壯青年大笑一聲，拉了拉身邊老者的衣角道：「爹，您瞧她跟咱家小妹多像，就是長得沒小妹好看，不過這性子倒真是一模一樣，難怪我一看見她就喜歡。」

顧嶼剛一走近，聽見這話，臉色頓時沈了下來。他一眼就認出茶攤裡一行人的身分，目光落在太子還未曾歷經滄桑的英氣臉龐上，再掃一眼坐在中間的老者，心下已然有數，只是他面上仍不作任何反應，道了聲「失禮」，就帶著陳若弱坐到一邊。

太子後知後覺地發現自己又說錯話，也不去計較顧嶼的冷臉，反而笑著搭話，說道：「聽你家娘子說你不久前才自外地歸京，難道是隨家裡人升遷過來的？」

京官不好做，多的是官員被外放到地方上，勤勤懇懇地做了大半輩子，才能升遷上來，按照顧嶼這個年紀，太子的想法倒是正常。

元昭帝瞥了顧嶼一眼，沒說話，倒是剛才那個被拍得嗆了口茶的少年笑道：「我倒是覺得這位公子更像咱們京城人氏，瞧著貴氣得很。」

「在下不過是個託庇祖蔭的閒散子弟，數年之前遊學於江左，歸京不久。」顧嶼抿了一口茶，眉頭微蹙，把陳若弱面前的茶水換成了白水。

太子猜錯了也不在意，只是笑道：「鄉村野茶，你們文人喝不慣這個，我倒是覺得挺好，解渴又便宜，除了渣子多點兒，也沒什麼。」

陳若弱付了兩大桶茶水的錢之後，聞言笑道：「喝倒是其次，我在邊關看過不少軍醫會備著這種茶葉沫子，在藥材不夠用的時候，輕傷就用茶葉治，就連去年發的軍需，還有拿這種茶葉充作藥材的。」

太子「啊」了一聲，疑惑道：「怎麼會拿茶葉充當藥材？」

陳若弱眨了眨眼睛，見眼前神色爽朗的健壯青年臉色變幻不定，陪坐的兩個少年也嚇了一大跳的樣子，只有老者面色平靜。她心裡納悶，卻沒問出來，只是道：「有茶葉都是好的了。在幾年前，藥材可是不算進軍需裡的，只有起了戰事才會發放，普通士兵若生了病，根本沒法治，有品階的將軍才能使用藥材。」

「膽大包天，兵部怎麼能……」太子說到一半，看了一眼坐著的元昭帝，摸一摸鼻子，改口說道：「朝廷不納藥材入軍需，是當時有特別的考量，咱們就不提前些年的事情，不過用這兩吊錢一大袋的茶葉沫子充當藥材，我看那些官是想被殺頭了！」

陳若弱瞧著他發火的樣子，有些稀奇地瞅了瞅，笑嘻嘻地道：「我哥哥曾說過，上有政策、下有對策，古往今來哪個朝代都是這樣的，揪出一個便牽出一片，朝廷又不能把犯事的官員都送去殺頭。因此只要軍備沒人作假，在這些小事上頭讓讓利，就這麼過著唄。」

太子仍舊不服氣，元昭帝按住他，臉色和緩。「令兄倒是一位明理之人。」

顧嶼放下手裡的茶盞，轉過身來，目光在元昭帝和太子一行人的身上轉了一圈，面上不露聲色，只道：「幾位氣度不凡，當是為官之人，內子不過道聽塗說地說了一些渾話，讓諸位見笑了。朝廷之事，非庶民能議，還請諒解。」

陳若弱聞言，立刻不說話了。

太子有些無趣地撇撇嘴，小聲說道：「咱們又不是在議論朝政，不過閒話幾句罷了。你們文人就是這點不好，什麼都要大作文章……」話沒說完，他又想起府裡那些身無官職、卻一個比一個還會議論國事的門客，真是什麼話都叫這幫子文人說去了，反正總是他們肚子裡有墨水的人有理就是。

元昭帝定定地看了顧嶼半晌，忽然開口問道：「顧紹雍是你什麼人？」

顧嶼一頓，眉頭微微地上挑幾分，看不出任何破綻。「正是家父。晚輩顧嶼，表字文卿，不知您是？」

「我爹是你祖父的學生，算起來和你爹是同門。」太子這回倒十分機靈，笑著帶開話題。「你沒見過我，我對你卻早有耳聞。聽說你在國子監的那三年，文試從沒得過第二，李渭原本想舉薦你直接入朝為官，可你竟然拒絕了，給那老頭子氣的呀，整整半年沒給我好臉色看。」

顧嶼看上去，倒像是真的被帶開了話題，溫和地說道：「李老是一番好意，只是當時家母病重，眼看不成，文卿就算上任也不得安心。如今孝期已過，文卿少不得要回頭求李老一趟，好早日入朝。」

太子樂了。「我就說，你家娘子是個有趣的人，你也不該是個老頑固。求什麼李渭，我就是管這個的，你跟我說想要什麼官？」

元昭帝恨不得敲敲太子的腦殼，看裡頭是不是空的。

太子拉了拉元昭帝的衣服，動作極輕，兩根手指小心翼翼地揪著一角。倒不是在撒嬌什麼，而是他力大，若不輕點會把衣裳給撕了，就算這樣，元昭帝還是被他拉得身子一歪。他在元昭帝耳邊細聲道：「爹，我跟四弟、五弟都是常年在外頭混跡的人，今兒個不被認出來，打明兒個再見到面，一樣會被認出來，不過早跟晚的事。」

太子說完，見元昭帝有些無奈地擺擺手，頓時咧開嘴，對顧嶼道：「其實呢……」

他話還沒說完，就聽一聲高喝道：「什麼人！」

聲音是從隨從那邊傳來的，隨即就有打鬥聲響起。

顧嶼的眉頭蹙了起來，看向元昭帝道：「恐是誤會，伯父的隨從是否……」

「咱們的隨從在另一邊，撞不到一起。」太子猛然起身道：「我去看看。」

元昭帝連喚兩聲都叫不住他，頗有些習以為常地嘆口氣。見顧嶼眉頭緊蹙，元昭帝擺擺手，對身側的少年說道：「老五，帶一些人跟過去看看，別讓他誤傷了人。」

安王點點頭，連忙奉命去帶人。

陳若弱朝著支起茶攤的木棍子走過去，把耳朵貼近木頭，臉上的緊張之色頓時去了不少，扭頭說道：「不用擔心，聽這動靜，來的最多十幾個人，而且腳步聲很虛浮。」

顧嶼知道陳若弱在西北待久了，學會一點本事，聞言他倒是安心下來，握著她的手，把她帶回到身邊。

即便是微服私訪，元昭帝也帶了足夠的人手，他處變不驚，還有工夫看一眼顧嶼和陳若弱。這對小夫妻從某種意義上來說，是他一手促成的，雖然他並不在意，不過看著兩人過得和美，心裡倒也升起一種頗為奇怪的感覺來。

去年冬的那場戰事，功勞大半都在陳青臨一個人身上。青年才俊，而立未婚，按照朝中大部分人的想法，理當讓他尚主才是一樁佳話，只是昭和說心裡有人了，決計不肯，他也有別的考量，讓陳青臨尚主反倒不妥。好在陳青臨自己乖覺，拿著天大的功勛換了一樁無關緊要的婚事，尚主的風聲起得洶洶，消得無聲。

本以為陳青臨是看中鎮國公府這棵清流裡的大樹，可瞧著這對小夫妻恩愛的樣子，元昭帝又有些拿不準，想來想去也沒什麼結果，他索性不去管，只是放下手裡的茶盞，看向林子深處。

過不多時，安王就帶著百十來個尋常護院打扮的禁衛軍過來了，他們先前隱在林子的另一端，暗中保護著皇上一行人。

只是還不等安王帶人過去，就見太子拽著一個瘦小的青年走來，後頭顧家的隨從則押著十來個同樣瘦巴巴的窮苦百姓。

原本以為遇上山賊劫匪，太子去得興沖沖，回來得蔫答答，他一腳把手中拽著的人踹到地上，抬起腳虛踏在瘦小青年的胸口上。

瘦小青年嘴邊還帶著血，又被踹了一腳，好半天才緩過勁兒，拚命地求饒道：「大爺，求求你放過咱們吧，咱們幾個就是餓得沒法子了，才會行搶。老天爺在上，我王貴手上要是沾過人血，必遭五雷轟頂。」

這個自稱王貴的瘦小青年說了一口外地口音，太子聽不懂，卻勉強能聽出是在求饒，當即喝道：「你們在這裡攔路劫財，還想求本大爺放過你們？你們有手有腳，為何不去找活計謀生？分明是賊性難改，今天本大爺就把你們幾個統統打死在這裡！」

王貴聽得懂官話，聞言咳出一口血來，瘦得皮包骨的臉龐上浮現出可憐巴巴的神色，還擠出了幾滴眼淚，用不大熟的官話說道：「大爺，小的沒說瞎話，咱們是從淮南道逃難過來的，沿途官府都在攆咱們。小的老娘在路上餓死了，跟咱們一塊兒逃難的，也已經死去一大半。聽說京城邊上沒人管，咱們才會到這裡來，可是沒有路引，咱們連城也不能進，活兒也不給幹，要不是林子裡還有樹皮啃，咱們就真餓死了。」

太子頓時驚住了，回頭看向元昭帝，卻見元昭帝也擰起了眉頭。

當今世道，雖說盛世昇平，但到底有幾個朝廷也治不了的地方。若說是那些窮山惡水之地鬧了饑荒，才逃難上京，元昭帝決計不會皺一下眉頭，可這難民說的卻是淮南道。

江淮兩地，天下糧倉，地方官員年年奉上重稅，商賈、地主繳納的錢糧更是占天下十道的三分之一，富庶不下京都，又怎麼會鬧饑荒？

太子顯然也懂這個道理，他一把拎起王貴，對著茶攤的木椅子作勢要撞，並瞇起眼睛喝道：「就算你說的是真的，那你又怎麼可能會是從淮南道逃難而來？還不給本大爺說實話！」

王貴再瘦也是個大男人，他從來沒有被人活生生地拎起來、雙腳離地過，整個人瞬間懵了。最後還是那些個被顧府隨從押著的難民，連連磕頭告罪，七嘴八舌地幫忙解釋著。

「大爺，他真的沒騙人，咱們都是從淮南道來的。」

「入夏那會子，官府來徵糧，說是徵糧，可那就是明搶，還打死過人，咱們實在熬不住了……」

「那天殺的黃老三，就因為周御史看上咱們老王莊的那塊風水寶地，想給他老子做陰宅，所以非要把咱們逼死不可。」

太子朝元昭帝看去，只見元昭帝對他搖了搖頭，說道：「這事等回去再說。老五，你留在這兒，把這些難民安置下來，一旦查實……」

元昭帝瞇了瞇眼睛，滄桑的面龐上浮現出冷意。

顧嶼看了一眼太子，目光落在元昭帝身上時，微微一滯，拉著陳若弱行了一個大禮。

「學生顧嶼，拜見吾皇萬歲萬萬歲。」

陳若弱尚且不知這裡頭的彎彎繞，被顧嶼這話嚇了一跳，反射性地抬起頭看向元昭帝。

元昭帝看了兩人一眼，道：「你倒是比顧紹雍聰明得多，大約是隨了你娘。」

顧嶼的禮節十分標準，頭微微低著以示恭敬，卻又不至於讓元昭帝看不清他的神情，眼簾垂下，並不直視天顏。在這樣的情況下，許多城府還不夠深的官員是能夠被一眼看透內心所想，可顧嶼的面上並沒有半點破綻，反倒是恭敬之中流露出一絲恰到好處的愕然。

元昭帝卻沒有要說下去的意思，對著太子招了招手，示意他上前來。

太子把王貴放下，這回的動作倒是輕了一些，可他的力氣太大，瞧著王貴面如死灰的樣子，大約被輕輕放下也沒好到哪裡去。

太子不笑了，神情十分嚴肅，高大的身形給人一種踏實穩重的感覺。

元昭帝替他把不知何時散亂的衣襟理了理，看上去就像個慈父。「元成，這次的事情既然是你發現的，朕就全權交給你處置。朝廷的官員隨你調動，不論結果是好也罷、壞也罷，你得做出個樣子來讓朕看看，知道嗎？」

太子點點頭，認真地回道：「兒臣明白。」

他從出生就是太子，到成年之後，有太多的人告訴他要提防這個、提防那個，告訴他勢力不能擺在明面上，告訴他連手足都不能信，對父皇也要話留三分。

可他偏偏不信這些，他就是要堂堂正正地待人處事，再說父皇要看的也不是他城府有多深，只有真正做出一番事業來，父皇才會更加喜歡他。

直到元昭帝一行人離開，陳若弱才算是回過神來，她看一眼身後嚇得瑟瑟發抖的茶攤父女，有些感同身受地長吁一口氣。

她拉了拉顧嶼的袖子，好奇地問道：「你是怎麼知道那位是聖上的？」

顧嶼笑著道：「那些難民提到周御史周餘，他是淮南道御史，正位三品。一般官員犯罪，即便是周相也要先稟報聖上，再言查案，可方才聖上脫口就說要查證……更何況，太子殿下性情爽朗，武力超群，作不得假。」

陳若弱的眼睛發亮，顧嶼以為她是在歡喜得以面見天顏，有些好笑地摸了摸她的頭髮，卻見她像小賊似地看了看周遭，飛快地靠在他耳邊說道：「我覺得聖上說得真對，文卿，你怎麼這麼聰明呢！」

顧嶼看向陳若弱，只見她臉頰泛紅地用雙手握緊了他的手，小聲地說道：「以後咱們生的孩子，一定要像你這樣的頭腦才好，千萬不能像哥哥或我一樣笨笨的……」

顧嶼不知為何，頭一次沒想起那個無緣謀面的孩子，反倒認真地隨著陳若弱的話想了一下。

若是他們有了孩子，長得像他，性情像若弱，會對著他和若弱軟軟地撒嬌，既天真，又可愛。

他會教孩子騎射武藝、琴棋書畫，好生教養孩子長大。

顧峻最會帶孩子，也許會帶著孩子去捉貓、逗狗，弄得一身髒兮兮地回來，然後若弱會一邊抱怨著，一邊替孩子擦乾淨手、臉。

「其實像哥哥也還好，就是不能像他的頭腦，他從小到大壯得跟頭牛一樣，連大病都沒生過。有一回他在戰場上受了傷回來，那一道口子從前胸到肚子，幾乎要見到腸子，還不是養上兩、三個月，就又活蹦亂跳了。」陳若弱說著，臉上露出了些許難過的神情。

顧嶼回過神，拍了拍她的肩膀，溫聲安撫道：「這幾年不會再有太大的戰事了，等舅兄在西北軍中再熬些資歷，聖上會調他回京的。」

陳若弱卻搖了搖頭。「他哪裡是安享富貴的人……不說了，已經耽擱好長時間了，咱們還要去寺廟拜佛呢。」

說是拜佛，她的臉上卻笑嘻嘻的，顯然只想去玩。

顧嶼看了看蜿蜒的青石階，有些無奈地握緊她的手，輕聲嘆道：「今晚可好睡了。」

山上的寺廟其實沒有什麼人煙，陳若弱的聽說，是從一個十幾年前被充軍到西北的御廚那兒聽來的，十幾年前還算香火鼎盛的寺廟如今像是遭了什麼難，看起來破破爛爛的，只有一個老和尚帶著四、五個小沙彌住著，寺前和寺後都種著大片的田，倒也能自給自足。

陳若弱並不嫌棄，她拈了香火，拜了拜正殿的銅製佛像。

因著昨日夜裡剛剛圓房的緣故，她嘴裡十分虛偽地唸著家宅平安，卻趁著顧嶼不注意，連連拜了好幾下，心裡默唸著求佛祖賜福，讓她懷個孩子。

安王把那些淮南道的難民記錄在名冊中，一一安置下來。

本來以為只有十來個出來打劫的難民，後頭至多百十來個人，不承想他到了地方，見到的卻是哀鴻遍野，初步估計一下人數，大約有兩、三千之眾。

元昭帝說把這件事全權交由太子去辦，安王沒有搶功的意思，把人安置好之後，就將名冊送到了東宮。

太子已經叫齊平日得用的人手，讓他們先行商議。

淮南道雖然不如江南道，但也是整個大寧最富庶的地方之一，又非嚴冬時節，卻出現這麼大批的難民，實在令人匪夷所思。

淮南道去年的收成極佳，撇除天災的關係，那就只能是人禍。

太子命人盤問王貴在內一些懂官話的難民，這些難民並不全是同一個地方的人，口供不一，卻都毫無意外地和官府有關。

他氣得拍裂了桌子，根據難民的口供，列出一張名單，就準備拿著去見父皇，好讓父皇把這些人統統殺頭。

黃輕連帶著好幾個門客死死地抱住太子的腰，卻還是被他拖著走了好幾步。

到底怕傷到人，太子臉上的怒火雖然還沒散，卻停下了步子。「你們攔著本太子幹什麼？事情不都查清楚了嗎？這些人一個個都餓成骷髏架子，老五還清理出百十來具屍體，這些難道還能作假不成？」

黃輕喘著氣說道：「殿下，您以為聖上要您查的是這些人的名字嗎？聖上把這件事情交給殿下，是想讓殿下將這些人的罪證查實，到時候要殺、要剮，不過是殿下一句話的事。」

太子皺起眉頭。「那不就得去一趟淮南道？父皇不可能讓本太子離京的。就算去了，查不出來又該怎麼辦？不就讓這些畜生逍遙法外了？」

黃輕生怕太子去元昭帝面前全方位地展示愚蠢，連忙說道：「可以明訪暗查！殿下明面上派一位大人前去調查，大張旗鼓，周旋其中；暗地裡再派人深入調查，此事必成。」

太子悶不吭聲地轉身離開，顯然還在氣頭上。

黃輕心中苦，他提出來的雖是最直接有效的方案，可人選卻成一大問題。

暗地裡派去的人只要夠聰明就行，但這明面上的人，卻不是那麼好挑的。江淮水深，派能人去怕打草驚蛇；派庸人去怕被吃得死死的，暴露暗線；又不能是品階太高的官員，畢竟在官場混久了，人脈牽扯過多，只會把水越攪越渾。

第十五章　特使

安置難民鬧出的動靜不小，隔日早朝，元昭帝就當著眾臣的面，把淮南道之事交由太子全權負責。

黃輕一直擔心的事情倒是沒發生，太子將手裡的摺子硬生生地捏成廢紙團，終究沒有當場發作，默默地出列領命。

今日是大朝會，鎮國公也在列，昨日顧嶼和陳若弱回府之後，已將事情的前因後果全告訴他。

顧嶼對淮南道難民一案並不意外，前世也有這一遭，只是當時若弱和他的關係，還沒有像現在這般親近，因此送走陳青臨之後就直接回府了，自然沒有撞上元昭帝微服私訪，不過這倒也與明年整頓江淮官場的大風大浪，不謀而合。

那時候顧嶼一開始並沒有入仕的打算，除了閉門攻讀科考書目，就是處理一些府中瑣碎之事，關於江淮一事，他當初也只是耳聞，直到後來進入官場，才漸漸瞭解其中內情。

在上一世，淮南道的難民逃難上京，誤打誤撞驚擾天顏，牽扯出官員無數。太子領命辦案，查到若干證據，只可惜周餘在押送上京的途中被人滅口，以致牽涉進去的官員名單失蹤大半，更無法查出背後之人，只能草草擱置。

時隔一年，在幕後之人鬆一口氣的時候，元昭帝突然發難，將原本就查到的一些訊息整合，又找到周餘生前的口供，舉凡犯事官員皆一個不落地斬首示眾，連同定國公、成國公、西寧侯在內的三家勛貴，被一併除爵，滿門抄斬。整整一個月，午門外的鮮血染紅了青石磚，滿朝文武噤若寒蟬。

天子不輕易殺官，是因為能做官的人太少，雷霆之怒後，面臨的就是官位空缺，地方事務難以運轉。顧嶼原本就打算藉由整頓江淮官場這個時機站穩腳跟，要是錯過這一回，等到秩序再起，想要快速掌握權勢就會變得十分麻煩。

此時鎮國公心裡想著顧嶼和他說過的話，卻冷不防被元昭帝點了名。「顧卿，太子方才所提之事，你可有意見？」

「這……殿下所言極是，老臣沒什麼意見。」鎮國公壓根兒不知道太子剛才說了什麼，面上倒也不慌，他看向太子，見太子面無異色，猜想大概是太子針對淮南道之事提出了一些方案，於是非常模稜兩可地回答道。

元昭帝點點頭，說道：「既然顧卿也覺得令郎擔得起按察使之職，那就依太子的意思去做吧。年輕人總是要出去歷練一番才能當用，顧卿，你說是不是？」

鎮國公背後立刻冒了一身冷汗，他看向一臉正色的太子，聽著元昭帝不喜不怒的語氣，差點沒抓穩手裡的玉圭。他怎麼也沒想到太子會舉薦自家長子去淮南道查案，不是該讓那黃輕去嗎？黃輕可是寧國公之子，又是太子妃胞弟，同時也是太子洗馬。

不過，若元昭帝贊同太子的提議，壓根兒就不用問他，想來太子的這個提議並不怎麼受到元昭帝的支持。只是元昭帝素來疼寵太子，當著眾臣的面也不好駁斥，就將這個難題丟到他這個做父親的頭上來。只是事到如今，他也不好再把話收回，頂著幾個朝中老友肅然起敬的視線，鎮國公退回臣列，玉圭後的眉頭深深地擰起來。

他只是無心政事，並非不懂政事，太子的用意他這會兒也會過意來了。

淮南道一事可大可小，往大了說，這是太子頭一次親自督辦案子，於情於理，必然要得出個結果來；往小了說，不過就是一些難民胡亂告官，又沒有直指淮南道御史周餘的罪證，若真的派去高階官員才是壞事。

太子要派去查案的人，官不能高，又要有壓得過御史的氣勢，也唯有世家子。上一世是黃輕，這一回不過是換成了他的兒子，比起黃輕這個皇親國戚，鎮國公府世子的身分確實更加合適。

鎮國公府世子身分清貴，不涉官場，才名在外，正好做個活生生的靶子，將整個淮南道的目光吸引過去。此事若成，鎮國公府便順理成章地打上太子一派的烙印；此事不成，太子也沒有太大損失。

只是這個方案，絕不可能是太子想出來的，而黃家小子雖然有些急智，但他至多想到在太子的勢力範圍內遴選出一個適當人選，除非是……

鎮國公狠狠地瞪向寧國公，這老滑頭一向善於趨吉避凶，卻見寧國公的老臉上一派正氣凜然，完全看不出一絲心虛。

比起鎮國公的怒火，顧嶼雖然意外，不過細想一番，倒覺得沒什麼壞處。雖然如今時機有些不對，可按察使的品階不低，又有皇命在身，只要能將事情順利解決，他入仕的起點會比他一開始所預想的還要高得多，後期整頓江淮之時，能籠絡到的勢力也會更大。

福兮禍之所伏，禍兮福之所倚，這世上的事是好、是壞，從來就沒有什麼定論，不過都是人們走出來的路罷了。

聖旨是早朝過後兩個時辰到的，除了顧嶼這個正使，同行的還有一位副使，是周相長子，也是顧峻的好兄弟周儀的兄長，叫作周仁。

顧嶼心裡有數，這是太子身邊的人不放心他，因此派了個眼線跟著他。

雖然同姓周，周相的周卻和周餘的周沒有半分關聯。顧家自開國便數代為相，到了鎮國公這一輩急流勇退，明哲保身，而老顧相曾為天子師，另有一弟子名周肇源，年少入仕，平步青雲，也就是如今的周相了。

周相府和鎮國公府的關係親近，算起來周仁還要喚他一聲兄長，不過鎮國公府歷經數代輔國之勢，如今勢隱，並沒有參與皇子鬥爭的意思，周家卻是太子一派的中流砥柱。

聖旨裡誇讚了一下顧嶼的品行才識，又簡單地敘述淮南道難民之事，御批三品按察特權，賜特使金印一枚，著即日啟程，徹查案情。

直到送走宮裡來的傳旨太監，陳若弱都還有些難以相信。「聖上怎麼會把這麼重要的事情交給文卿？那可是三品的官……」

「沒事。」顧嶼對她搖搖頭，星辰般的眸子裡卻帶上些許笑意。「之所以封三品官，是因為這件案子交由太子督辦，而我又是太子定下的人選，並非這件案子有多重要，聖上不過是為了抬舉太子。」更何況定下欽差品級，本身就是不信任的表現，若非要顧全太子顏面，這一趟他也去不成。

元昭帝已經不再年輕了，到他這個年紀的帝王，毫無疑問是很看重儲君的。假如太子十分優秀，他會擔心自己的權柄旁落，會擔心太子等不到他百年之後，因此許多曾經飽受期待的太子，便因為帝王的猜忌橫死，歷朝歷代都有這樣的例子。

可偏偏太子是個莽撞又蠢笨的年輕人，稍稍有些心眼的人都能把他看透，平庸到讓元昭帝完全無法升起猜忌之心的地步，雖然滿足了元昭帝的掌控慾，卻又不得不憂心自己百年之後，太子壓不住群臣，因此對於太子所用之人，不得不更加小心。

顧嶼沒有再深想下去，如今太子還不是廢太子，寧國公的設計正是他想要的，這一世的局面，已經比上一世好太多了。

他記得自己曾經對舅兄說過，太子愚鈍，又失聖心，被廢之後，原本就是胡亂堆砌起來的勢力十不存一，與其雕琢一塊廢掉的玉石，不如轉投其他更為聰慧的皇子。

當時舅兄卻反問道：「除了太子，還有哪位皇子能容得下像你這樣聰明的人？」

他不覺得自己聰明，但細想過後，卻認同了舅兄的話。

太子能力平庸，但平庸之人有一個好處，就是能容得下他人的輔佐與建議。

聰明人卻總是剛愎自用的，比如瑞王，不信任何人，明明是自己一步步拓展出來的勢力，卻只要這些人的服從。

太子或許不是這世上最好的君主，但絕對是他所能找到的最合適的君主，太子愚鈍，但卻容得下聰明人；太子莽撞，卻聽得進諫言。何況，這一世的太子，還有比上一世更好的一點，就是太子還未經廢立。

太子沒有經過挫折，也就不會有後來那些無謂的疑心病，懷疑所有能懷疑的，忌憚所有能忌憚的，雖然還保留著的那莽撞性情，就像是一把懸在所有官員頭上的利劍，不知道什麼時候會落下。

不過這一切都是他日後才需要去擔心的，眼下淮南道的案子，才是他該在意之事。

顧嶼展開聖旨，逆著光細看，雙眸微微地瞇了起來。

陳若弱不知道他在想什麼，可忽然覺得眼前的這個人好像離她有些遠了，她心裡沒來由地泛起一陣惶恐，猛然抓住了他的手。

顧嶼看向陳若弱，他的視線落在陳若弱身上的那一刻，瞬間化為全然的溫和，見她面露些許茫然之色，他的眉頭微微地挑了一下，似乎有些不解。

一瞧見他回復以往的神色，陳若弱的心馬上就安定下來，發覺自己還握著顧嶼的手，她頓時害羞地放開，飛快地瞥了一眼坐在上位的鎮國公，輕咳一聲以作掩飾。「夫君此次前去查案，要多久才會回來？若要花上一、兩個月的話，我就……」

按照規矩，媳婦是要侍候公婆的，高堂在上，她並沒有跟著夫君遠行的道理。可是新婚燕爾，他們又剛圓房，她實在捨不得他。

顧嶼聽出她語氣中的不捨，便看了鎮國公一眼。

鎮國公失笑，對陳若弱道：「他這一去，怕是年底都回不來。府裡有凝兒照料著，若弱，妳便跟著他去吧。」

「多謝父親。」見陳若弱當場愣住，顧嶼忍不住發笑，隨即他又想起了什麼，說道：「我不在的日子，若是瑞王上門來，還請父親千萬不能讓瑞王再見凝兒。」雖說交易已經達成，可顧嶼知道瑞王一向精明，不把一切能利用的東西用個透澈，絕不會善罷甘休的。

鎮國公也不是不清楚自家女兒的性子，可到底慈父之心，難保不會對凝兒心軟。

聞言，鎮國公嘆了一口氣，只能點點頭。

聖旨上雖言明即日啟程，不過一般情況下，被派去外地的欽差特使都會順延個一日，好打點行囊。除非有緊急的大事，否則朝廷也不會追究這些小節，此次去淮南道，一非平亂，二非賑災，故而是可以順延一些時候的。

顧嶼卻沒有這個意思，接下聖旨和特使金印後，他馬上著人收拾幾身常穿的衣物和日用品，只帶了十來個丫鬟和僕役以及周虎、周豹兩兄弟隨行，臨到傍晚就啟程出發。

從京城到淮南道，有水路、陸路兩條路線可走，陸路多曲折，不如水路方便，有專門的官船可以搭乘。

官船不與民船共用碼頭，顧嶼的車駕抵達之時，碼頭上的小吏差點以為自己聽錯了，接連確認兩遍之後，才在周虎、周豹兩兄弟虎視眈眈的視線下，飛快地替顧嶼安排船隊。

陳若弱一到船艙裡，就把官船裡隨侍的奴僕全都遣出去，這才呼出一口氣，小聲地抱怨道：「這皇上未免也太不近人情了，聖旨中午才到，馬上就讓人出發。還好咱們是走水路，有船可坐，要是陸路，那不得睡到荒郊野外去了。」

顧嶼笑道：「陸路也有官驛可住，不過官船更加舒適，還好夫人不暈船，否則……」

他的話還沒說完，陳若弱便疑惑地開口問道：「我從小到大也沒坐過船，你是怎麼知道我不暈船的？」

顧嶼鋪床的動作一頓，背對著陳若弱，語氣裡卻帶著稀鬆平常的笑意。「從咱們上船到現在，已經過去整整兩刻鐘，夫人要是會暈船，早就該暈了。」

陳若弱點點頭，覺得夫君說得有理，她想了想，忽然有些得意地說道：「肯定是我會騎馬的緣故，哥哥說會騎馬的人，坐馬車不暈，這暈船和暈馬車該是一個道理。」

明明是一副得意的樣子，卻不讓人覺得討厭，就像是一隻翹首以盼、坐等表揚的貓，顧嶼忍不住彎了彎唇角，在陳若弱的頭上拍了拍。

陳若弱這下子卻有些不自在了，她摸摸鼻子，小聲地說道：「我去問問這裡的廚下在什麼地方，折騰許久，肚子也餓了，我去做幾道菜……」

顧嶼的手落在她的肩膀上，臉龐靠得有些近，陳若弱的臉霎時紅了起來，然後就聽顧嶼狀似無奈地嘆了一口氣。「夫人怎麼就閒不下來呢？等明日周仁趕上來，這一路上我和夫人可就沒什麼獨處的時間了。」

陳若弱這才反應過來，顧嶼這個正使都上路了，副使卻不見人影。只是她的思緒很快就被唇上的熱度給撥亂，兩人唇瓣廝磨，她想要別開臉，卻又忍不住閉上了眼。

一吻過後，陳若弱的臉更紅了，幾乎不敢去看顧嶼。

顧嶼的臉龐上也有一絲潮紅之色，眼裡的火苗越燒越烈。

「天還亮著……」陳若弱氣息不穩，想要推開顧嶼，卻在顧嶼的美色之下渾身乏力。

顧嶼低聲笑道：「無妨，很快就入夜了，還是說夫人想就這樣……等到天黑？」他的聲音裡帶著難言的低啞，氣息同樣不穩，比平時還要撩撥人心。

陳若弱的手捏緊又鬆開，到底還是羞紅著臉頰，妥協了。

船艙外，江面倒映著晚霞，夏風輕拂，帶起一片波光粼粼，就像漫天的星辰灑在水裡，一閃一閃的，煞是好看。

周仁來得比顧嶼預想的還要早一點，幾乎是在得知他已離京的同時，周仁就匆匆收拾好出發，而官船為求平穩，開得很慢，臨到三更時分，周仁的船便追了上來。

不過彼時顧嶼和陳若弱早已睡下，周仁也睏得很，就在主船上挑了間空房歇息，連行李都吩咐等明日再搬。

隔日顧嶼起得極早，陳若弱則抱著有些發暈的白糖還在睡。等顧嶼用過早膳，把太子著人送來的名單和卷宗都翻閱過一遍，已經日上三竿，卻還是不見周仁。

「回大人的話，咱們家公子昨天半夜才上的船，快四更天的時候又暈船吐了一場，現在還睡著呢。」似乎是怕顧嶼誤會，相府的小廝連忙又補充道：「咱們家公子從沒坐過船，不知道自己會暈船……」

顧嶼點點頭，說道：「先讓船上的大夫看看，若實在不成，等到下一個渡口，你們就改走陸路吧，還是身子要緊。」

相府的小廝千恩萬謝地退下了。此時周虎、周豹互看一眼，周虎對周豹點點頭，周豹就上前一步，壓低聲音對顧嶼說道：「公子，昨晚鬧出動靜的時候，咱們去看過了，那個周副使是有些暈船，不過應該沒有那小廝說的那麼嚴重。」

正、副使同行，按理副使要在第一時間前來拜見正使，周仁刻意誇大病情，顧嶼必然得去探看一二，就順理成章省了拜見的環節。沒有頭一次的拜見以確認主、次，他們兩人又是同握天子聖旨、同掌特使金印，那日後行事可就有得說道了。

周虎和周豹雖然沒有想得這麼深，不過作為軍中最好的探子，他們還是敏銳地察覺到這位周公子的用意並非表面上那麼簡單。

顧嶼彎了彎唇角，並不在此事上糾結。鎮國公府並不是太子一派的人，查案一事本不該落在他的頭上，他大概只是一個吸引他人目光的箭靶子，只是他這個箭靶子，並非用來坐地等死，而是坐等攬功。既然明面上有了箭靶子，暗地裡自然要有辦實事的人。

退一萬步講，就是太子真的相信他可以辦好這個案子，也不會不留任何後手，所以周仁要不就是那個辦實事的人，要不就是那一道後手，而按照如今太子一派對鎮國公府的態度看來……後者的可能性是極低的。

只不過，誰說負責吸引人目光的箭靶子，就不能同時辦實事？他要的不是那些明面上的功勞，而是一些實實在在的東西。

顧嶼抿了一口茶水，不知想到了什麼，神色忽然變得有幾分愉悅起來。

周仁本以為顧嶼會過來探看，不承想小廝來報，正使只說讓大夫過來看看，要是不成，就直接讓他下船改走陸路，並沒有要來看他的意思。

顧嶼的反應雖然和他預期的不同，卻挑不出半點錯處來。周仁才吐過一場，聞言臉色更加黃了，連連乾嘔好幾下，才有氣無力地擺一擺手，讓小廝退出去。

原先在東宮，這件事情已經定好由黃輕和他一起去。黃輕這小子是個鬼才，比他年紀還輕，卻已是太子最得力的智囊之一，這些年處處提點著太子，基本上沒什麼錯處，他對黃輕還是很服氣的，卻不料早朝之後竟換成了顧嶼。

顧家和周家雖然有些交情，可他打小就討厭顧峻帶壞他弟弟，連帶著對顧嶼也沒太多好感，這回又是由他負責暗查，等於把所有功勞都讓給顧嶼，這口氣總要找地方討回來。

沒想到顧嶼比顧峻聰明太多，初次交鋒，就給他一個不軟不硬的下馬威。周仁無奈地嘆了一口氣，他有預感這一次的淮南道之行，不會太過順利。

淮南道下，共有十四州、五十七縣，治所在揚州。如今正值夏季，水流通暢，自京城出發，只需要一個多月的時間便可抵達。

確定顧嶼並不是誤打誤撞地識破他的圈套之後，周仁沒有再繼續裝病下去，隔日就穿戴整齊來到主船的正艙，向顧嶼行禮。

和周儀不同，周仁是個看上去十分穩重的青年，說話也帶著幾分老成，顧嶼沒有為難他，反倒十分和氣地關心了一下他的病情。

周仁的神色裡不見半分惱怒，聽聞顧嶼的關心，還格外感激地笑了笑，說道：「開餘並沒有什麼大礙，用過藥之後，已經好很多了，有勞文卿兄掛念。」

顧嶼並未在稱呼上計較，像沒看出周仁的試探般，只道：「客氣了。船上無趣，開餘兄若是有空，不妨多來找文卿品茶，順帶討論下案情，等到了揚州，也不至於一無所知。」

周仁連連客套幾句，不知道為什麼，他總覺得和顧嶼說話不大自在，簡直就像在他爹面前一樣，壓力大得令人頭疼，但他還是硬著頭皮接了一會兒話。

顧嶼看出他的不自在，於是幾次不著痕跡地中斷話題，但周仁就是不願起身告辭。

就在這個時候，船艙的皮製簾帳被輕輕地掀開一半。

「夫君，我做了一些點心，想拿給客人嚐嚐，你們談完了嗎？」

第十六章　較勁

顧嶼的神色隨即變得溫和下來，周仁不禁有些好奇，他順著顧嶼的視線看去，只見皮簾邊緣有著一隻玉白的小手，心下頓時了然。這位應當就是顧家新進門的長媳，寧遠將軍的妹妹陳氏了。

這位世子夫人才剛進門，就把鎮國公府積年的舊帳翻了個底朝天，他原先只覺得這女人急於求成，不過最終的結果卻是好的。

心裡的想法轉了一圈，周仁面上卻沒有表現出來，不等顧嶼說話，他便語氣調侃地說：「嫂夫人請進來吧，開餘隔著簾子都能聞見香氣，今日可有口福了。文卿兄得賢妻若此，真是羨煞……」

「旁人」兩個字還沒說出口，陳若弱就已掀開簾子，她手裡端著一個四四方方的烏木盒子，裡頭有四樣點心，兩涼、兩熱，兩葷、兩素，兩鹹、兩甜，光聞都讓人口舌生津。然而周仁的注意力卻完全被陳若弱的面貌給吸引走了，他張著嘴，一動也不動地看著陳若弱。

顧嶼蹙眉，冷颼颼地瞥他一眼，他這才回過神，對著顧嶼乾笑道：「嫂夫人做的點心都把開餘給看餓了。咳……這些點心瞧著，倒像是宮廷糕點的樣式？」

陳若弱並不在意他看自己的眼神，聞言反而笑了。她先將食盒上層的四樣點心端至周仁面前，見他連忙起身以雙手接過，便又把下層同樣的四種點心拿給顧嶼，這才說道：「是一位流放的老御廚教我做的。之前在西北沒有材料，只能聽一聽做法，如今什麼都有了，就想著把師父教我做的東西，都試做一遍看看。」

她說話清脆又爽利，再加上迎面而來的點心香氣，即便對著的是一張有瑕的面容，周仁還是忍不住跟著笑了起來。

他挾起一顆做成元寶形狀的燕皮小餃，咬了一口。喝了半肚子茶水，這會兒一口鮮美的肉餡下去，滋味真是難以言喻。緊實的肉餡裡有著些許脆嫩的筍粒，再加上燕皮的包裹，口感上乘，一顆燕皮小餃差不多是一口的分量，他咬了半邊，竟有不少湯汁溢出來。

周仁一連吃了兩個，才後知後覺地發現嫂夫人已經出去了。他微微抬頭，見主位上的顧嶼眸子低垂，正在專注地吃點心，他頓時鬆了一口氣。

食盒裡四樣小點，一樣有五個，周仁習慣把最喜歡的東西留到最後，於是筷子一轉，對上捏成雪白蓮花狀的麵點。麵點上頭有一個染紅的小點，是甜餡的意思，他挾起一個，原本以為會是像梅花糕一樣的微甜滋味，吃下去卻是一驚。

熱呼呼的流心甜餡從蓮花麵點的缺口處蔓延開來，金黃色的內裡就像是蓮花的花蕊，溢出滿滿的甘甜滋味，讓他壓抑了一個早上的心情頓時變得輕鬆起來。

周仁吃了一個蓮花麵點，就再也捨不得下筷，轉而看向他最不喜歡的冷鹹點心。

和其他形式精巧的點心不同，冷鹹點心的外表看上去就像是街頭巷尾隨處可見的燒餅，只是小得多，上面撒滿密密麻麻的芝麻，他挾起一個，蹙著眉頭咬了一口。

說是鹹味的點心，其實這燒餅小點卻不是很鹹，外層的麵皮除了炒熟的芝麻香氣，還有絲絲縷縷不容錯認的奶香，內層是以香油煎過的鮮肉絲，冷透之後，肉絲特有的鹹香味滲透出來，非但不會油膩，還越嚼越香。

周仁吃了半盤子的點心，一抬頭，見顧嶼還是低著頭，頓時心更寬了。他把蓮花麵點和燕皮小餃一掃而空之後，喝了半盞茶，又吃光盤子裡的燒餅小點，最後一盤呈雲朵形狀的冷甜點，他也吃了兩個。

其餘三樣都是帶餡的點心，只有雲朵小點是實心的，滋味也很單一，就是酥酥脆脆的奶香酥點，要不是肚子太鼓，實在吃不下去了，周仁就算全吃光了也還覺得不夠。

從主艙裡出來的時候，周仁差點連走路都要人扶著了。相府重養生，口味多清淡，用膳七分飽，他以前從沒吃得這麼飽過，也從來不知道吃飽肚子是這樣一件令人滿足的事情，滿足得他都要嘆息出聲了。

「公子，這時候不早不晚的，顧世子到底留您用膳了嗎？」貼身小廝一見周仁回來，馬上驚訝地問出聲。

周仁剛想點頭，就想起人家顧夫人送來的是點心，壓根兒不能算留飯，再仔細回想一下方才的情況，他的臉瞬間黑了下來。

他原本想著就算去拜見顧嶼，也不能太過退讓，真讓自己成了臣屬，所以他故意去得遲了些，就是打算讓顧嶼留他吃一頓飯。如此一來，拜見就不算拜見，倒像是尋常親友上門拜訪。

要是來的人是黃輕，他根本不會這般考慮，因為在太子一派裡的地位早已定下，而他也心服口服。

可沒想到，就這麼一點小小的心思，還是被顧嶼給識破了……不，也有可能不是顧嶼，而是嫂夫人察覺到他的用意，才特意做了點心來替顧嶼解圍。

周仁越想越覺得是這樣，忍不住嘆了一口氣，想起自家除了遊園、寫詩、彈琴、聽曲，其他什麼都不管不問的妻子，這口氣嘆得幾乎有些滄桑了。

今年的水流急，船行得比往年還要快，而待在船上將近一個月的時間，倒正好可以消一消暑熱。

他們一行人下到揚州時，正好是七月初五，雖說初秋時節也還是熱，但已經比之前要好得多。

官船停靠前三日，就有人上報揚州刺史，因此這一日揚州刺史便帶著楚州刺史、光州刺史以及和州刺史前來迎接。

揚州刺史徐景年不過三十多歲的模樣，稱得上年輕有為，是定國公的門生，而其餘三位刺史都已到知天命的年紀。

明明是大熱的天，那三位刺史卻官袍齊整、笑容滿面，走路時有意無意地退讓徐景年半步，很是謙恭。

顧嶼一下官船，就見幾位刺史上前見禮。同樣在朝為官，按理就算是相國也無權接受官員跪禮，但徐景年上前一步，隨即撩起下襬跪伏在地，恭恭敬敬行了一個跪禮，拜見時口稱「世子」。

徐景年是正四品官員，只比顧嶼這個臨時的按察使低一級，但顧嶼有皇命在身，又兼身分顯貴，受他一跪其實並沒什麼。

可周仁當即就反應過來，看一眼後頭毫無猶豫也跟著行跪禮的三位刺史，他的冷汗都快要滴下來了。

渡口風大，顧嶼並沒有穿著御賜的官袍，裡頭是松鶴長青的淺白衣袍，外罩烏雲紗，繫著正紅色的雲紋披風，看著就像是一個尋常世家子出遊，沒有半點欽差特徵，要是就這樣受了四位刺史的跪禮，傳回京城，免不了落下一個肆無忌憚之罪。

徐景年神情肅穆，好似並未發覺其中的不妥之處，見顧嶼沒有說話，竟然就這麼跪伏在地，也不起身。

來迎接欽差的除了官員，還有各個衙門的捕快和衙役，見狀也紛紛跪倒在地。片刻之間，整個渡口還站著的，居然就只剩下打從官船上下來的一行人。

顧嶼盯著徐景年看了半晌，神情淡然，不慌不忙地從寬大袖口中取出聖旨，徐徐展開，輕聲唸起來。「景承天命，詔曰：時六月中，朕啟聞事，言有淮南道民怨，涉三千之眾，犯至御史，著淮太子奏……」

聖旨不長，幾百個字而已，偏偏顧嶼唸得慢吞吞的，時而鄭重地停頓片刻，才接著往下唸。

底下跪著的捕快、衙役倒還好，但幾位刺史卻有些受不住了，其中楚州刺史年紀最大，看著都有六十多了，這會兒跪得顫巍巍的，投向徐景年的目光帶著一絲埋怨。

徐景年也不好受，常年在堂上坐著的人，打從京城出來就沒再跪過人，哪怕是在御史周大人面前，他腰彎得再低，也沒跪過。這會兒要是能讓這個新來的年輕欽差吃癟也就算了，偏偏他順勢唸起聖旨來，這下子自己跪的人從欽差本身變成了天子詔令，跪得天經地義。

其實這道聖旨並非要給淮南道官員，而是給顧嶼一個人的，原本沒必要在這裡唸出來，若沒徐景年方才那一齣，顧嶼也沒有一來就立威的意思。可就連他也沒想到，他不立威，人家倒是想給他一個下馬威呢。

聖旨唸完，楚州刺史是被同來的孫子扶著，才勉強站起身來，其他幾位刺史也不好受。

徐景年咬牙，面上還是帶笑，絕口不提「欽差」二字，道：「顧世子、周公子，御史大人已在治所等候多時，兩位要下榻的官驛也備好了。聽聞顧世子是帶家眷同來，下官早讓人挑了幾個懂事的丫頭，定能伺候好夫人。」

顧嶼瞇了瞇眼睛，溫和地笑了。「有勞徐大人，那還請徐大人先帶本官和周副使去官驛落腳吧。御史大人既然腿腳不便，本官就允他休養兩日，正好讓本官與周副使有時間可以考察一下民情。」

徐景年頓時愣了一下，又說道：「大人，下官說的是御史大人已等候……」他話才說到這裡，身後的楚州刺史就抬起老腿，不動聲色地踢了他一下，讓他生生把話嚥了回去。

徐景年起初不解，但見顧嶼含笑的眉眼中微帶冷意，並將手裡的聖旨交給身後僕從，他瞬間反應了過來。

假如只是迎接一個三品欽差，那四位淮南道刺史到齊，就是正常規格了，但若是迎接聖旨，即便是和欽差同級的御史，也理應到場，無故缺席便是重罪。顧嶼看似給周餘一個臺階下，其實卻是將他的臉面扔到地上踩。

一直到離開渡口，周仁還驚奇著。他和顧嶼也算相處了一些時日，平日看著就是個溫文爾雅的世家子，至多比別人多出幾分氣度，不過那也正常，鎮國公府世代為相，本來就和一般勛貴不同，但他卻沒想到顧嶼還有這般四兩撥千斤的一面。這樣的人，就算是沒有那副顯貴身家，到了官場上，怕也是如魚得水吧。

周仁想到這裡，忍不住笑了，這世上從來就沒有什麼天生俊才，若非身分尊貴，誰又能在這個年紀知曉這般多的官場是非、細節成敗。

家族培養出人才，振興家族，再培養人才，人才再振興家族，如此數代循環往復，就成了世家。一個姓氏想要成為世家，要經歷無數的磨練，想要維繫榮光更是艱難，但只要每一代都能出一個像顧嶼這樣的人，不能說這個世家就不會倒，但至少這個姓氏不會沒落下去。

想起自家父親說過的話，周仁頭一次有些理解了，不過也僅限於理解，想要讓他對一個人服氣，可不是什麼簡單的事情。

官驛早在十天前就已經被打掃出來，大大小小百十來間房，看不到一點污漬。

徐景年勉強掛著笑，帶著顧嶼來到和揚州治所只有一牆之隔的官驛院落，顧嶼被帶到其中最大的院子住下，周仁則被安排在旁邊的院子裡，和顧嶼的院子之間只隔著一道低矮的花牆。

周虎和周豹四處看了看，確認一旦發生什麼事情，只要翻過牆就能帶著世子和夫人逃生，便繼續垂下眸子，不言不語。

船上沈沈浮浮了將近一個月，這會兒腳踏在地面上，陳若弱反倒有些不適應。剛才下船的時候，她落在後頭和喜鵲她們一起收拾東西，對之前渡口發生的事情不大瞭解，此時見徐景年十分熱情地帶著他們在院子裡走走看看，她還連聲道了謝。

徐景年狀似不經意地提起七夕當天家中將舉辦的賞燈宴，果然就聽這位京城來的世家夫人極為感興趣地說道：「滿街都是年輕的姑娘嗎？還可以隨意牽著手出門？」

他沒想到世子夫人關注的點會在這裡，連忙不著痕跡地拉回話題。「回夫人的話，確實有這樣的風俗沒錯。初七那天，內子和幾位夫人一起舉辦賞燈宴可熱鬧了，就在那揚州城中最大的春滿樓，還請夫人務必賞臉。」

陳若弱眨了眨眼睛，說道：「既然初七是難得的花燈大會，到了晚上還能隨意出門，為什麼要另外舉辦賞燈宴？大人難道不想和夫人一起逛逛街嗎？」

「這……下官倒是沒想過，主要往年都是由內子……」徐景年的頭上冒出了汗，艱難地想要把話題帶回去，只是他的話還沒說完，就被周仁笑著打斷了。

周仁手裡拿著一把摺扇，穿著一身素白長袍，看起來俊逸瀟灑，笑容也溫柔可親。他親熱地搭上徐景年的肩，語氣輕鬆道：「徐大人，我這位世兄和嫂夫人可是京城裡出了名的恩愛夫妻，徐大人都說七夕那日夫妻可以在街上牽手而行，怎麼還想著讓嫂夫人去參加什麼賞燈宴呢？唉，要是我夫人也在這裡就好了，她肯定迫不及待地要去燈會呢。」

顧嶼瞥了周仁一眼，對徐景年輕聲道：「徐大人這一早上辛苦了，還是儘早回去吧。晚上本官會帶上夫人，準時參加幾位大人所舉辦的洗塵宴。」

徐景年勉強撐著笑容走了，他一走，周仁就哈哈大笑起來。

陳若弱不解，一臉疑惑，就聽顧嶼淡淡地道：「一路上舟車勞頓，周副使也該回去歇著了。」

「顧兄，咱們都相處了快一個月，你真不留我吃一頓飯？」周仁嘆氣道。

顧嶼面容溫和，說出的話卻如同刀劍般冰冷。「不能。」

周仁唉聲嘆氣地走了，一副吃不上飯的可憐樣。

陳若弱看他可憐，眨了眨眼睛，對顧嶼小聲地說道：「喜鵲聽周公子的小廝說，周公子這次來揚州，身上只有二十兩銀子，還要給他家夫人買東西，會不會真的吃不上飯啊？」

顧嶼忍不住笑了，抬手摸了摸陳若弱的髮，柔聲道：「他那點伎倆，也就能騙騙夫人的善心。官驛供吃住，就連外出吃喝也是由朝廷買單，如何餓得死他。」

他說這話本是為了讓陳若弱寬心，但她的眼睛卻馬上亮了起來，追問道：「由朝廷買單？」

欽差出行，全程的花費皆可上報朝廷，是一直以來的規矩。不過一般來說，欽差每到一個地方都會受到當地官府的鄭重招待，真的需要花用錢財的地方是少之又少。

顧嶼瞧見陳若弱雙眼亮晶晶的樣子，就知道她在打什麼主意，不由得笑了笑，搖頭道：「夫人若想嚐一嚐揚州美食，倒不必去什麼茶樓酒肆，想來徐大人早有安排，夫人想吃什麼，只要吩咐廚下去做就是了。」

他猜得沒錯，早在兩天前，官驛裡的廚子就被換成從揚州城臨時召集而來的名廚，各有所長，這也是一般欽差到來時都會有的待遇。

陳若弱的想法被看透，倒沒什麼不好意思的，只是頗有些失望地「啊」了一聲。去到什麼地方，就得吃上那個地方的特色菜餚，不過總得由自己去尋來的才有趣，像這種送到嘴邊的，反倒無味。

顧嶼溫柔地看著她，寬慰道：「除卻美食，看看與京城不同的人文風景，也是極有意思的。等淮南道一案辦完，文卿就陪夫人多留幾日，四處逛逛可好？」

陳若弱被他看得心頭直跳，佯裝不在意地別開視線，「嗯」了一聲，忽然像是想起了什麼，她猶豫了一下，說道：「今晚的洗塵宴……我也要去嗎？」

她低下頭，伸手摸一摸自己的臉頰。她現在已經比之前要好很多了，不再那麼害怕出門見人，可只要一想到有那麼多當官的在場，她有些怕自己會給顧嶼丟臉，雖然顧嶼可能不在意這些，可她……到底還是會在意。

顧嶼輕嘆一聲，無奈地說道：「夫人美如珍寶，我也想把夫人藏在內宅，一輩子不教別人看去。」

「文卿……」陳若弱聽見這話，有些不好意思，她抬頭看他一眼，隨即飛快地把頭低下去，嬌羞道：「你又取笑我了。」

顧嶼替她攏了攏頰邊的細髮，語氣低緩又柔和，就像在哄一個小孩子。「不過，夫人要是真的不想去，那就不去，我會儘早回來的。」

他領聖旨至淮南道查案，官授三品，雖然只是臨時的，但按理是和淮南道御史周餘平級。雖然這樣的場合，帶上家眷更顯尊重，可他就算不帶，也沒人敢在這上頭指摘什麼。

陳若弱到底還是知道輕重的人，她咬咬牙，點了點頭，一副豁出去的樣子，不知道的人還以為發生了什麼大事呢。

顧嶼彎了彎唇角，溫柔地說道：「夫人大方明禮，真是文卿之福。」

被他誇得不好意思，陳若弱下意識地撩起耳邊的髮絲，輕咳一聲。「天色不早了，我去看看廚下都做了些什麼。你有什麼想吃的嗎？」

經過幾次挫敗，她已不指望從觀察吃相來得知顧嶼對食物的喜好了，這會兒也就大大方方地問出口。

顧嶼極為認真地想了想，半晌，笑著說道：「只要是夫人做的東西，文卿都喜歡。」

陳若弱鼓起臉頰，這根本就是敷衍！不過見顧嶼的臉色真誠，即便是敷衍，也是認真的敷衍。她不放棄，追問道：「酸、甜、苦、辣、鹹、鮮，你總該有些偏好吧？或者你喜歡什麼菜系的吃食……」

她問的這些，顧嶼記得自己在很久之前是回答過的，只是過去得太久，他已經忘了自己當時回答的是什麼。

上輩子到最後，他已嚐不出什麼味道了，一日三餐是為活著，活著是為報仇。他和夫人親手做的吃食闊別太久，如今哪怕夫人做的是一盤焦糊麵食，他勢必也會毫不猶豫地吞下去。

他想了很久，最後才慢慢地說道：「夫人做的菜，就是文卿心裡最喜歡的，夫人不必有什麼忌諱。」

陳若弱抿起下唇，哼了一聲，不大高興地轉身走了。

然而顧嶼熟知她的習慣，目光落在她比平時輕快了將近三分之一的步子上，知道她內心其實是喜悅的，他忍不住寵溺地彎了彎眼睛。

第十七章　宴飲

陳若弱才出內間，一到正堂，就見十來個粉衫小丫鬟跪在堂前，相貌都十分秀麗可人，見她來了，連忙磕頭。

官驛裡有專門的管事，陳若弱從內間出來後就摘下面紗，見到陳若弱的長相，那管事不動聲色地壓下心中的驚訝，滿臉堆笑地上前說道：「夫人，這些是咱們官驛從各地精心挑來的奴婢，大人和夫人在揚州城的這些日子，就由她們來伺候，還望夫人用得順心。」

陳若弱點點頭，她不大習慣被人跪來跪去的，就擺擺手讓她們起身，緩聲說道：「待會兒我讓人分配一下她們各自的活計，內間就不用她們伺候了，都在外院打掃吧。」

她說出這話的時候，底下好幾個粉衫丫鬟差點沒沈住氣，不過卻很快忍住了。

管事面上帶著謙卑的笑，連連應「是」。

喜鵲原先在將軍府裡也管過事，陳若弱就把管理這些丫鬟一事交給喜鵲。她不禁感慨了一下淮南的富庶，就連丫鬟的手都生得比她還要白嫩，想來平時是沒怎麼做過事的，這樣嬌生慣養的姑娘家，讓她們掃一掃院子也就得了。

陳若弱讓管事帶著她去廚下，便留下喜鵲離開了。

粉衫丫鬟裡似是領頭的一個姑娘款款走出來，對著喜鵲細聲細氣地問道：「這位姊姊，咱們初來乍到，不知要如何安排咱們的住處？」

喜鵲一臉疑惑，回道：「不就住在外院的下屋嗎？妳們一共十一個人，再加上我和翠鶯，那大通鋪是四人一間，可能得擠一擠，也夠住了。」

「誰要睡下屋的大通鋪！」其中一個粉衫丫鬟有些委屈地叫了起來。「下屋不都是給下人住的……」

「紅仙，別說了。」領頭的粉衫丫鬟制止了那個叫嚷的丫鬟，對著喜鵲溫婉地笑了笑，柔聲說道：「既然夫人是這個意思，那咱們也只有聽命行事。這位姊姊，煩請帶路吧。」

喜鵲怎麼看，怎麼覺得不對勁，她擰著眉頭看了那個叫紅仙的丫鬟一眼，冷不防地問道：「妳們真是丫鬟？」

領頭的粉衫丫鬟笑容不變，語氣低柔。「姊姊怎麼會這麼問？咱們當然是來伺候欽差大人和夫人的。」

「就是，咱們是徐大人送來的人。」那個叫紅仙的丫鬟高高在上地瞟了喜鵲一眼，似是覺得她的長相並不能算作對手，臉上帶著幾分得意之色。

喜鵲這會兒倒是會過意來了，她瞇了瞇眼睛，銳利的目光落在領頭的粉衫丫鬟身上，冷笑著說：「原來徐大人不是派丫鬟來伺候咱們小姐，而是派了一群狐狸精來教咱們小姐伺候姑爺的，妳們給我在這兒等著！」她滿臉怒火地跑走了，留下一群粉衫丫鬟面面相覷。

紅仙抱著領頭丫鬟的胳膊，壓低聲音問道：「彩悅姊姊，不會出什麼事情吧？」

彩悅含笑地拍了拍紅仙的頭，明明都是一樣的粉衫，卻偏生讓她穿出一種大家閨秀的嫻靜氣質，只是她說話的語氣卻是低緩且略帶媚色的，有些刻意，卻格外引人心折。

「若是沒見到那欽差夫人之前，我還只有五成勝算，如今見了那欽差夫人的長相……」彩悅掩唇一笑，分外端莊。「姊姊心裡這勝算可是十拿九穩。都別怕，跟著我去見那位欽差大人，到時候我說什麼，妳們跟著說就是了。」

紅仙連忙點頭，其他的粉衫丫鬟似是想起方才所見的欽差夫人，一個個都笑了起來，花枝招展中又帶著少女才有的天真嬌態，遠遠看去，恍若一副春景美人圖，美不勝收。

官驛內、外院之間有護衛把守，只是被派來伺候的丫鬟要拜見主子，護衛並沒有阻攔的道理，因此彩悅一行人順順當當地走到內院，卻被周虎和周豹兩兄弟給攔住了。

平心而論，這兩兄弟的長相不算嚇人，就是看著彪悍得緊，連帶身上的殘缺也十分震懾人心，若是沒見過世面的小姑娘，都能被他們兩個嚇出個好歹來，不過這一群丫鬟瞧著卻都不甚害怕，彩悅還言笑晏晏地上前見禮，一口一個「護衛大哥」。

周虎瞇眼打量著她們，心裡一下子就有數了。當兵打仗時生活苦悶，軍中的營妓但凡年輕貌美些的，大多都是某位將領的相好，輕易睡不得。所以臨近軍營邊上，就時常會有些婦人開門做生意，日子久了，那些婦人的行為舉止都和旁人不同，雖是良家女子，卻是做皮肉生意的，他們一眼就能看個分明。

周虎冷著臉攔在門前，彩悅幾次想從他身邊過去，都被攔得嚴嚴實實，她面上的笑卻沒停過。

紅仙性急，硬擠過去，抬手就想敲門，卻被一直站在邊上不動的周豹一把捏住了手腕。周豹手勁大，但他不是會對柔弱女子下重手的人，故而有意放輕了一點力道，卻沒想到紅仙居然趁勢痛叫出聲，還委屈地哭了起來。

顧嶼在房裡聽見動靜，便放下手裡的書，擰眉問道：「周虎，發生什麼事了？」

「回姑爺，沒什麼事，是徐大人送來的女人吵著要進來見姑爺，小人這就把她們趕走。」周虎抬手扼住紅仙的脖頸，四平八穩地回道。

彩悅咬牙，徐刺史送她們過來，名義上雖是丫鬟，之後伺候於床笫之間，最壞也是個姬妾，如今這個護衛把話給說破，那她們就成了被送來的戲子、歌姬之流，哪有安安穩穩進後宅的道理。

她細細彎彎的柳葉眉蹙了起來，穩了穩腳步，語氣急促中又帶著絲絲縷縷的嬌柔，還有一分被惹惱的薄怒。「欽差大人，奴婢們雖然卑微，卻也是清清白白好人家的姑娘，如今只是來見一見主子，欽差大人既然不想見奴婢們，又何苦讓這個護衛羞辱咱們？」

顧嶼有些奇怪，讓翠鶯去把門打開，正巧這時周豹在推著一個瘦弱少女，門一開，那少女就驚叫一聲，重重地倒在地上。

「欽差大人，奴婢們實在不知做錯了什麼，徐大人命咱們在官驛伺候，可夫人卻只讓咱們打掃外院，如今就連來向大人請安，都要遭受這般侮辱……」彩悅咬了咬下唇，眉眼微低，朝內堂看去，正好撞上了顧嶼投來的視線。

方才欽差被人前呼後擁地進門，她在人群中壓根兒就沒看清楚相貌，只聽說是個二十來歲的年輕人。這種富貴子弟她見多了，一到床榻上，還不都是要尋歡作樂的男人，只不過比起揚州城裡的那些更富貴一些，是個打京城來的公子爺罷了。

可她沒想到的是，這京城來的公子爺竟然會生得這麼俊，不似尋常富商公子的肥頭大耳，也不像官宦子弟常有的浪蕩急色，簡直像是從古籍裡走出來的翩翩君子，看人的眼神竟還帶著一絲溫潤之色。

「既然夫人沒讓妳們進內院請安，妳們又為何要進來？」顧嶼走了出來，看了一眼倒在地上的少女，對周豹吩咐道：「去給她請個大夫，其餘的人可以離開了。」

彩悅起初還沒回過神，等到反應過來，卻也不像方才那般急於表現，她微微低下頭，語氣裡帶著一絲柔媚，款款跪下道：「奴婢替這位妹妹謝過欽差大人。夫人確實沒說讓奴婢們進來給大人請安，是奴婢自作主張，都是奴婢的錯。」

顧嶼看了她一眼，彩悅的相貌是這些丫鬟裡最出挑的，說話舉止也不像個普通丫鬟，要不是身上的丫鬟打扮，幾乎像個小門小戶的小姐，約莫是這些丫鬟裡的管事。於是他點點頭，對她說道：「下不為例，都回去吧。以後沒有吩咐，不得擅闖。」

彩悅柔聲應下，她微微抬起臉龐，又看了顧嶼一眼。她這眼神是打小練出來的，盈盈一瞥，欲語還休，又似秋波照水，明媚動人。一等瘦馬要花上二千兩白銀左右，她的身價是這一批瘦馬裡最高的，一個人的身價就能抵得上十個紅仙。

若是別的男人，被這一眼掃過去，十個裡有九個都得像被貓爪撓了心，兩、三日茶飯不思，可顧嶼卻只是微微地蹙起眉頭，轉身回去了。

喜鵲氣鼓鼓地跑到廚下的時候，陳若弱正在做菜。

她把新鮮的魚去鱗、去骨，順著紋理切絲，再切丁，之後用刀背把魚肉丁拍碎成糊，用湯匙刮出一個個小魚丸來，滑進高湯裡。魚丸煮的時間不能過長，以免失了鮮味，口感也會變得軟爛。

忽然間，喜鵲的叫嚷聲從外頭傳了進來。「小姐、小姐，不好了，有大事發生。」

「妳這般大吼大叫的，成什麼樣子？」陳若弱一手拿著菜刀，另外一手在抹布上擦了擦，漫不經心地說道：「什麼事把妳急成這樣？」

喜鵲氣喘吁吁地說：「那個徐大人就沒安好心，他送來的那些丫鬟，是要給姑爺暖被窩的。」

陳若弱聽見這話，握著菜刀的手猛然緊了緊，問道：「姑爺他說什麼了？」

喜鵲急著跑來告狀，根本不曉得姑爺知不知道這件事，不禁愣了一下，可這反應落在陳若弱眼裡，卻像是欲言又止。

她手裡的菜刀握得越發緊了，深吸一口氣道：「我去找他。」

顧家雖有不得納妾的家規，可如今風氣敗壞，沒有妾還能有不入妾籍的暖床丫頭，沒名沒分的偏房、外室更多。她原先沒怎麼期望可以嫁個好人家，所以對這些也不甚在意，可現在、現在……她是真的想和顧嶼好好過日子。夫妻倆過日子，怎麼可能容得下第三個人？別說是妾，就是顧嶼在外面睡了女人，她也不准！

陳若弱這麼想著，腳下的步伐越來越快，最後直接提起裙襬跑回內院，她手裡還握著沒來得及放下的菜刀，因此進到內院的時候，幾個護衛連忙給她讓了路。

周豹去給那個昏倒的少女請大夫，周虎則瞇著眼，仍舊守在內堂外。

見到陳若弱氣喘吁吁地跑進來，周虎的目光落在她手裡的菜刀上，停頓片刻，低頭道：「小姐，方才的事情……」

「沒事，我只想和他說幾句話，和方才發生了什麼事沒有關係，我想說的是以後。」陳若弱緩了一口氣，朝周虎擺擺手，便推開了內堂的門。

顧嶼才聽見動靜，就見陳若弱已經走了進來。她穿著髒兮兮的罩衫，一身的油煙味，頭髮散落，可在顧嶼的眼裡，卻是萬般可愛，讓他忍不住彎了彎嘴角。

「夫人這是……興師問罪來了？」他面上帶著笑意，卻見陳若弱的臉色陡然沈了下來，目光十分嚴肅地盯著他看。

無論看多少次，顧嶼的眼睛還是好看得讓人驚豔，陳若弱深吸一口氣，撇開腦海裡多餘的念頭，惡聲惡氣地說：「你果然知道徐刺史送過來的是什麼人，我不該來興師問罪嗎？」

這下子顧嶼的微笑變成了苦笑，上輩子誰都知道他的經歷和脾氣，自然不會有人上趕著來給他送女人，要不是那幾個女人神態輕浮，他幾乎沒反應過來是這一層意思。

陳若弱更氣了，顧嶼的笑讓她心裡更加沒底，但她還是挺直了背脊，視線直直地對上了顧嶼的眼睛。「我不管別人家是什麼樣的，反正在我這裡，你絕不能有除我之外的第二個女人，這些丫鬟你若想留著，那就給我一封休書好了；你若是還想和我好好過日子，那就把她們送回去，以後也不准有別的心思。」她抿了抿唇，又道：「我對你從一而終，你也要對我一心一意，這是我的想法。」

顧嶼有些愣怔地看著陳若弱，無論是前世今生，這都是他第一次聽到她如此坦誠又直白的話語，落到別人耳裡，這些話毫無疑問是離經叛道的，可他卻覺得這才是天經地義的夫妻之道。

見他不言語，陳若弱的心裡更難過了。她不怕被休，也不怕什麼閒言碎語，可這會兒怎麼就這麼難受呢？她認識這個人也沒多久，難道離開他還不能活了？又不是非他不可。雖然她這麼想，卻越想越難過，越難過就越委屈。

她的眼眶微微發紅，強撐著不願在顧嶼面前示弱，轉身就要跑走，下一刻卻落進一個溫暖的懷抱裡。

「夫人說了那麼多，怎麼就不肯聽文卿的回答？」

陳若弱紅著眼眶，聽見這話，眼淚更是冒了出來。她才過沒幾天安生日子呢，根本就不敢去聽顧嶼的回答，甚至連他的反應都不想去看，只覺得自己做了蠢事，想要扭頭跑開。

顧嶼輕輕地嘆了一口氣，把陳若弱的身子轉回來，抬手替她擦了擦眼淚，眉頭微微地舒展開來，目光澄澈又認真地看著她，說道：「夫人所想，正是文卿所想。女從一而終，男一心一意，本為天地至理，只是國情在此，若說與外人聽，約莫無人肯信……可否借夫人一甲子，以觀文卿承諾實踐否？」

一甲子，那可是六十年啊。陳若弱愣怔了好一會兒才反應過來，她望進顧嶼誠懇的眼神中，忽然覺得這個男人一定是這世上最好的一個。

她沒有說話，緊緊地抿著唇，顧嶼也就這樣看著她，似乎已經篤定了她的答案。

陳若弱的手慢慢地鬆開，手裡的菜刀「哐噹」一聲掉在地上，她一把抱住顧嶼，死死地把頭埋進他的懷抱裡。

顧嶼摸了摸她的頭髮，輕聲嘆息道：「我也是方才見到那些丫鬟，才反應過來的，原本打算在洗塵宴上謝過徐刺史的美意，再把人送回去，不想還是驚動了妳。」

「說得倒好聽……」陳若弱的聲音已經軟了下來，卻故意道：「你少哄我，要是送她們回去，你初來乍到的，不就得罪人了？那些丫鬟就放在外院，你不去看、不去碰，等回京也不帶她們走，咱們就當沒這回事。」

顧嶼彎了彎眸子，柔聲說道：「夫人盛怒之下，還記得替為夫著想，得此賢妻，真是文卿三生幸事。」

陳若弱被誇得有些不自在，別開視線輕聲哼道：「那個徐大人，我還當他是個好人，沒想到是個混帳！我看這次查案，要好好查查他才是。」

顧嶼笑了笑，眼睛微微地瞇了起來。

淮南道一案牽連甚廣，但一開始並沒有查出太多事情來，有一批官員在周餘之前被拋出來保帥，而藏得深一些的，則是在元昭帝親自接手審查之後，才被一個個帶出來。

徐景年就是後者，死都死得比那幕後靠山還要遲一些。徐景年也算是機關算盡，若非太子派去的特使分外看不慣徐景年，即便結案還是努力深挖，也許徐景年不會死得那麼慘。

上一世的黃輕年少心急，查出周餘這個大蘿蔔之後，就滿心想著讓周餘帶出其他的泥根來，卻沒想過周餘底下還有一節老樹巨藤，打草驚蛇，周餘被滅口之後自然失了追查方向。

如今他重活一世，占盡先機，要是落得和黃輕一樣的結果，那他就不是顧文卿了。

他要做的，是敲碎這淮南道的殼、挖鬆這淮南道的土，等到土鬆了，什麼蘿蔔、樹根也就全現原形了。

江淮自古就是富庶之地，淮、揚兩地更是運河樞紐，交接南北商貨往來，尤其是這鹽商聚集之地的揚州城，每日揮金如土，並非虛言。

揚州城最好的酒樓是春滿樓，遙望秦淮，前朝始建，到了本朝又被一巨賈買下，重新修繕，原本五層又再加上三層。每逢入夜時分，樓中亮起燈火，遠遠看去，美輪美奐，來客大都為商賈、官員，熱鬧非凡。

今日是為京城來的欽差大人舉辦洗塵宴，春滿樓停業一日，隔著兩條巷子就不准百姓靠近，四面都有衙役把守。

顧嶼到時，徐景年已經帶著十數名地方官員等候多時，卻不見御史周餘，想來是徐景年已把他在碼頭說的話，原原本本地告訴了周餘，無故不接旨可是重罪，周餘自然得順著他的話，裝作有恙在身。

周仁來得比顧嶼早一點，這會兒已經在次位落坐。見顧嶼進來，徐景年帶頭起身相迎，似乎已經忘卻在碼頭上的尷尬，笑容可掬地帶著顧嶼和陳若弱在主位坐下。

陳若弱來之前是特意打扮過的，從穿戴到髮式，再從妝容到配飾，都是京城最時興的款式，一看就和揚州城裡的官家夫人不同。只是她面上的那大片胎記實在太過顯眼，就連徐景年這樣城府極深的人，都忍不住露出一點詫異的目光。

顧嶼發覺楚州刺史身邊的年輕人，一直盯著陳若弱出神，他的眉頭不禁蹙起。

楚州刺史連忙推了身邊的年輕人一把，對顧嶼告罪道：「鄉野後生，沒見過世面，還望欽差大人恕罪。」

年輕人被推了一把，也回過神來，連忙低下頭。

陳若弱對著那個年輕人和善地笑了笑，語氣輕快地說道：「不礙事。聽聞揚州城富貴，我想著要入鄉隨俗的好，沒想到打扮得過了，叮叮噹噹的像開著一間首飾鋪，著實晃眼了些，不怪這位公子。」

明明只是打圓場的客套話，卻讓她說得風趣極了，年輕人忍不住噗哧一聲笑了出來。

楚州刺史馬上黑著臉瞪年輕人一眼，轉頭對著顧嶼連連告罪。

顧嶼似笑非笑地掃了眾人一眼，並不在意這個插曲，他的視線落在徐景年身上，岔開話題道：「京城最好的酒樓是平王門客名下的產業，樓高七層，遠望宮闕，前年卻被人上報萬歲，閉門鏟去一層，才許開業。這揚州城的酒樓可真不凡，足足有八層，頂樓望月，似一手可摘星辰，豪氣干雲，不知是哪位大人的手筆？」

徐景年面色微僵，笑道：「世子怎麼還沒喝酒就醉了呢？朝廷規定，官員不得經商，這酒樓是本地名商李海所開，當初報上官府的時候，也是符合規制的。」

「是啊，顧大人，這裡是淮南道，揚州城不是京城，這春滿樓遙對的也不是皇家宮闕，而是秦淮妓館，根本比不得吶！」和州刺史連忙附和道。

顧嶼定定地看著徐景年，唇邊漸漸泛上一絲和善的笑意，道：「是嗎？那是本官小題大作了。來，敬徐大人一杯，好壓壓驚。」

徐景年把酒杯口壓低，和顧嶼碰了碰杯，剛飲半口，就聽顧嶼的聲音又響起。「不過，原來徐大人也知道官員不得經商的律例嗎？那本官倒是想問問徐大人，違者如何處置？」

徐景年僵著一張臉，聲音發緊。「顧大人，您這可是話裡有話？」

「哦？本官說了什麼嗎？不過是多嘴問了徐大人一句，怎麼就成話裡有話呢？」顧嶼微笑著，眼神卻極為銳利地對上徐景年的眼睛。「還是，徐大人心虛了？」

徐景年的臉色不大好看，卻仍勉強撐著說道：「下官雖然官職低微，可自入仕以來，下官就一心為國效力，從無貪贓枉法之心。大人此言有些不妥，切勿跟下官開這種玩笑。」

顧嶼唇角微彎，語氣輕緩地說道：「價值千兩的瘦馬被充作丫鬟，成群送到官驛，顧某還當徐大人改行做了商人，原來是個玩笑；那顧某的話，徐大人也當是玩笑吧。」

徐景年這下子臉色是真的不好了，沒想到顧嶼這一番連消帶打，竟是因為那幾個瘦馬。揚州富庶，官商親近，哪個官員府裡沒幾個旁人送上的美妾，其中又以精心教養的揚州瘦馬為上乘，互送瘦馬是示好之意，而自己挑選送去官驛的，更是上乘中的上乘。

男人不愛美色，說明心裡有比美色更重要的東西，比如這次查案。要是顧嶼輕描淡寫地把人給收了，那這淮南道大部分官員的心也就踏實下來，可他這般明晃晃地打臉不收，顯然是說明這次京中十分重視這個案子。

這一頓飯徐景年吃得沒滋沒味的，腦海裡不住地思考著，實在看不透顧嶼的深淺。要是被他唬住而輕舉妄動，也許會留下蛛絲馬跡，招來更多的事端；可就這麼放著不管，什麼都不做，萬一他真有和他那嘴皮子相符的手段，不正如夜開門窗、請賊入室嗎？

顧嶼卻彷彿真的只是開了個玩笑一樣，席間言笑晏晏，禮儀周到，其餘三位刺史都被他帶動說了不少話。楚州刺史的話最少，但他身邊的年輕人已一臉興奮地越過兩個位置，探身到顧嶼面前，興致分外高昂地和他說起楚州鄉下的農事了。

周仁幾次想插嘴進去，都找不到好時機，不多時也就明白顧嶼是故意的，他這人實在是個帶話題的高手，不過幾句話的工夫，就把所有人的注意力全吸引過去，要是他想冷落什麼人，就更容易了，像是呆坐在那邊的徐景年，臉都憋紅了還是沒人理。

陳若弱埋頭苦吃了半晌，還喝了兩小杯酒，忽然發覺顧嶼面前的碗、碟根本都沒被動過，她用腳在桌底下悄悄地踢了他一下，示意他吃點東西再飲酒。

顧嶼面上並沒什麼反應，看上去對楚州刺史說的話很有興趣。

陳若弱還要再踢，腳踝處卻被輕輕地碰了一下，她的臉頓時有些發紅，不過此時眾人飲酒已過三巡，大部分人都是紅著臉的，倒也沒有察覺她的異樣。

她瞪了顧嶼一眼，替他盛好一碗湯，又接連挾了好幾筷子的菜，把他面前的淺口碗堆得滿滿的。

顧嶼忍不住發笑，倒是趕在陳若弱再踢他一下之前，挾起一筷炒河鮮。

洗塵宴過後，好幾位官員都喝得微醺，顧嶼面色是還好，只是起身時有些醉意上頭，身形晃了一下。

周仁是不喝酒的，肚子卻比旁人都圓得多，他連忙上前扶了顧嶼一把。

「江淮的酒不如北邊的烈，不過後勁很強，顧大人得頭疼個好幾天呢，還有勞夫人多加照顧了。」方才和顧嶼說了不少話的年輕人笑道。

陳若弱點點頭，道了聲謝。

顧嶼其實並沒有醉，他在宴席上試探出不少內幕，就連陳若弱和徐景年的夫人在車駕外所說的話，他也聽得分明，眼角不禁帶上些許笑意。

陳若弱進到車駕後，才發覺顧嶼好端端地坐在裡頭，看上去並沒有太多醉意，只是臉頰微紅，眼睛也比平時更亮一些。

在宴席上裝醉，是很多人都會做的事，她也沒想太多，便直接坐到他身邊，聞見他身上的酒氣也不嫌棄，反而蹭了蹭他的肩頭。

一夜薄醉，輾轉安睡。

第十八章　瘦馬

隔日，陳若弱讓人把徐景年送來的那些瘦馬，都叫到正堂來。

彩悅在更早之前便從官驛的僕從那裡得到消息，卻不知道是哪裡出了錯，她不相信有男人能在見了她之後，還捨得把她送走。最終，她只能歸結為欽差夫人娘家勢大，即便是鎮國公世子也得退讓，然而這個猜測讓她心裡七上八下的，又是難受、又是憎恨。

等人來齊，居然也費上不少時間。

彩悅為表謙卑，是來得最早的一批，見男主子和女主子是不同的，她只梳上一個尋常髮髻，頭微微低著，臉上不見一點脂粉，昨日的嬌豔姿色硬生生地去了五分。

陳若弱瞧了半天，視線在打扮得最為明豔動人的紅仙身上轉了一圈。

彩悅心中冷笑，面上卻越發恭謹起來。以她的姿色，想進富戶官門易如反掌，原本她也是看中徐刺史大人年輕有為，出手又大方，才肯跟他走，卻沒想到他是要將她送人的，還是個更富貴的去處。等見到欽差大人的模樣，她就更不想走了，如今當務之急，是討好這個長相醜陋卻勢力龐大的欽差夫人，好讓欽差夫人將她留下。

她心裡已想好說辭，只要一想到日後可以和那位顧大人過上卿卿我我的日子，她嬌美的面容上不禁浮現出幾分羞紅，冷不防卻聽上首傳來一道微啞的女聲。

「妳們的來歷，徐夫人已對我明言，徐夫人說要將妳們帶回去發賣。不過妳們也都是身不由己，我總不能看著徐夫人把妳們推進火坑裡。」

彩悅一時愣住，底下的瘦馬也都愣了，尤其是紅仙，妝容嬌豔的臉上頓時沒了血色。

所謂瘦馬，都是生來家貧，被收養後教以琴棋書畫、奇淫巧技，專門為妾的女子。等養大一些，被大戶人家挑走做妾的就算出了火坑，剩下的好一些還能被人買走做老婆，差一些的就只能被低價賣給秦淮妓館，過著迎來送往的日子。

揚州富商愛瘦馬，然而士農工商，商在末尾，是最不規矩的一流。而那些稍微講究一點的人家，都不會准許她們這樣出身的女子進門，尤其是官宦府邸，即便背地裡她們能把那些男人勾得要生要死，可一旦來歷曝光，為了面子，她們也會被掃地出門。

明明就是徐大人把她們送來的，徐夫人到底為什麼要把她們的來歷給捅出來？

彩悅滿心惶惑，不由得懷疑這是陳若弱的試探之策，她咬牙等著有人出頭質疑，卻沒想到就連性格最火爆的紅仙都沈默了。

陳若弱嗓子有點發乾，咳了兩聲，接著說道：「妳們想走的，現在就可以走了，徐大人既然是把妳們當成丫鬟送過來，戶籍想來也不用我操心。待會兒到喜鵲那裡拿了身契，再每人領一些銀子，妳們長得都挺好看的，應該不愁嫁。」

彩悅心裡冷笑，可其他人臉上卻都露出了猶豫的神色。

陳若弱的話已說完，起身要走，卻聽紅仙急聲道：「夫人，咱們能不能留在這裡？要是就這樣走了，徐大人一定不會放過咱們的。」

彩悅心裡暗叫了聲「不好」，紅仙這句話根本是承認了她們的來歷。她心裡發急，連忙補救道：「夫人，咱們被送來這裡並沒有其他意思。要是咱們都走了，徐大人保不齊心裡會有所不滿，因而加害咱們，還是您就不管咱們的死活了？」

「放肆！」喜鵲頓時斥責道：「咱家小姐好心放妳們離開，妳們不走也就算了，居然還有臉要脅咱家小姐，妳們這些……」

她話沒說完，陳若弱便擺擺手，若有所思地說：「妳們的意思是徐大人會報復妳們，就算戶籍清白也逃不過去？」

彩悅還沒來得及回話，就聽紅仙語氣急促地應道：「瘦馬要的就是個身家乾淨，官府的戶籍上可是記著咱們都是平民籍呢，還不是說賣就賣？出了這官驛，就算徐大人不來找麻煩，若再被強帶回去，不過是重賣一回……」

陳若弱沒有打斷紅仙的話，在紅仙說完之後，才繼續問道：「妳們是否見過或聽說過徐大人有什麼貪贓枉法之事？都說出來，我保證妳們以後不會有事。」

底下眾人面面相覷，彩悅咬牙，剛要開口，就又聽一個平時不怎麼說話的瘦馬輕聲道：

「去年奴婢的哥哥要把奴婢買回去，找來楊公子說合。主家買奴婢花了十八兩、養了八年，卻要抬到五百兩的價，奴婢的哥哥不服上告，然而徐大人和主家有往來，並未開堂審問，便直接判奴婢歸了主家。」說完，那個瘦馬小心翼翼地看著陳若弱的神色，又補充道：「楊公子說按大寧律，奴婢的贖身價不應超過當初買時的一半，再加上教養的花費，也不該超過一百兩。」

陳若弱聽得眉毛都皺了起來，對著那個瘦馬招招手，問道：「那妳是想走還是想留？妳哥哥肯花那麼多銀子贖妳，還告上官府，應該是真心想接妳回去的。」

「奴婢、奴婢想走……」那個瘦馬慘白的臉上泛起紅光，眼睛雪亮、雪亮的。

陳若弱朝她點點頭，讓喜鵲去把那些賣身契都拿過來，一張張發給了她們。

彩悅手裡也被塞了一張泛黃老舊的契紙，並不是瘦馬那高昂得讓人望而生畏的身價，上頭清清楚楚地寫著她被主家買來時的價錢，十六兩銀子。

陳若弱並不懂瘦馬的買賣流程，只當和青樓買賣差不多，以為是徐景年替她們弄的平民戶籍，卻不知道多數收養瘦馬的人家，都會先給瘦馬弄一個乾淨清白的身分，好賣進富貴人家，所以瘦馬的賣身契從來都只有一張，就是被買來時的那張。

紅仙盯著手裡的契紙看了半晌，忽然「啪嗒」一聲，一滴混著脂粉的眼淚落在契紙上，她連忙用袖子輕輕去擦，卻沒想到眼淚暈開，契紙上反倒繝了一塊，她馬上拿出隨身帶著的帕子，把身契疊起來用帕子包好。

人群中忽然傳來一陣陣響亮的抽泣聲，隨即就哭成一片。紅仙又哭又笑，臉上的妝都花了，她陡然朝著陳若弱跪下去，連連磕了好幾個響頭。其他姑娘也回過神來，一個接一個地跪下，對著陳若弱磕頭。

彩悅也被拉著跪了下去，但她的頭卻是無論如何也不肯低下的。她咬著牙，心裡還想著昨日欽差大人溫和的俊顏，一心認定這些全是陳若弱為了讓她們離開的計策。

陳若弱本想起身避開，卻被喜鵲按住了。「小姐，您坐著吧，這個禮您是該受的，若不讓她們磕頭，她們一輩子心裡都不安生。」

陳若弱極其不自在地受了禮，等眾人磕完，連忙擺擺手說道：「行了、行了，待會兒妳們都去做個筆錄，把妳們自己的經歷說一遍，再按個手印，這一、兩個月就暫時留在揚州城裡等候傳喚作證。妳們都別怕，聖上下旨派欽差大人過來，就是要清查這些事情的。」

先前的那個姑娘頭上都磕出紅印子來了，哽咽著應道：「都聽夫人的……奴婢跟哥哥這輩子都不會忘記夫人的大恩大德。」

陳若弱一臉笑咪咪，拍了拍那個姑娘的肩。

若是之前，眾人看陳若弱只覺醜陋，可如今再看，卻覺得這笑容就像是佛堂裡慈悲垂目的觀世音菩薩，讓人心中熨貼。

周仁昨日吃了一頓地道的淮揚菜餚，一早便興致盎然地走街串巷，吃了一肚子滿滿當當的小吃，回來又起心思，打定主意要從顧嶼那兒蹭到一頓陳若弱做的飯菜。只是人才踏進門檻，就被抓去做苦力了。

顧嶼一早就出門去了，陳若弱原先是想自己看著，讓周虎、周豹做筆錄，沒想到周虎、周豹這兩個軍中最好的探子，認字居然也不怎麼全，而筆錄這種東西，是不能由證人自己寫的。她正愁著，周仁就上門來了。

周仁穿著一身洗得發白的藍袍，苦著臉坐下去磨墨，瞧著不像個相府公子，反倒像是路邊替人寫字為生的窮秀才。

陳若弱就站在他邊上不遠，盯著他寫字。

紅仙是頭一個上前的，她哭得妝容都糊了，胭脂和眉粉青一塊、紅一塊的，看起來有些驚悚。

周仁卻沒什麼反應，一副早已習慣的樣子，對她點點頭，示意她開始講。

瘦馬也分三六九等，紅仙相貌豔麗，買來時足足花上二十兩銀。只是她沒什麼才情，也沒有算帳、管事方面的天分，學了十來年，不過是一些尋常勾引男人的技巧，身價也不如彩悅高。她的官話倒是極為好聽，不帶半點南方口音。

周仁才提筆記下幾行，就抬眼看了看陳若弱，有些徵詢的意思。「嫂夫人，這些不用記吧？就算拿到堂上當作供詞，也沒有可以判處的罪名。」

「買賣良籍給人做妾，沒有罪名可以判的嗎？」陳若弱驚訝道。

周仁熟讀大寧律，聞言點點頭，看了一眼紅仙，補充道：「父母買賣子女合乎法理，所謂瘦馬……那些人家從父母手中將幼女買來，以收養為由教養她們長大，送進商賈府邸做妾也是以收取聘禮為幌子，並無違法之處。」

紅仙的臉色有些發白，急急辯解道：「主家還會把挑剩下的次品賣進妓院。」

周仁露出一個同情卻又無奈的神色。「父母買賣子女是合法的，按大寧律，養父母只要能拿出供養孩童五年以上的憑證，就等同父母。」

陳若弱的眉頭擰起，若有所思。

周仁的筆端在硯臺上點了點，見一院子人都是一副有苦難言的模樣，忍不住嘆一口氣。

他剛要開口說些什麼，就聽陳若弱忽然拍了下手，說道：「但之前又沒有人把這些事情上報給朝廷知道，律例是死的，人是活的，聖上那麼英明，只要瞭解前因後果，一定能做出公正的判決。」周仁一愣，陳若弱對他笑了一下，又道：「周公子只當幫我個忙，將這些女子的冤屈記下。聖上是個好人，他一見到難民苦楚，就派人來查，要是知道瘦馬一事，肯定也會做些什麼的。」

紅仙的嘴唇微微顫抖，似乎有些不敢置信。「聖上？」

陳若弱認真地點點頭，看了紅仙一眼，笑著解釋道：「淮南道的難民逃到京城，正好撞見聖上微服私訪民情，才有了這次派欽差前來查案。妳別怕，這次的事情聖上他老人家一定會管的。」

周仁嘴角微抽，看陳若弱一臉認真的模樣，只覺得她和那些朝上厚著臉皮拍龍屁的大臣是一家子，區別在於她是真心實意地覺得聖上是個天大的好人。

紅仙擦乾眼淚，把自己的經歷統統講了一遍，其餘女子也都一一上前來。

周仁才記了五、六個人，外頭就有人通報，說是欽差大人回來了。

顧嶼不是一個人回來的，他走時只帶了兩個隨從，回來的時候後頭卻跟著一大幫穿得破破爛爛的平民百姓。

陳若弱才迎出來，就被喜鵲驚叫著拿帕子蓋住她的頭臉。

「周虎、周豹，你們把這些鄉民安置在官驛的空房裡，過午再帶到公堂上，讓他們做個口供……罷了，還是先帶他們去洗個澡、吃些東西，其餘的事情之後再說。」顧嶼吩咐道。

周豹連忙應下，周虎則眯著眼睛打量了一下被顧嶼帶回來的鄉民，也跟著點點頭。

這些鄉民一個個面黃肌瘦，瞧著可憐得很，他們像一群小雞崽似地，跟在周虎、周豹兩兄弟後頭走了。

周仁從陳若弱身後轉出來，對著顧嶼露出一個假到不行的笑容，還作了個揖。「方才來串門子，替嫂夫人做了一早上的苦工，文卿兄可再沒有理由攔著開餘蹭一頓飯了吧？」

顧嶼收攏手裡的摺扇，笑了笑，還沒說話，陳若弱就把臉上的帕子揭下，幾步跑到顧嶼身邊，替他擦著額頭上的汗，有些心疼地說：「怎麼把臉曬得這麼紅？你一大早去哪兒了？餓不餓？我方才也忙活了一早上，都沒來得及做飯呢。」

「無妨，倒是周兄看起來頗為勞累，這是……」顧嶼一邊看著周仁，一邊打開摺扇替陳若弱搧了搧風。

周仁才要訴苦，就聽陳若弱垂下頭小聲地說：「原以為能幫上你什麼忙的，結果又攬下一樁事情給你，都是我不好。周大人是在幫我記下那些女子的口供，還沒做完呢。」

顧嶼一聽，瞬間明白了，他伸手揉了揉她的髮，溫聲說道：「正好連同難民一案一併上報天聽，這等齷齪之事早該懲戒，聖上不會放著不管的，夫人做得很對。」

前世黃輕查案，因一樁案子不得不和一位秦淮名妓打上幾回交道，得知所謂揚州瘦馬的內情，便將瘦馬一事和淮南道案情一併上達天聽。只是當時周餘半路被人滅口，負責難民一案的太子被弄得焦頭爛額，無暇顧及其他，因而把瘦馬一事拋在了腦後。

之後新君立下新法，規定父母不得買賣子女入賤籍，一力促成此事的便是黃輕和他。事實上連他當時都不知道自己為什麼要幫黃輕，後來想想，大約是覺得若弱如果在，一定會督促他的。

陳若弱原本打算先認個錯，再好好解釋一下的，沒想到才認了錯，就被寬慰了，她的臉上頓時泛起了薄紅。

周仁到底還是沒能蹭到陳若弱做的一頓飯，畢竟她一早上就忙來忙去的，也沒來得及煮些什麼，他只好唉聲嘆氣地走了，不知道的還以為他受到什麼苛待。

官驛的廚子是精心挑選過的，做的菜也很有淮揚菜的特殊風味，陳若弱起初沒感覺，吃了幾道之後，才發覺送來的菜餚都沒有辛辣的。

食不厭精、膾不厭細，清淡養生卻又滋味十足，是淮揚菜的特色。

吃飽飯後，顧嶼和陳若弱說起他今早的行程。

「今日去了一趟元化，剛開始里正說家家有餘糧、戶戶得安生，入鄉所見，似乎是真。後來我讓人押下里正，謊稱周餘已伏法，果然查出不少事情。」陳若弱抬起頭看向顧嶼，見他端起茶盞，喝了一口，又道：「早在幾天前，周餘就派人到附近的鄉鎮做手腳，無論我去哪個地方，都會得到差不多的結果。只可惜周餘調任過來沒幾年，積威也不算深，只是詐一下就現形了。」

陳若弱知道他是在向自己解釋今天早上的去向和案情的進展，連忙點點頭，追問道：「那是要把這些人的口供都記下，再指認周餘嗎？」

顧嶼抿了一口茶，淡淡地笑道：「不，要先從徐景年下手。周餘好辦，但周餘身後的人可不好辦，這條線索不好早早地斷開。」

雖然才來這裡兩天不到，徐景年卻已成為陳若弱最討厭的人之一，能把這徐景年給辦了最好。可她還是有些不安，猶豫著說：「好大一個官呢，真能說辦就辦嗎？那些鄉民們的口供能頂用？」這不只是她一個人的想法，也是淮南道很多人的想法。

顧嶼彎了彎嘴角，眸子裡卻折射出冷意，輕聲說道：「聖上讓我過來，就是為了查辦官員，不是周餘，至少也得是徐景年，否則難平民怨，容易生事。」

陳若弱有些聽不懂了，不過她還是點點頭。不知道為什麼，她總覺得顧嶼很可靠，他說出來的話不會有假，就算哪一天顧嶼告訴她天地是圓的，她也會相信。

第十九章 肉鴿

周虎、周豹帶著一眾鄉民去吃了一頓飽飯，又讓他們洗了個澡，拿官驛裡下人的乾淨衣裳給他們換上。

顧嶼原本想讓他們到公堂上記口供，沒想到這些人一聽說周餘沒死，還要記口供指認官員，就都害怕了，一個個腳底發軟，還有試圖逃跑的，全被周虎逮小雞似地拎了回來。

揚州公堂是去不了了，顧嶼讓人把周仁叫來，又找來一些識字的下僕，然後先挑出幾個膽子大的、願意指認周餘和徐景年的鄉民，給他們記口供。另外，他讓周豹拿著他的欽差金印，去揚州駐軍大營調五百廂軍過來。

欽差持金印，有調動當地衙役廂軍之權，只是真的去調兵的欽差幾乎沒有。

周仁不明所以地看向他，顧嶼卻不在意，不是他多惜命，而是上一世黃輕的經驗告訴他，為避免麻煩，調兵是最好的選擇。

欽差調兵的數量是有限額的，若在隴右道那樣山賊、盜匪橫行的地方，上千兵馬是底數；在江淮，若不遇民亂，五百則是極限。因為無論去到江淮哪個州府，府衙內的衙役之流也只得二、三百人，要是可以調的兵多了，便有威逼官府之嫌。

周豹拿著金印和顧嶼的調兵手諭去了，而官驛內的鄉民見已有人前去記下口供，又見顧嶼確實是京城來的高官子弟模樣，心頭憤怨一生，到底還是一一上前做了筆錄。

和顧嶼料想的差不多，鄉民們本身很少會有勇氣去指證御史等級的朝廷命官，就連敢指認徐景年的都沒有，大部分人說的無非是里正欺壓鄉民的齷齪事，至多有些頭腦靈光的，說出一些揚州府衙派人收糧的內幕，再多就沒有了。

他並不意外，讓周虎把綁在車駕後、一路跟著走回來的里正押過來，按著跪在太陽底下，也不問話，還用白布堵住里正的嘴。他又對周虎囑咐了幾句話，便轉身進去正堂。

周遭的鄉民們起初瑟縮著，不敢對上里正的眼，連靠近都不敢。可過了好一會兒，鄉民們的膽子也大了一些，還有個最先錄口供且會說官話的瘦小男子，討好地蹭過來，問周虎道：「這位大哥，小的想代鄉親們問問，不知道欽差大人要怎麼處置里正老爺？」

周虎瞇著眼看向瘦小男子，說道：「大人方才已派人去抄他的老窩，你們是人證，抄來的物件便是物證，查實後蓋個大印，就算結案了。要是里正認罪認得俐落點，還能給個好死，要是拖拖拉拉地不肯認罪……你聽說過凌遲嗎？」

瘦小男子愣愣地搖頭。

周虎瞥了一眼跪在地上、面露恐懼之色的里正，似乎來了興致，他拿起腰間的佩刀比劃一下，獰笑道：「你們這種小地方，沒做這個活計的精細人，判罪之後，還得從京城天牢裡調一位操刀手來。凌遲所用之刀，就手指頭大小，一刮就是一條細肉，先從手臂開始，把上頭的肉一條、一條地刮下來，一共得下三千六百刀；從頭一天行刑，要刮到第二天入夜才能刮完。」

他說得實在是滲人，不僅里正嚇了個半死，就連邊上豎著耳朵的鄉民們，都聽得心裡直發毛。這樣還不夠，周虎一抬眉毛，又道：「不過這也要看人，有的犯人能將三千六百刀一刀不少地受完；也有那才刮了百十來刀就活生生被疼死的，若這樣的話，操刀手就得受罰。依我看，你們這位里正一身肥肉，就算只是刮油也能刮個上千刀，而那被凌遲的犯人都是罪大惡極，因此刮下的肉要讓人分食，到時候跟里正有仇的，都記得來分一條肉啊。」

瘦小男子吞了吞口水，反觀那里正竟嗚咽一聲，尿了褲子。

里正見周虎正瞇著眼看過來，似乎在打量著自己身上哪塊肉好吃，頓時拚命地搖起頭，滿頭、滿臉都是模糊的汗和淚，像個油膩的大白麵饅頭。

周虎冷笑一聲，沒有搭理里正。

瘦小男子顫抖著退回鄉民之中，跟不懂官話的人解釋後，頓時人群裡傳出一片倒吸氣的聲音。

周虎沒有想太多，正要去向顧嶼覆命，就聽身後響起一道淒厲又帶著濃重口音的叫聲。

「特豁該哩！窩嘎老劉匣子，就似讓特弄到沈內給人切掉咯滴！」

周虎聽不懂，不過這話一出，鄉民們頓時寂靜無聲。先前那個瘦小男子的臉上逐漸浮現出恨意來，原本瑟瑟發抖的鄉民們居然也都不怕了，不知是誰就地撿起一塊石頭，朝著跪在地上的里正狠狠地砸去。

鄉民群情激憤，周虎見情勢不好，隨即壓住一個正上前襲擊里正的老人，冷聲斥道：「你們做什麼，退後！」

老人拚命掙扎著要朝里正衝過去，周虎雖然能輕而易舉地將老人制伏，但老人的身軀實在是太過乾瘦，他怕自己稍微用點力氣，就會把老人打死，故而只是用巧勁制住了老人。

「里正有罪，也得等我家大人結案之後再作處置，你們眼中還有沒有王法了？」

鄉民們大部分都聽不懂周虎說的話，瘦小男子連忙快速地用方言把周虎的話和鄉民們重複一遍，隨即用官話叫道：「大哥，咱們都曉得的，再也不敢了，您快放開王老二吧。他孫子就是被里正賣去城裡做肉鴿的，這幾年他頭腦都不清楚了，不是有意的！」

周虎疑惑道：「肉鴿？」

王老二瘦削的身軀被這兩個字刺激得一震，隨即不知是從哪來的力氣，竟掙脫了周虎，撲到里正身上，抱著里正的腦袋，惡狠狠地咬了下去。

里正手腳都被捆著，只能害怕地扭動身軀。

周虎上前，拿捏著力道，一掌拍在老人後脖頸處，將人拍暈了過去，然後轉頭問那瘦小男子道：「什麼是肉鴿？」

瘦小男子似乎有些難以啟齒，見周虎目露冷光，才吞了吞口水，說道：「揚州城裡的老爺們說，人肉吃起來像是鴿子肉的味，但要好吃得多，所以被賣去給他們吃的人……就叫肉鴿。平時買個人只要十兩、二十兩銀子，但肉鴿只要不超過十歲的小孩子，能賣一百兩。」

周虎這般壯實的一個漢子，聽見這話都忍不住打了一個寒顫。

顧嶼聽見外頭動靜，剛跨出門檻，就聽見瘦小男子的話，他的臉上沒有太多表情，只是眼神瞬間冷得像冰刀。

里正臉上被咬出好幾個血洞，堵嘴的布條拿下來之後，兀自痛叫幾聲，見周遭人看過來的眼神十分狠戾，里正趕緊縮了縮癡肥的身子，不敢再出聲了。

顧嶼一出來，原本吵鬧著的鄉民們頓時安靜下來，即便不知道眼前這位大人到底是幾品的官，卻清楚明白他是能替他們作主的欽差大人。

周虎讓瘦小男子把王老二扶到住處去休息，回頭對著顧嶼行了一個禮，才要向他稟報剛才發生的事，就見顧嶼擺了擺手，說道：「我都聽到了。」

他的聲音不高不低，卻能讓這院子裡所有人都聽見。「請各位鄉親放心，盛世之下，如此惡行若不嚴懲，天地共憤。此案一日不結，顧嶼一日不歸京，今日本官在此立誓，必除惡務盡，還淮南道一個朗朗青天。」

顧嶼很少立誓，對他來說，說不如做，與其說那些不務實的承諾，不如踏踏實實定下目標，朝著目標去做。但今日，對著這一張張愁苦乾瘦的臉，他知道這個誓言，必發不可。

鄉民們有很多都聽不懂他的話，有人拉了拉瘦小男子的衣角，想問他欽差到底說了些什麼，卻只見到瘦小男子睜著一雙不大的眼睛在流淚。

里正被押下去錄口供，周虎的動作十分粗暴，一副恨不得一把捏斷他脖子的凶煞模樣。他被嚇了個半死，還沒怎麼用刑，就一五一十地把他所知道的事情都說了出來。

原本里正一聽說周餘還活著，就打定主意咬緊牙關，絕不招供，畢竟堂堂三品御史想把他弄死，就跟捏死一隻螞蟻沒什麼區別。可瞧著顧嶼一副天不怕、地不怕，勢必要把淮南道掘地三尺的樣子，他的直覺告訴他，這個欽差的官職沒準比周御史還要高。

他不求自己被放出去，只希望別再把他和那些鄉民們關在一起，他是真沒想到這些平時畏畏縮縮的鄉民急紅了眼，竟如此殘暴。

里正這會兒乖得不行，只是他知道的也有限，至多指認揚州府衙裡一些小吏之罪，雖然大家都心知肚明這些小吏後頭站著的是誰，可畢竟沒有直接的證據。

顧嶼拿到口供後，也不意外，讓周仁拿去整理了一下。

正好周豹也回來了，他不是一個人回來的，身邊還跟著一位四十來歲的廂軍校尉，而五百廂軍一個不多、一個不少地全站在官驛外頭。

廂軍校尉行了一個軍禮，簡單地自我介紹一番，才冷肅著面容，對顧嶼說道：「大人此番調兵，不知是遇到何事？欽差雖有調兵之權，但若只是要讓下官帶兵看門，恕下官難以從命。」

顧嶼語氣溫和。「趙校尉想多了，自然有事才會請兵，現下正好有一樁急事，得讓趙校尉去辦。」

趙校尉瞇起眼睛，又聽顧嶼說道：「有勞趙校尉帶三百兵士去到揚州府衙，將揚州刺史徐景年及其下所有官吏，一同押入大牢候審。」

按大寧兵制，十人一火，五火一隊，二隊一官，二官一曲，二曲一部，二部一校，因此擁有實權的校尉手底下大約掌管八百來號人，這在西北不算什麼，可在太平州府就算得上是個大人物了。

趙狄來的時候滿心不忿，心想京城來的公子哥兒就是愛折騰，有府衙裡的人手使喚還不夠，居然要調兵充臉面。可一聽顧嶼這話，他整個人都懵了，腦海裡就只剩下一句話……

這他娘的還不如讓老子來看門呢！

刺史底下的官吏少說也有二、三十人，全部押進大牢候審，這是要叫停整個揚州府衙啊！就算是天皇老子來了，也沒有這麼隨隨便便抓人的。

趙狄當下整張臉沈了下去，只道：「大人莫非是在耍下官不成？」

顧嶼從周豹那裡取回金印和手諭，聞言抬眉道：「聖上派本官來，是為徹查淮南道官吏欺民暴政之事，如今有鄉民上告，證據確鑿，本官既承天子旨意，理當押被告待審，有何不對？」

「可押下揚州府衙的所有官員，府衙如何運轉……」趙狄話未說完，就見顧嶼眉頭舒展，微微地笑了。

「一州之地，數縣之大，本官白日坐堂，代行揚州刺史之職，過午審查案情。至多數月光景，朝廷就會另派人前來接管，又有何難。」

顧嶼的語氣輕描淡寫，趙狄卻是心中一驚，他本想反駁，可又找不出什麼理由來，索性「哼」了一聲，冷笑道：「行，下官就聽大人這一遭，萬一日後朝廷怪罪下來，大人可別拖下官下水才好。」話一說完，便留下二百兵士守在官驛門口，轉身就帶著整整齊齊的廂軍行列離開了。

顧嶼瞇了瞇眼睛，微微地搖搖頭。

早上帶回來的鄉民們一一錄下口供後，就被留在官驛外院的空房裡。

至於那些被放出去的瘦馬們，陳若弱給她們一人一些銀兩，叮囑她們先找個地方住下，不要離官驛太遠，這些女子也紛紛應了。

只有彩悅，她拿著身契和幾兩銀子站在官驛外頭，整個人有些茫然。打從她被賣掉起，受到的所有教導都是要如何去討好男人，憑她的姿色，等著她的只有享不盡的榮華富貴。她原本是這麼認為的，可事實卻是她被人趕出來了，甚至只拿一點打發乞丐般的銀兩給她。

紅仙出來的時候，臉上的妝都洗乾淨了，還換上一身粗布衣裳，倒像是個相貌格外清麗些的平民丫頭。路過彩悅身邊的時候，紅仙的步子停都沒停，心想得趁著天還沒黑，趕緊找個地方住下來。

明日是七夕，原本就十分繁華的揚州城變得更加熱鬧。

趙狄帶著三百兵士，浩浩蕩蕩地從官驛一路行到揚州府衙。

當兵士們氣勢洶洶地衝進揚州府衙，把那些戴著烏紗帽、身穿青官服的官老爺們一個個捆著揪出來的時候，揚州的老百姓們不禁懵了。

「最前頭的那個是刺史大人？」

「可別胡說！快躲開，當心讓官老爺記了臉，回頭找你麻煩。」

「這是怎麼回事啊？兵老爺們要造反了？」

趙狄心裡冷笑，這可是欽差的命令，就算日後追查下來，他不過是因為金印而聽命於欽差，可不關他的事。

這會兒正是過午沒多久，徐景年才用過膳，堂還沒開，正準備去午睡，就被趙狄手下的兵士給拎出來，動作極其粗魯地綁了。

刺史主管州府政務，卻也兼管廂軍財政，這幾年可勁兒地貪了不少，平日這些廂軍沒少罵徐景年，趙狄也就睜一隻眼、閉一隻眼。

徐景年頭髮散亂，身上只穿了件中衣，一點也看不出來平時的體面模樣。他起初還一臉茫然，等到被拎出去，一幫低賤百姓對著他指指點點的時候，他頓時清醒過來，揚聲大叫。

「吾乃揚州刺史，你們無權抓本官，小心本官一道摺子上去……」

趙狄趁著徐景年沒往後看，狠狠一腳踹在他的屁股上，徐景年馬上正面朝前一撲，倒在地上，摔了個鼻青臉腫。

「哎喲喂！這是怎麼了？你們還不趕緊把徐大人扶穩了，快、快、快，把人扶好。」趙狄一副剛從後頭擠過來的樣子，貌似關心地喊道。

徐景年這會兒總算看到一張熟面孔，也顧不得屁股和臉生疼，連忙抓住趙狄的袖子，急聲問道：「趙校尉，這到底是怎麼回事？本官兩袖清風，從無貪贓枉法之事，卻受此辱，若不給個說法，日後本官又有何顏面掌管一州之政。」

趙狄心想你那政務可有人已經準備接手了，表面上卻是長吁短嘆地直搖頭。

「趙校尉，是不是欽差大人讓你來抓本官的？昨日我同欽差大人在宴席上有些誤會，許是欽差大人在開玩笑……」

徐景年心中沒底，畢竟周餘很有可能是第一個出賣他的。要是再給他一點時間，他確信能把自己所做之事全部抹去，但哪有欽差剛來第二天就抓人的？

趙狄只是嘆氣，不一會兒才壓低聲音說：「徐大人，咱們也不是外人了，下官就實話告訴您吧。方才官驛來人，說欽差有令，讓下官點齊兵士過去，誰知道是來抓您的啊……下官還跟欽差大人說咱們揚州人裡，有幾個不知道您是多清廉的官，千萬別抓錯人吶。」

徐景年的眉頭緊緊地擰了起來，聞言追問道：「那欽差大人是如何說的？他要定本官什麼罪名？」

趙狄朝四面看了看，聲音壓得更低，幾乎是靠在徐景年的耳邊說話。「欽差大人說了，他是從御史大人那兒得來的消息，要告您五條大罪呢，且樁樁件件都是要死人的。下官看他說得斬釘截鐵，想來是有了證據的，不過依下官看來，肯定有人要害您。您只要照實了說，欽差大人但凡講理，一定不會冤枉您的。」

徐景年滿頭冷汗，心裡差不多已經能肯定，這件案子上頭一定十分重視，怎麼都要有個結果出來，所以周餘才想要過河拆橋，把他推出去做替罪羔羊。那個京城來的鎮國公世子，說不定就是和周餘身後之人有所關聯，如今打定主意要讓他揹這個黑鍋。

他已經加派人手去湮滅證據了，明明只要再幾個晚上就好……誰承想，居然功虧一簣！

徐景年被兵士們押著往前行，走著、走著，忽然咳了起來，臉色發紅。

趙狄朝他看了一眼，就見他吐出一口血來，暈了過去。

顧嶼在正堂和周仁整理里正招出的口供，能直接指認揚州府衙的情報幾乎沒有。

周仁有些發愁起來，見顧嶼仍舊一副氣定神閒的樣子，頓時佩服得五體投地。

「我說文卿兄，今兒個這攤子你算是開張了，但沒半點生意還是得關門啊。你到底是怎麼想的，能不能指教愚弟一二？」

顧嶼瞥他一眼，手裡的摺扇一合，淡聲說道：「不必這般陰陽怪氣地說話，我確實沒有直接指證徐景年的證據，也確實讓廂軍去抓走整個揚州府衙上下的人，可在接下來的幾天之內，一切將會變得證據確鑿。」

周仁一臉苦相。「再多給你幾個月，你是不是要把整個淮南道翻了個底朝天？文卿兄，你要是再多來幾遭，愚弟可受不住刺激啊。」

顧嶼聞言，只是揚了一下眉毛，笑而不語。

趙狄回來得比顧嶼想像的要快得多，不過小半個時辰，揚州府衙空，揚州大牢滿，趙狄連走路都直生風。只是一見到顧嶼，他頓時拉下了臉，一副迫不得已的模樣。「下官已經按照大人所言去做，這些日子下官會帶著人守衛官驛，還請大人放心。只是日後朝廷追究下來，還請大人照實了說。」

顧嶼似笑非笑地看他一眼，道：「定如校尉所言。」

趙狄點點頭，又似乎想起了什麼，深深地嘆一口氣道：「徐刺史在路上出了些意外，先是摔破相，又怒急攻心吐了血，下官已讓大夫去看過，說是中風的前兆。大人要是有什麼急著問的，得趕在徐刺史下次犯病之前問清楚。」

徐景年至多不過三、四十歲上下，在這個年紀中風是很少見的，看來朝廷派遣欽差下江淮的這些日子裡，徐景年倒是沒少操心。

顧嶼的目標並不是徐景年，聞言倒也不大著急，問過徐景年目前的情況後，他並沒有像趙狄猜測的那樣立即去提審徐景年，反倒讓人備好官轎，要去一趟揚州府衙。

趙狄才帶著人馬去踏過一回，自然知道府衙裡頭是什麼狀況，不禁有些尷尬地暗自摸了摸鼻子，又在顧嶼看過來的時候一臉正色，抱拳行軍禮道：「接下來的幾日，下官會隨行欽差大人左右，大人若有什麼用得上下官的地方，儘管下令。」

顧嶼點點頭，讓趙狄仍舊留下兩百人守衛官驛，其餘兵士一半去護衛揚州大牢，另外一半由趙狄帶隊，跟在他身邊守衛。

第二十章　翻天

揚州府衙這會兒人去樓空，不在抓捕名單中的衙役和書吏們早已被嚇破膽子，見顧嶼一來，他們馬上規規矩矩地站到一邊，死都不敢抬頭。

好在顧嶼也沒有為難他們的意思，瞥一眼滿地狼藉，只說道：「兩刻鐘之內收拾好府衙，要是少了什麼東西，找這位趙校尉討。」

趙狄笑得憨憨的，似乎沒聽懂顧嶼的話。

顧嶼沒工夫和趙狄較真，他走到公堂上取來紙筆，想也不想地落下一紙近百字的告示，又叫來府衙裡負責謄寫告示的書吏，讓他們謄上百十來份，由趙狄底下的兵士親自公布到揚州城中各處的告示牌上；最後再餘下幾十張，交由驛站的快馬，發到淮南道各處縣衙，讓他們自行布告。

書吏不是官員，沒有品級，和衙役的地位差不多。幾個書吏戰戰兢兢地接過欽差大人手裡的紙張，入眼就是一份清雋的筆跡，還來不及仔細欣賞，幾人就被這紙張上寫著的字給嚇到了。

天子聞淮南酷吏橫行，使本官代天巡狩至揚州，路遇鄉民上告，今將揚州刺史徐景年及其部下一干人等下獄。自今日起一月之內，有冤者請至揚州府衙，事從急報，望奔走告之，一旦查實罪狀，必有重懲。

這、這是要翻了淮南道的天不成？

顧嶼前世做過州刺史，也做過御史，曾深入百姓之中，觀聽百姓疾苦。他深知若想要讓受屈蒙冤的百姓們上告有惡行的官員，空口白話是絕不可能做到的。

百姓對官員有一種天生的敬畏，尤其是地方官員大都枝葉相連，牽一髮而動全身，官官相護，百姓們經常上告無門，更有甚者會招來惡果。其他的百姓看在眼裡，自然也失去上告的勇氣。

想要讓這些人重新提起勇氣，首先得讓他們知道，這些官員並非他們所想的那般不可撼動。因此他讓趙狄帶著徐景年一眾人等，繞行大半個揚州城後才下獄。

第二要讓他們明白，欽差是代天巡狩，他來淮南道，就是為了聆聽百姓疾苦，只要證據足夠，不說是一個徐景年，就是十個、一百個，也會受到該有的懲罰。

趙狄琢磨了一會兒，心裡頓時升起一絲遺憾，要是能早點猜到顧嶼的心思，知道徐景年肯定得揹這個鍋，他方才就可以直接和徐景年撕破臉，不用好聲好氣地說話。

等到衙役們將揚州府衙收拾乾淨，書吏們的告示也都謄抄好了，趙狄便找來幾個親近的部下，正要讓他們去張貼公告，此時外頭有人來通報，說是御史大人到了。

顧嶼對御史周餘這個名字並不陌生，當年因為周餘，牽連出無數官員，那一陣子午門外天天有人被推出來殺頭。一個人被處死還是好的，有好幾回都是滿門抄斬，上到白髮蒼蒼的老太爺，下到剛出生的嬰兒，午門外的青磚被血染紅一大片，好一陣子都無法洗乾淨。

聽說周餘來見，顧嶼心裡有一種說不出的情緒，他頓了頓，才讓人把周餘請了進來。

按照元昭帝給的官職，顧嶼和周餘應是同級，不過自古欽差見官高一級，因此周餘進門，顧嶼沒有上前相迎，照理說周餘該先行平級禮。

周餘是個年過半百的老官，兩鬢微白，面上留著白鬚，看起來有幾分威嚴。

顧嶼抬了抬眼皮，並沒有要對周餘行禮的意思，偏生周餘也沒有，兩人對視一眼，各自笑了，同時拱了拱手。

「周大人若是要來替徐景年說情的話，那就免了吧，此人罪無可赦，其罪狀本官稍後會列上一份，轉呈御史府，還請周大人見諒。」顧嶼不避不讓地立在原地，沒有半分後生晚輩的侷促，就像是在對待一個尋常同僚，語氣十分溫和。

周餘原先是京官，雖然與鎮國公府素無往來，但也同幾位勛貴有些交情，原本還想來一句「賢姪」套套交情，卻被顧嶼看破來意。不過周餘的臉色絲毫未變，反倒認真地點點頭，說道：「徐景年其人，老夫也聽說過他的一些荒唐事，先前不處置他，是苦於沒有證據。如今顧大人既然已經有了證據，老夫自然是樂見其成。」

顧嶼適時地露出「原來如此」的表情，周餘看不出破綻，面上不禁泛起幾分肅然之色，說道：「老夫此次前來，是為顧大人將揚州府衙一干官員都押入大牢一事。」

顧嶼微微側頭，看向周餘，擺出一副洗耳恭聽的姿態。

周餘心中不悅，面上卻不顯，只是長嘆一口氣，說道：「老夫也有過年少氣盛的時候，理解顧大人寧可抓錯、不願放過，只是這麼做，是否鬧得太大了一點？揚州府衙掌管治下十數個大縣，每日裡公務往來頻繁，莫說是停上一、兩個月，就是幾日都會出問題。老夫想勸顧大人，不如先將查案放一邊，儘快核實一些官員的清白，放他們出來，好教揚州府衙能運轉通暢啊。」

「周大人的意思本官明白，只是聖上派本官來查案，終究是案子本身更要緊一些。不過周大人的擔心不無道理，故而本官已決定在揚州查案的這些日子，由本官和周副使代替徐景年行揚州刺史之職，另已上書奏請聖上，儘快調派適合的官員赴任，好補上這些缺漏。」顧嶼笑著說道。

聽到這話，周餘的眉心緊緊地擰起來，看上去一副憂國憂民的樣子。

顧嶼見狀，馬上寬慰道：「周大人不必再多言，本官方才已初步了解過揚州府衙的事務，若實在做不來，就有勞周大人幫襯一二了。」

周餘的眉頭挑了挑，卻又很快地壓下去。他摸一摸鬍鬚，半晌，才看似十分為難地擺擺手道：「罷了。唉，你們這些年輕人啊……不過顧大人的出發點也是好的，都是為了朝廷辦事，老夫只好能幫多少是多少了。」

顧嶼笑而不語，貌似感激地親自送周餘出門，等到離其他人遠一些後，他才壓低聲音對周餘說道：「先前本官抵達揚州時，就被徐景年擺了一道，當時只以為周大人和徐景年是狼狽為奸、蛇鼠一窩，故而氣急，落了周大人的面子，還望大人不要同本官計較。此案既然已經有徐景年頂上，日後牽連不會太廣，家父同定國公是至交好友，來時定國公也有所囑託，大人只管放心就是。」

周餘心頭一跳，有些疑惑地看向顧嶼，他曾經是定國公門客，不過那是很早之前的事情了，這些年他雖然和定國公府在背地裡有一些往來，明面上的關係卻早就斷了。先前就算是想和顧嶼套交情，他也從沒想過把這一層關係告訴顧嶼，卻沒想到會被顧嶼一語道破。

顧嶼面上並沒有什麼異色，反倒是一派光風霽月、謙謙君子的模樣，然後無聲地說了一個數字，看著周餘的眼神裡帶著些許深意。

周餘的心頓時安定下來，早前知道朝廷要派欽差來的時候，京城那邊就給他傳了信，正巧趕在顧嶼來的頭一天。信上讓他儘快湮滅證據，說這次派來的欽差來頭極大。

他提心吊膽了整整兩日，這會兒著實鬆了一口氣，看著顧嶼也沒有那麼討厭了。他拍了拍顧嶼的手，同顧嶼交換一個他自以為心照不宣的眼神。

顧嶼微微地笑了。

已是宵禁時分，揚州城的大街上空蕩蕩的，趙狄走在轎子外頭，將顧嶼送回官驛。駐防大營離官驛有一段路，趙狄留了些人手值夜，和顧嶼約好明日再來，就帶著剩下的人離開了。

顧嶼本以為陳若弱已經睡下，沒想到一進內院，燈火通明，隱隱約約還有一些說笑聲傳來，月光拂過樹梢，恍然如夢。

一陣涼風吹來，吹散了顧嶼的愣怔，他彎了彎眸子，讓外頭把守的周虎不要出聲，穿過正堂，走到內寢門前，便聽見裡頭陳若弱和喜鵲正在說話。

「好了，妳們去睡吧，我再等一會兒。他要是不回來，一定會讓人帶信的。」陳若弱固執地說。

喜鵲聞言勸道：「小姐，這馬上都要二更天了，姑爺要是一直不回來，您就這麼乾等著？」

陳若弱揉了揉痠澀的眼，打了個哈欠，說道：「我鍋裡熱著湯呢，又不是專程為了等他，一會兒我還得過去看看火。妳們都去睡吧，以後都要嫁人的，要是熬夜熬多了，可就不漂亮了。」

喜鵲還要再說，翠鶯拉了拉喜鵲，使了個眼色，喜鵲便不吭聲了。

陳若弱一手一個，把她們直往外頭推。「我煮了整整一大鍋湯呢，明天給妳們也嚐嚐看，這南方又熱又濕，是得補補身子了。」她笑嘻嘻地說著，將不情不願的兩人推到門前，正要伸腳去勾門，就見顧嶼已推門進來。

喜鵲和翠鶯連忙讓到邊上，向顧嶼行禮。

陳若弱一見到顧嶼，嘴角就忍不住地直往上翹，眼睛亮晶晶的。見喜鵲和翠鶯還站在那兒，她連忙繼續剛才的推人大業，一手一個把她們往外推。「快去睡，睡個好覺。」

顧嶼彎著眸子，看她把兩個丫鬟推出去，然後緊緊地關上了門。

她一回頭，就盯著他直發笑，好像眼裡、心裡只剩下他一個人似的。

「剛才天還沒黑，人家周公子就回來了，這都好長一段時間了，你怎麼這麼晚啊？」發覺自己根本掩飾不住上揚的嘴角，陳若弱索性背過身去，故意壓沈聲音問道。

之前陳青臨裝凶的時候，就是用這種沈沈的語氣，都要把她給嚇壞了。陳若弱有些得意地想，這回一定能嚇住顧嶼。

顧嶼嘴角上翹，從背後抱住了她，語氣低緩又溫柔地說：「是我不好。事情瑣碎，處理得太晚，我該和周兄學習一下如何偷懶，把事情推給別人去做。」

陳若弱「噗哧」笑出聲，用側臉蹭了蹭顧嶼的脖頸，語氣軟了下來。「沒有讓你偷懶，不過該歇息的時候就要歇息，這麼多事，哪是一天就能做完的。你天天睡得晚、起得早，長久下去，身子怎麼吃得消啊。」

已經許久沒有人在他耳邊絮叨這樣的話，顧嶼閉上眼睛，溫順地點點頭。

陳若弱轉過身來，抱住了他的腰，小聲說道：「我聽說好多大官做到後來，身子都不是很好，你千萬別這樣，得趁著年輕把身子養好才行。你不是說過等你不做官了，還要帶我回西北頤養天年嗎？」

顧嶼撫摸著她的頭髮，用指腹刮了刮她的眼角，眉眼微低。「好。」

就這麼靜靜地抱了一會兒，陳若弱忽然跳了起來，差點沒撞上顧嶼的鼻子。她急急忙忙地推開他，一邊朝著門口跑去，一邊大聲哀叫道：「我的蓮子豬心湯！」

顧嶼愣怔一下，隨即忍俊不禁，笑眼彎彎地看著她用兩手撩起裙襬，大步直朝外頭跑去，半點大家閨秀的風範都沒有。他起初只是低聲笑著，最終還是忍不住哈哈大笑起來。

湯到底是沒燒乾，只不過蓮子有些糊了，陳若弱不禁在一旁唉聲嘆氣起來。

顧嶼笑著搖搖頭，替她盛了一碗湯，又給自己盛了小半碗。他嚐了嚐，眉頭微微地舒展開來。

「熬的時間有些長了，湯的味道不好，蓮子也爛了，倒是把豬心燉得透透的……」陳若弱喝了一口湯，挾了一片豬心吃，一邊吃，一邊氣鼓鼓地說道。

豬心這東西沒什麼人肯吃，是因為若做得不好，就會有一股異味。必須先切勻、洗淨，再晾乾，放置一些時候，才能過水烹煮。豬心和微苦的蓮子一起燉湯是絕配，只是考慮到湯的藥膳效用，一般不會把豬心燉得太爛。

顧嶼並不嫌棄，回來的時間越長，他的口味也就和上一世越相近，一碗溫熱的湯羹喝完，原本空蕩蕩的胃裡頓時泛上舒服的熱意。他低嘆一聲，眼睛微微地瞇了起來。

「本來是想給你做晚飯的，可是你一直沒回來，就只能先把湯燉上。正好你回來得遲，不吃對身子不好，吃了入夜又積食，喝點湯最好了。」陳若弱的語氣裡帶著一點委屈，還在為把湯燉過頭的事情耿耿於懷。

顧嶼替她順了順垂落在臉頰兩旁的髮絲，語氣真摯地說：「夫人有心，但下次不可再這般勞累了。」

陳若弱嘴角彎彎，聽著這話覺得舒心極了。忽然間她像是想到什麼，急忙推著顧嶼去洗漱。「你得快點去睡了，明天肯定還有事情要忙，早點辦完事，咱們也能早些回京，我還等著你幫我上摺子呢。」

顧嶼知道她說的是瘦馬一事，看陳若弱的眼神也變得越發溫柔起來，緩聲安慰道：「不用等到回京，只要淮南道的案子一了，我就直接擬摺上報，只是上摺的時間要再斟酌，聖上日理萬機，或許一個錯眼就耽誤了。」

陳若弱十分理解，連連點頭，她幾乎是看著陳青臨一步步往上爬起來的。哥哥不過是個將軍，每天的事情就忙到做不完了，聖上的事情肯定更多，畢竟天底下有那麼多官員，太多事情等著聖上裁決，聖上又不是神仙，哪有面面俱到的道理。

等顧嶼進到浴房，陳若弱便收拾好湯羹和碗筷，正要拿出去，忽然一陣嘔吐之意湧上喉嚨，她只來得及「嗚」了一聲，頭一偏，就吐了一大攤。

顧嶼洗漱到一半，聽見動靜，連忙放下手裡擦臉的布巾，跑出來扶她。

陳若弱剛想說沒事，又一陣想要嘔吐的感覺泛起，她怕吐到顧嶼身上，連忙伸手推他，背過身去又吐了好幾下。

「沒事吧？」顧嶼想要靠近，陳若弱馬上擺擺手讓他別過來，怕被他瞧見自己嘔吐的樣子，動作一大，她胸口又是一陣難受。

直到剛才喝的湯、中午吃的飯和胃裡的酸水都吐乾淨了，陳若弱才好受一些，她有氣無力地挪到桌邊坐下，用茶水漱漱口，對顧嶼道：「我晚上沒吃飯，一邊等你，一邊吃了不少雜七雜八的小零嘴，冷的、熱的都有，可能是吃多了吧。」

她擦了擦因為劇烈嘔吐而泛起的淚花，看到地上好幾攤黏黏糊糊的污穢之物，臉色有些發紅，怕顧嶼嫌她，連忙跑去開門，急聲說道：「你先去外面，等我把地上收拾好，通通風以後你再進來。」

顧嶼遞過帕子給她擦嘴，憂心地說：「我先讓人找大夫來，妳乖乖躺好，待會兒我再讓人來收拾一下。」

陳若弱接過帕子，擦了擦嘴角，連忙擺手道：「這都馬上要三更天了，你別折騰大夫，我就是吃多了，吐完就好。你要是不放心，那等天亮以後再找大夫，也是一樣的。」

顧嶼這回卻不聽她的，他喚來值夜的周虎去找大夫。

官驛裡有專門的大夫，平日裡大夫一家就住在不遠處的小院裡，因此周虎領命後，馬上出去了。

顧嶼讓人收拾了地上的穢物，再打開窗通風，又怕陳若弱是因為著涼才吐的，他幾步走到床邊，放下了兩層簾帳。

內層的簾帳是布製的，放下之後，陳若弱就看不到他了，她連忙伸手出去，拉住他的衣袖。

「沒事，我會在這裡陪妳。」顧嶼在床邊坐下，將手伸進簾帳，反握了一下她的手。

陳若弱的嘴角翹起來，「嗯」了一聲，忽然想到些什麼，她聲音壓得低低的，對顧嶼說道：「你說……我是不是有孕了啊？」

顧嶼一怔，隨即失笑。

他雖然不懂醫理，但上一世成婚數年無子，在求方問藥的時候，他曾聽聞一些婦人懷孕的道理。女子多早嫁，成婚之後立即有孕，一則對身體有害，二則對胎兒無利，許多婦人就是因為頭一胎懷得太早，而死於難產。

按照顧嶼的想法，若弱過了年也才十七，至少要再過幾年，等她的身子更為成熟，再操心孕事也不遲。故而他在行房之時把控得很好，就算有意外，也不該來得這麼快才對。

陳若弱沒聽見他的回應，只聽見一道低低的笑聲，頓時感覺自己被嘲笑了。她又羞又怒地「哼」了一聲，把手抽回來，背過身去不肯搭理他。

顧嶼忍住笑，剛想寬慰她幾句，就聽外頭周虎來報，說是大夫到了。

被找來的大夫約莫四十多歲，按理說是不能進內寢的，不過顧嶼也在這裡，就沒那麼多忌諱了。

大夫上前行禮，不敢多看，先是讓陳若弱把手腕從帳簾底下伸出來，便恭恭敬敬地低下眉眼，為她把脈。

片刻後，那大夫似乎有些不確定地又重新把了一回，才請陳若弱收回手，對顧嶼拱手道：「夫人的身子並沒有什麼大礙，可能是吃多了生冷、油膩的食物，夜間又受了些寒氣。草民一會兒給夫人開幾服藥，喝上兩、三天就沒事了。」

陳若弱的念想落空，不禁有些失望，把手裡的枕頭朝腳邊扔過去。

顧嶼聽見裡面的動靜，嘴角彎了彎，道：「煩勞大夫了，深夜打擾，多有不便，這次診金會加倍奉上，望請見諒。」

那大夫從沒見過這麼好說話的官老爺，連忙擺手，隨即猶豫了一下，又道：「夫人的脈象，其實有些像是婦人初有孕時的脈象，只是月分實在太淺，有些模稜兩可。請夫人留心最近一個月的月事，再過一個月，可以傳草民再來請脈。」

顧嶼怔了怔，不過有上一世的經歷，他並未將大夫的話當一回事。他向大夫道了聲謝，就讓周虎帶著大夫下去開方子、抓藥。

陳若弱一聽見這話，頓時高興得要從床上跳起來。

顧嶼掀開簾帳，連忙把她按回去，無奈地搖搖頭道：「大夫都說了不一定，看把妳高興成這樣，要是沒懷孕，我看妳怎麼哭。」

「別人成婚後都是一年一個、兩年抱三，你怎麼一點都不急？」陳若弱瞪著眼睛看他，振振有詞地說：「要是明年還懷不上，一定會有人在背後說你不行的！」

顧嶼過了兩輩子，還是時常被自家夫人弄得哭笑不得，他抬眼看了看外頭，伸手捏一下陳若弱的鼻子，好笑地說道：「妳是從哪兒聽來這些話的？父親同母親少年夫妻，恩愛繾綣，也是過了五年才生下我，外人有什麼好說三道四的。」

陳若弱不依地哼哼唧唧，她在西北看到的，都是普通老百姓過的日子，普通人家大都貧窮，能娶上妻子就不錯了，更別說是妾，而娶了妻子以後，自然想要趕緊延續香火。

可來到京城之後，她才發覺勛貴人家的日子真的不大一樣。別說五年沒懷孕，就是成婚兩、三年肚子裡沒個動靜，有婆婆的人家就會死命地往兒子房裡塞通房丫頭或侍妾，沒婆婆的人家那就更厲害了，直接聘妾、納偏房，要是娘家人上門去鬧，就成了京城裡的笑料。顧家的家訓擺在那裡，她也和顧嶼說過只能有她一個，結果還算滿意，可正是因為這樣，她才更想給顧嶼生個孩子了。

顧嶼比她大整整五歲，放在別人家，都是好幾個孩子的父親了。

陳若弱想著，又摸了摸自己的肚子，眼睛透著些許希冀的光芒。

見她這個樣子，顧嶼不知道為什麼，忽然說不出話來了，他低聲嘆了一口氣，替她理了理散亂的髮絲。

隔日周仁一貫起了個大早，原本準備先四處晃蕩一下，再去揚州府衙，沒想到他們一開，顧嶼的轎子正好從他門前經過，他只好長嘆一聲，伸了伸懶腰，讓人備轎。

徐景年的官職雖然高，但底子著實是淺。先前的揚州刺史是個清正的好官，百姓的日子基本上都過得不錯，這幾年雖然被糟蹋得夠嗆，但到底沒讓他們升起作亂的心思。

昨日的公告張貼出去以後，揚州府衙附近一大早便全都是人。

顧嶼一從官轎上下來，趙狄立即上前幾步，讓隨行的兵士撥開人群。

只見揚州府衙前跪著十幾來個披麻戴孝的老老少少，前頭並排放著兩個烏木棺槨，兩個棺槨正中央，是一張書寫於絹帛上的血狀。還有一個不滿五歲的小童，正懵懵懂懂地跟著大人一起跪在邊上。

見顧嶼來了，跪著的人都把頭低了下去。

顧嶼上前幾步，對著棺槨微微一禮，取下絹帛血書。

棺槨最前面跪著的是一個三十來歲的婦人，頭上簪著白花，一身素孝，眼睛哭得通紅，見顧嶼接了絹帛，她重重地把頭磕在地上，用沙啞的聲音說道：「求欽差大人明察秋毫，替我嚴家平冤昭雪，嚴家子孫當代代結草銜環，回報大恩。」

她的話音才落，身後跪著的一行人也跟著磕頭。

顧嶼一頓，淡淡地說道：「不必至此，狀紙本官已收下，都起身回去吧。過午開堂，你們留下一位主事之人，隨時等候府衙傳喚即可。」

先前說話的寡婦擦了擦眼角的淚水，道：「大家就住在城中，一張狀紙寫不完我嚴家的血冤，諸多細節不曾贅述。大人如有傳喚，民婦就算是斷了腿，爬也要爬到公堂上，和那徐景年對質。」

顧嶼點點頭，並未和這位婦人多作交談，收起狀紙，便走進府衙。

周仁來得遲一些，沒趕上剛才的熱鬧，倒聽了一耳朵八卦。他下轎以後，就擠在人群裡，津津有味地聽著，時不時跟著發出幾聲驚訝的咿呀聲，惹得好幾個圍觀的人興致勃勃，說得更多了。

「真要我說，那嚴家也是自己倒楣作死，就算真娶了徐大人的女兒又怎麼樣？他們這一對表兄妹若實在分不開，讓那表妹做個妾又不是不行。」

「人家可是打小定的婚約，徐大人的女兒非要壞人姻緣，還不准人家不搭理了？」

「嚴大公子還是個舉人，剛要成家，人便沒了，那麼大的家業也不知道便宜了誰？」

「你沒瞧見嚴文生都跪到嚴夫人身邊去了嗎？肯定是他呀……」

周仁正聽到興頭上，連府衙都不想進了，急急忙忙地追問道：「我聽說是兩副棺材，死的不只嚴大公子嗎？還有誰、還有誰啊？」

被他抓住袖子的人有些莫名，但還是說道：「你是外地人吧？這事城裡誰不知道，嚴家辦婚事那天，一雙新人就喝下合巹酒死在新房裡，第二天被發現的時候，人都死得透透的了。下毒的丫頭被打得招了，說是徐家小姐給了她銀子，讓她幹的，然後就沒後續了唄。」

「能有什麼後續？嚴家要不是還有點家底，這件事都鬧不出來！」

周仁連連咋舌，這種事若發生在京城裡，簡直不敢想像。不過想想也是，地方官府天高皇帝遠，真想包庇自家人，根本是易如反掌的事情。

他進府衙的時候，顧嶼已經把昨天剩下的事情都處理完了，此時正在翻看嚴家人送來的絹帛血書。

周仁聽來一肚子的八卦，這會兒還有些意猶未盡，一邊湊過來看狀紙，一邊對顧嶼說：「要是這張狀紙上所言全是真的，那徐景年一家子就跑不掉了。要不要讓我帶幾個人去他家，先把那個徐小姐給抓進牢裡？」

顧嶼不搭理他，任由周仁接過狀紙，自己則離了座位，走到臺階底下，對著揚州府衙的匾額看了好一會兒。

周仁看完狀紙，便走過去顧嶼身旁，順著顧嶼的視線看過去，頓時大笑出聲。

上頭正方掛著的匾額上，是先帝賜給當時在任的一位揚州刺史的字，那位刺史任上過世，匾額也就被留了下來。

他笑倒不是因為這字寫得不好，而是這字寫得太好了。先帝鐵畫銀鈎，矯若遊龍，筆墨愉悅地鋪陳開去，字裡行間滿是讚賞之意。

那匾額上寫著四個大字——公正廉明。

——未完，待續，請看文創風681《醜妻萬般美》下

文創風 680

醜妻萬般美 上

國家圖書館出版品預行編目資料

醜妻萬般美 / 江小敘著. --
初版. -- 臺北市 : 狗屋, 2018.10
冊 ; 公分. --（文創風）
ISBN 978-986-328-917-3（上冊：平裝）. --

857.7 107014236

著作者	江小敘
編輯	江馥君
校對	黃亭蓁　周貝桂
發行所	狗屋出版社有限公司
地址	台北市104中山區龍江路71巷15號1樓
電話	02-2776-5889～0
發行字號	局版台業字845號
法律顧問	蕭雄淋律師
總經銷	知遠文化事業有限公司
電話	02-2664-8800
初版	2018年10月
國際書碼	ISBN-13　978-986-328-917-3

本著作物由北京晉江原創網絡科技有限公司授權出版

定價250元

狗屋劃撥帳號：19001626

網址：love.doghouse.com.tw　E-mail：love@doghouse.com.tw